Janina Nilges
Rebel School
Wanted Dead Or Alive
- Zweites Buch der Rebellen -

AF284209

Rebel School

Wanted Dead Or Alive
- Zweites Buch der Rebellen -

Janina Nilges

Illustrationen und Cover von der Autorin

©2021 Nilges, Janina
Herstellung und Verlag: BoD – Books on Demand, Norderstedt
ISBN: 9783754304341

Kapitelverzeichnis

Prolog

Ich öffnete die Tür meines Kleiderschrankes und griff nach dem alten, abgegriffenen Buch, das zwischen meinen T-Shirts lag. Im diffusen Licht der untergehenden Sonne, die durch die Rollladenlamellen schimmerte, hockte ich mich neben Miro auf die Bettkante und schlug das Buch auf.

ℰ ✳ ℭ

Ein vierzehnjähriges Mädchen und ein fünf Monate älterer Junge blickten in die Kamera eines Handys. Sie saßen breit lächelnd in einem dunklen Wald auf einem steinigen Weg.

„Es ist schön, dich wiederzuhaben", sagte das Mädchen leise und lächelte und der Junge nickte. „Du kannst dir gar nicht vorstellen, wie sehr ich dich vermisst habe in den letzten fünf Monaten!"

„Kann ich wohle." Das Mädchen schob trotzig das Kinn vor. „Was denkst du denn, wie sehr ich *dich* vermisst habe?"

ℰ ✳ ℭ

Das Bild wackelte, drehte sich, stoppte. Die beiden Jugendlichen waren zu sehen: Das Mädchen hielt die Handykamera hoch, der Junge grinste nur breit und hinter ihnen drängelte sich ein riesiger Schatten ins Bild.

„Guck mal, Tacitus will mit auf das Foto!" Das Mädchen kicherte und der Drache schnaubte, dann wurde das Bild schwarz.

‽ ✶ ‟

Die beiden Kinder saßen in der Wildnis, um sie herum nur steiniges Gelände und vereinzelt Flechten und kleine Büsche.

„So fühlt es sich also an, auf der Flucht zu sein." Der Junge fuhr sich nervös durch die wuscheligen schwarzen Haare.

Das Mädchen nickte stumm und die Kamera schwenkte zu einem riesigen Haufen Gepäck und einem Zelt, das halb unter einer Tarndecke verborgen war.

Wusch!

Das Bild zeigte wieder die Kinder, hinter denen die Wasserfontäne eines Geysirs in die Höhe schoss.

‽ ✶ ‟

Eine Träne tropfte auf die Seiten. Ich wischte sie schnell weg, schloss das Buch und legte es auf meinen Nachttisch. Die Aufschrift schimmerte silbrig.

Jona & Miro – Erinnerungen.

Miro legte eine Hand an meine Wange und fuhr die Spur der Träne auf meiner Haut sanft mit dem Daumen nach. „Warum weinst du?"

„Vor Glück." Ich brachte nur ein zittriges Lächeln zustande. „In den letzten zwei Monaten haben wir so viel mitgemacht, aber wir sind endlich wieder vereint, und das macht das alles wett."

7

Flucht nach Amerika

Kapitel 1 ✶ „Noch ein Tag"

Jemand hielt mir von hinten die Augen zu.

„Miro?"

Die Person nahm die Hände weg und setzte mir stattdessen eine Sonnenbrille auf die Nase.

Ich wirbelte herum. „Was-"

„Steht dir gut, und wirst du in den nächsten Tagen auch gut gebrauchen können!" Miro grinste breit.

Ich schüttelte lachend den Kopf und legte die Sonnenbrille in den Einkaufswagen. Es war der letzte Tag vor unserer Abreise nach Amerika, in ein kleines Wildwestdorf nahe dem Death Valley. In der Gegend war nach über 300 Jahren ein neuer Goldrausch ausgebrochen, der insbesondere die Menschen der *EMGER* in Scharen in die kleinen Wüstendörfer Amerikas lockte.

Die Rebellenarmeen fürchteten um die Sicherheit und Ruhe der Ureinwohner und der übrigen Menschen, die sich ihnen vor vielen Jahren bei der Neugründung Amerikas angeschlossen hatten.

Daher hatte man kleine Gruppen gebildet, die vor Ort Konflikte zwischen den sogenannten *New Natives* und Goldsuchern friedlich lösen und somit die erneute Verbannung der *Natives* in Reservate verhindern wollten.

Miro und ich hatten am Schwarzen Brett des Internats einen Werbeflyer für diese Gruppen gesehen und uns

10

entschieden, uns auf unserer Flucht einer davon anzuschließen.

Ich stoppte den Einkaufswagen bei den Essensregalen. „Sollen wir Essen hier kaufen oder eher in Amerika?"

„Wir sollten zumindest ein bisschen was mitnehmen", schlug Miro vor und legte ein paar Dosen Ravioli in den Wagen.

Ich musste sofort an Katla und Einstein aus Island denken. Wir hatten keinen Kontakt mehr mit ihnen gehabt, seit wir wieder am Internat angekommen waren – aus Sicherheitsgründen. Man konnte schließlich nicht wissen, wer wo Nachrichten abfangen konnte…

☙ ✴ ❧

„Noch ein Tag", murmelte Miro auf dem Rückweg.

Ich nickte nachdenklich. „Es wird wohl Zeit. Je länger wir am Internat bleiben, desto wahrscheinlicher ist es, dass die *Extremen* hierher zurückkommen!"

„Es ist so oder so echt komisch, dass sie einfach so verschwunden sind – nach allem, was passiert ist. Ich fürchte, wir werden sie früher wiedersehen, als uns allen lieb ist!" Miro schob das Messingtor auf und wir betraten das Schulgelände.

„Dazu müssen sie uns erstmal finden. Ich glaube kaum, dass sie uns in *Amerika* vermuten werden!" Ich musste unwillkürlich bei dem Gedanken lächeln. „Amerika! Es ist nicht nur eine Flucht, es ist ein Abenteuer! Amerika ist eine ganz andere Gegend! Andere Landschaften, andere Sitten, andere Menschen!"

Miro lachte, hielt mir die Haupttür des Gebäudes auf und wir liefen durch die Flure. „Sie haben dort keine Seelenlieder, stell dir das mal vor! Keine gesellschaftliche Ordnung! Sie sind komplett durcheinandergewürfelt!"

„Sie haben ja angeblich einen naturverbundenen Lebensstil dort", fügte ich hinzu und ein angenehmer Schauer der Vorfreude lief über meinen Rücken.

Ich öffnete die Tür zu meinem Zimmer – und erstarrte. Meine beste Freundin und Zimmerkameradin Tara saß breit grinsend auf ihrem Bett, in den Armen ihres festen Freundes Paulie, dessen Spitzname *Professor* war. Tanisha saß verkehrt herum auf Taras Schreibtischstuhl und flocht sich, den Kopf auf die Rückenlehne gestützt, ihre langen Haare zu einem Zopf. Auf dem flauschigen Teppich auf dem Boden lag Leyhana, die wie immer in unterschiedlichen Socken steckenden Füße auf meinem Bett abgelegt ein Glas Cola mit einem Strohhalm neben ihrem Kopf. Und aus den Boxen in der Zimmerecke kam irgendein Rocksong.

Unsere Clique war komplett, und chaotisch wie immer.

„Habt ihr auf uns gewartet?", fragte ich überrascht und Miro und ich stellten unsere Rucksäcke mit den Einkäufen neben der Tür ab.

„Ihr wusstet doch, dass wir noch ein paar Kleinigkeiten besorgen mussten!", fügte Miro hinzu und wir ließen uns auf mein Bett fallen.

„Morgen ist unser letzter gemeinsamer Tag, bevor ihr weg seid", entgegnete Tara, und Paulie ergänzte: „Wir werden morgen den ganzen Tag zusammen verbringen."

„Wer weiß, wie lange wir uns danach nicht mehr sehen?", führte Tanisha weiter. „Heute Nacht übernachten wir alle bei euch im Zimmer und gucken Filme, klassisch mit Popcorn und Chips, und morgen gehen wir nach dem Mittagessen im Dorf Eis essen und liefern uns in der Sporthalle noch ein paar LaserJump-Matches! Was sagt ihr?"

Ich konnte mir ein überraschtes Grinsen nicht verkneifen. „Ihr seid echt wahnsinnig!"

„Wahnsinnig gut", ergänzte Miro und grinste. „Klar sind wir dabei!"

ဆ ✶ ଔ

Die anderen waren schon längst in ihre Decken gewickelt eingeschlafen, aber ich lag noch wach und starrte an die Decke. Einerseits hielt mich die Vorfreude auf Amerika wach, aber andererseits auch die Angst. Langsam wurde mir klar, dass wir auf unbestimmte Zeit weg sein würden. Vielleicht Tage, vielleicht Wochen, vielleicht Monate, und vielleicht würden wir nie wieder zurückkehren. Vielleich würden wir auch Tara, Paulie, Tanisha, Leyhana und all die anderen nie wiedersehen, weil sie oder wir von den *Extremen* ermordet würden.

Mal davon abgesehen, war ich noch nie mit einem Flugzeug geflogen. Und noch nie alleine in einem fremden Land gewesen.

Es würde nicht leicht werden, so viel stand fest.

Kapitel 2 ✶ „Russisch Roulette"

Sonntag, 06. Januar 2115; später Abend

Miro spürte schon jetzt, dass etwas Großes auf sie alle zukam. Noch war zwar alles in Ordnung, doch die Ruhe war beunruhigend. Die berühmte Ruhe vor dem Sturm.

Der Tag mit den Freunden war so schnell vergangen und jetzt war Miro mit Jona auf dem Weg zu Miss Campbell, um den Schlüssel zur Turnhalle zurückzugeben.

Auf dem Weg zu Sophy Campbell, die ja eigentlich Sophy Tomić hieß und Miros Mutter war. Manchmal war der Gedanke für ihn noch ungewohnt, aber meistens war er einfach nur froh, endlich Gewissheit zu haben.

„Worüber denkst du nach?", fragte Jona sanft und schlenkerte mit rechts den Schlüssel durch die Luft, während sie die Finger ihrer linken Hand mit seinen verschränkte.

„Über vieles", gab Miro zu. „Weißt du, … früher war alles so viel einfacher für uns. Freundschaft ist unkomplizierter als Liebe. Und Gesellschaftszugehörigkeiten bedeuteten nicht viel für uns, damals. Aber trotzdem wünsche ich mir diese Zeit nicht zurück. Mein Leben ist nicht perfekt momentan, aber es ist gut, wie es ist, obwohl wir in Gefahr sind. Damals hatten wir immer die Gewissheit, uns an meinem

15

vierzehnten Geburtstag trennen zu müssen und womöglich nie wiederzusehen. Und das ist jetzt Geschichte. Wir sind zusammen. Wir haben meine Eltern gefunden."

„Es war nie wirklich einfach für uns", korrigierte Jona und strich mit ihrem Daumen sanft über seine Hand. „Es wirkt so, als wäre es früher einfacher gewesen, weil wir in den letzten Monaten viele krasse Sachen durchgemacht haben. Aber erinnerst du dich noch an dieses Gefühl von Freiheit und Rebellion, wenn wir uns abends heimlich rausgeschlichen haben? Freundschaft trotz Verboten? Für die kleinen Kinder, die wir damals waren, war das das größte Abenteuer der Welt, aber auch das schwierigste. Diese Zeit ist jetzt vorbei, Miro. Wir sind hier als Rebellen, so, wie es sein soll. Die alten Zeiten sind vorbei, und irgendwie vermisse ich sie ein bisschen, aber trotzdem sollten wir im Jetzt leben. Die Zeit hier im Internat wird schneller vergehen, als wir denken. Oder vielleicht ist sie auch schon morgen für immer vorbei. Vielleicht werden wir die nächsten Jahre in Amerika verbringen und nie wieder hierher zurückkehren, verstehst du?"

Miro nickte nachdenklich und vergaß sogar, zu klopfen, als er das Büro seiner Mutter betrat.

Die Schulleiterin hob erschrocken den Kopf und ließ einen Zettel sinken, den sie gerade gelesen hatte.

„Oh, sorry." Miro betrat den Raum. „Stören wir?"

„Ach, quatsch. Kommt ruhig rein, setzt euch."

„Ähm, wir wollten eigentlich nur den Schlüssel zurückbringen", entgegnete Jona unsicher und hielt ihn ihr hin.

Miss Campbell nickte knapp, nahm den Schlüssel entgegen und seufzte. „Ich mache mir Sorgen um euch…"

„Um uns? Weil wir so weit weg sind?", hakte Jona nach.

„Ja. Man wird euch überall finden, fürchte ich." Sophy seufzte erneut. „Hat man euch eigentlich gesehen, als ihr Maddie damals befreit habt? Ich meine, irgendwelche Wachen oder so?"

„Ja, natürlich", entgegnete Miro. „Dachtest du bei deiner Planung, wir würden ungesehen ins Schloss marschieren, die Listen lesen und wieder abhauen können? Na ja, und dann haben wir auch noch eine Gefangene befreit – klar hat man uns gesehen."

„Und sonst, außer den Wachen?"

Miro tauschte einen langen Blick mit Jona, bei dem sie wohl beide dasselbe dachten: Ja, die Königin.

Aus ihrem Schweigen schien Sophy alles zu lesen. „Also ja. Und wer?"

Jona zögerte einen Moment. „Meine Mutter. Wieso?"

„Ah, nur so." Sophy schüttelte schnell den Kopf – *zu* schnell – und zwang ein Lächeln auf ihre Lippen.

„Irgendwas stimmt nicht mit dir!" Miro stützte die Handflächen auf den Tisch und beugte sich prüfend zu seiner Mutter rüber. „Du musst uns sagen, was los ist!"

„Es ist alles in Ordnung, Miro", entgegnete sie mit fester Stimme, wich aber seinem Blick aus.

Miro seufzte tief und trat einen Schritt zurück, seine Augen wanderten durch den Raum. „Was hast du mit dem Königshaus zu tun?"

„Wie meinst du das?"

„Der Brief, den du eben in der Hand hattest. Im Briefkopf ist das königliche Wappen."

„Geschäftliche Angelegenheit." Sie raffte den Brief hastig zusammen und schob ihn in einen Umschlag, dann ließ sie beides in einer Schublade verschwinden.

„Was für eine geschäftliche Angelegenheit soll das sein, dass du so abweisend reagierst?" Miro holte tief Luft. „Merkst du nicht, dass du schon wieder Geheimnisse vor mir hast?"

„Es ist nur zu deinem Besten. Und es ist nichts Wichtiges diesmal, wirklich nicht." Sophy lehnte sich zurück.

„Ganz genau. Ganz genau so unwichtig wie beim letzten Mal, ja? Deine Lügen bringen uns in eine Spirale, in der wir uns gegenseitig mehr und mehr verletzen. Reicht es nicht, dass wir uns physisch trennen müssen? Deine Lügen spielen Russisch

Roulette mit unserem Familienfrieden. Eine geht noch, und noch eine, und irgendwann ist es vorbei."

„Miro, ich-"

„Komm, Jona, lass uns gehen. Wir verschwenden unsere kostbare Zeit, die wir mit unseren Freunden verbringen wollten." Miro nahm Jonas Hand und verließ das Büro. So selbstbewusst er auch geklungen haben mochte, er wusste doch genau, er war mal wieder zu weit gegangen.

ℰ✱ℭ

„Miro, ich weiß doch nicht, wie ich dir das alles erklären soll", wisperte Sophy Tomić verzweifelt und eine Träne rann über ihre Wange, als sie die Schublade öffnete und den Brief herauszog. Diesen verfluchten Brief.

Hätte sie all das doch nie begonnen.

Hätte sie doch diesen Auftrag nicht gegeben.

Hätte sie doch Evander einfach angesprochen.

Hätte sie doch Maddie selbst befreit.

Hätte, hätte, Musikkassette. Sie konnte sagen, was sie wollte, konnte sich selbst hassen, so viel sie wollte, aber es war längst zu spät. Sie musste mit ihren Fehlern leben – und dafür bezahlen.

Vielleicht würde man sie einfach vergessen, übersehen. Aber wahrscheinlich war das nicht.

Und sie wusste genau, sie hätte Miro die Wahrheit sagen müssen, denn er hatte Recht. Sie spielte

19

Russisch Roulette, und irgendeine ihrer Lügen würde die Kugel sein, die die Familie zerstörte. Falls es nicht jemand anderes vorher tat. Das Königshaus, oder die *Extremen*. Letztendlich war es egal, wer es tat.

Sie wusste auch, dass Miro sie immer als Vorbild gesehen hatte. Als stark und unbesiegbar. Aber in Wirklichkeit, hinter dieser strengen Maske, war sie schwach. Hatte nicht einmal den Mut, ihrem eigenen Sohn die Wahrheit zu sagen. Es wäre endgültig. Und sie konnte der Wahrheit kaum ins Auge sehen, wie konnte sie da ein Vorbild sein? Für ihn – und für die anderen Schüler?

Sie stützte den Kopf in die Hände und begann zu weinen.

Kapitel 3 ✶ „Rebellentruppführer"

Der Treffpunkt der Rebellengruppe war am Frankfurter Flughafen.

Trotz des Streits war Miss Campbell mitgekommen, um sich von Miro zu verabschieden – und auch von mir, vermutlich. Auch Maddie, Evander, Miss Irvin, Tara, Paulie, Tanisha und Leyhana waren dabei, und für ein paar Minuten standen wir einfach im Kreis auf dem Parkplatz. Schweigend. Es gab nichts mehr zu sagen – oder zu viel für den Moment.

Schließlich räusperte Miss Campbell sich. „Sollen wir noch bleiben oder kommt ihr alleine klar?"

Miro schwieg lange und ich erkannte, wie viel schwerer der Abschied für ihn sein musste, im Gegensatz zu mir. Er musste seine wahre Familie zurücklassen. Seit er wusste, wer Miss Campbell, Evander, Miss Irvin und Maddie wirklich waren, hatte er sie gerade mal sieben oder acht Tage lang gesehen, und jetzt waren wir schon wieder auf der Flucht – unklar, wie lange. Dazu kam noch der Streit um Miss Campbells neustes Geheimnis…

Ich allerdings hatte keine wahre Familie hier. Niemand kannte mich so gut wie eine wahre Familie. Die meisten weniger, Miro und vielleicht Maddie sogar besser als meine Eltern und meine Schwester. Das Verhältnis mit meinen Eltern war immer in Ordnung gewesen, das mit meiner Schwester unterdurchschnittlich. Und sie hatten

21

sich scheinbar auch nicht um mein Verschwinden gekümmert. Keine Fahndungsplakate, keine Aufrufe in sozialen Netzwerken. Und der Besuch der royalen Armee letzten Herbst war auch nicht das Wahre gewesen.

Es war ein Fakt. Miro und Maddie waren die einzige wahre Familie, die ich je gehabt hatte.

„Lass uns gehen, Jona", murmelte Miro und umarmte seine Familie.

Ich überlegte kurz, meine Sonnenbrille aufzusetzen, um potenzielle Tränen zu verbergen, dann fielen mir die Regenwolken am Himmel auf. Die Sonnenbrille wäre wohl auffälliger als alles andere – und außerdem war es nicht schlimm, zu weinen.

Tanisha, Leyhana und Tara umarmten mich und Paulie gab mir ein High Five, dann griff ich nach Miros Hand und wir liefen mit unseren Rollkoffern und Rucksäcken durch das Flughafentor. Ohne einen Blick zurück.

Auf zwei Stühlen im Wartebereich saßen ein Mann und eine Frau mit einem großen Schild mit der Aufschrift *Amerika*. Und kleiner stand darunter: *Rebels For Peace*.

„Das sind sie." Ich griff nach Miros Hand und dann standen wir auch schon vor den beiden.

Ich räusperte mich. „Hi. Wir, äh, wollen bei *Rebels For Peace* mitmachen."

Die junge Frau, sie war höchstens zwanzig, musterte uns überrascht. „Ihr wollt mitmachen? Wie alt seid ihr denn? Und warum seid ihr nicht angemeldet?"

Ich zögerte. „Wir sind vierzehn. Und wir haben es einfach vergessen, sorry." Die Wahrheit war, dass wir nicht wollten, dass unsere Namen in irgendwelchen Listen auftauchten, aber das wollte ich erstmal nicht sagen. „Ist das ein Problem? Oder ist unser Alter ein Problem?"

Sie musterte uns nachdenklich, sah kurz zu dem jungen Mann neben ihr, der seinen Blick nur kurz von seinem Smartphone hob, und sah dann wieder zu uns. „Ihr seid schulpflichtig. Und wir werden definitiv nicht vor Ende der Ferien zurückkommen."

„Wir haben eine Schulbefreiung für den Beginn des neuen Schuljahrs", erklärte ich. „Beliebig verlängerbar. Und außerdem haben unsere Lehrer uns ein paar Unterrichtsmaterialien mitgegeben." Ich reichte ihr die Schulbefreiung, die Miss Campbell uns geschrieben hatte.

Sie las den Text, gab mir den Zettel zurück und lächelte. „Dann sage ich mal, herzlich willkommen im Team! Ich bin Kayleen Marlow, neunzehn Jahre alt, und er ist Ted Scriven, einundzwanzig. Ihr könnt uns selbstverständlich duzen."

Der junge Mann neben ihr hob den Blick vom Handydisplay und tippte zum Gruß an die Krempe seines Cowboyhuts. „Setzt euch. Ihr seid übrigens die ersten."

Miro und ich setzten uns auf die Stühle ihnen gegenüber.

„Ich bin Jona Farc", stellte ich mich vor.

„Ich bin Miro Tomić", fügte Miro hinzu.

Ted Scriven nickte nur knapp, er war wieder in sein Smartphone vertieft, aber Kayleen musterte uns neugierig. Sie war groß und schlank, hatte haselnussbraune Zöpfe, sonnengebräunte Haut und Sommersprossen, und in ihrem weiten Cowboyhemd sah sie ein bisschen so aus, als wäre sie in der amerikanischen Wildnis aufgewachsen. Einen ähnlichen Eindruck hatte ich von Ted. Er trug ein schlichtes Shirt mit dem Logo der *Rebels For Peace*-Aktion und kurze Hosen, dazu einen Cowboyhut, und auch er war sonnengebräunt und muskulös.

„Aus welchem Teil der *EMGER* kommt ihr?", fragte Kayleen neugierig.

„Mitte. Ehemals Deutschland, glaube ich."

„Wir gehen aufs *Teach 'em all*-Internat", fügte Miro hinzu. „Habt ihr vielleicht schon von gehört, es ist ja relativ bekannt."

Kayleen zog überrascht die Augenbrauen hoch. „Ist das nicht das Internat, um das es im Zusammenhang mit *Extremen*-Kreisen so viel Wirbel gab in der letzten Zeit? Weil dort-"

„*Ja*, Kay", unterbrach Ted sie nachdrücklich und hielt ihr sein Smartphone unter die Nase. Kayleen starrte kurz aufs Display, dann zu uns und dann wieder aufs Display. Schließlich grinste sie. „Ihr zwei seid wohl auf der Flucht, was?"

Ich starrte sie erschrocken an. „Woher…"

Sie reichte uns das Handy. Ein Foto auf Instagram war zu sehen. An einer Straßenlampe hing ein Suchplakat, auf dem zwei mir sehr bekannte Gesichter zu sehen waren. Miros und meins. Und darunter stand: *Wanted Dead Or Alive*.

Es folgte eine Telefonnummer und ein unglaublich hoher Geldbetrag in Dollar.

Miro warf mir einen schockierten Blick zu, und dann drehten wir uns beide zu Kayleen und Ted. „Wo hängt das?"

Kayleen tippte auf den über dem Bild markierten Standort. „In einer Großstadt in Amerika. Aber ich habe auch schon ähnliche innerhalb der *EMGER* gesehen, wenn ich mich richtig erinnere…"

„In Amerika? Sind wir jetzt nicht mal mehr da sicher?", warf Miro ein. „Dann können wir ja auch gleich wieder heimgehen!"

„Keine Sorge", entgegnete Ted. „Für den Rest der Truppe würde ich meine Hand ins Seelenliederfeuer legen. Das sind alles Schulkameraden und Freunde von uns. Definitiv keine *Extremen*, ich schwöre es."

„Und du bist sicher, dass sie für das Geld nicht doch…?", hakte Miro nach, aber Ted nickte fest. „Ganz sicher."

„Und welches Lied seid ihr?", fragte Kayleen neugierig weiter und fügte hinzu: „Stimmen die Gerüchte, die man von den *Extremen* hört?"

„Welche Gerüchte?", hakte ich misstrauisch nach. „Und vor allem, wieso habt ihr Kontakt zu den *Extremen*?"

„Wir haben keinen Kontakt", widersprach Kayleen. „Aber von den Rebellenarmeen aus haben wir uns in die Server der *Extremen* gehackt. Damit können wir relativ viele Informationen bekommen, sowohl über ihre Pläne als auch über Dinge, die sie herausgefunden haben. In einer Datenbank steht, ihr wärt *Know Me* und *Without You*."

„Woher wissen sie das?", fragte ich. „Ich meine, dass unsere Freunde und Klassenkameraden das wissen, okay, aber die *Extremen*? Hat Sally damals in die Schülerakten geguckt?"

„Alodia war ein paar Wochen in unserer Klasse. Selbst, wenn wir nicht mit ihr gesprochen haben – sie hätte nur einen von unseren Mitschülern fragen müssen", entgegnete Miro.

„Stimmt auch wieder." Ich seufzte und sah zu Kayleen. „Ja, die Gerüchte sind wahr. Und ihr, welche Lieder seid ihr?"

„Ted ist *Hills Of Fear* von den *Poisonous Weapons*", erklärte sie und knuffte ihn sanft in die Seite. „Er hat sich schon immer für amerikanische Geschichte, Ureinwohner und den Wilden Westen interessiert."

„Und Kay ist *Songs Of Fights And Freedom* von *Symphony Starlight*", fügte Ted hinzu und senkte die Stimme. „Sie kann super gut singen. Wäre die

Produktion und Verbreitung von neuer Musik nicht weltweit von allen *EMGER*-Regierungen auf Todesstrafe verboten worden, hätten wir längst mit ein paar Freunden eine Band gegründet und unsere eigenen Alben veröffentlicht. Aber covern ist uns zu langweilig und niemand möchte für die Musik sterben, so ist das Leben eben."

„Woher kommt das Gesetz eigentlich?", fragte Miro mich.

Ich zögerte. „Ich denke, man will vermeiden, dass sich neue Musikrichtungen bilden. Neue Musikrichtungen bedeuten neue Gesellschaftsgruppen und das wäre eine Katastrophe für die *EMGER*. Deshalb auch die Todesstrafe – stellt euch vor: Eine einzige Person könnte die ganze *EMGER* ins Chaos stürzen."

Kayleen nickte mir zu. „Genauso ist es. Coverversionen sind ja erlaubt, aber sie müssen genau den Stil des Originals beibehalten oder einem der anderen bereits existierende Stile klar zuzuordnen sein."

In diesem Moment trat jemand zu uns, ein junger Mann etwa im Alter der Gruppenleiter. „Hi, Leute."

„Hi, Lewis. Alles Gute nachträglich zum Fünfundzwanzigsten." Ted gab ihm ein High Five und der Mann setzte sich zu uns. Er war dunkelhäutig und hatte schwarze Locken, und auf seinen Lippen lag ein freundliches Lächeln. Ted und er begannen sofort ein Gespräch über Politik, aber Kayleen, Miro und ich hörten nicht zu.

„Wir warten noch auf fünf Leute", erklärte Kayleen. „Der Flug geht in einer Stunde, und wir fliegen mit einer Rebellenmaschine. Seid ihr schon mal geflogen?"

Wir schüttelten die Köpfe und ein Schauer lief über meinen Rücken. Ich hatte Angst, aber ich wollte es nicht zugeben.

„Die Rebellenflieger sind kleiner und ein bisschen anders aufgebaut als die normalen. Es gibt Abteile mit Tischen für Beratungen, weil hauptsächlich Berufstätige und Armeemitglieder wie wir sie nutzen. Ihr werdet aber auch den einen oder anderen Touristen sehen, denke ich."

80 ✦ ଔ

Als wir schließlich zusammen mit den anderen Rebellenarmeemitgliedern über das Rollfeld zu unserem Flugzeug liefen, spürte ich überdeutlich meine Hände zittern und meinen Magen rebellieren.

„Alles in Ordnung? Hast du Flugangst?", fragte Miro und drückte meine Hand.

„Geht so." Ich blieb kurz stehen und atmete ein paar Mal tief durch. „Und ich habe keine Flugangst, sondern Absturzangst, das ist viel logischer."

Miros Mundwinkel zuckten. „Solange dein Humor noch funktioniert, ist alles gut. Und das wird schon werden, Jona! Fliegen ist so sicher!"

„Du bist doch selbst noch nie geflogen", entgegnete ich.

„Na und? Ich vertraue der modernen Technik. Eigentlich kann nichts passieren."

„*Eigentlich*?!" Ich seufzte und wir stiegen die Treppe hoch ins Flugzeug. Überrascht blieb ich stehen. Von außen hatte das Flugzeug so klein ausgesehen, aber jetzt wirkte es riesig!

„Kommt, unsere Plätze sind hier drüben!" Kayleen winkte uns zu einem Abteil.

Die Sitze waren im Halbkreis um einen Tisch angeordnet, sodass alle einen Blick aufs Fenster hatten.

Ich saß direkt am Fenster, neben mir Miro und daneben die anderen Mitglieder der Truppe. Sie waren alle in Kayleens und Teds Alter, Miro und ich waren mit Abstand die jüngsten.

Es waren zwei Frauen – die zwanzigjährige Laurie Flores und ihre ein Jahr ältere Schwester Cyan – und außer Lewis Marten noch drei Männer, namentlich der neunzehnjährige Roger Scriven, der ein Cousin von Ted war, Max Adams und Chester Marino – beide zweiundzwanzig.

Eine Durchsage verkündete auf Englisch, dass der Flug jetzt beginnen würde, und dann fuhr das Flugzeug langsam an. Der Flugplatz zog am Fenster vorbei und wir stiegen in die Luft.

Ich atmete ein paar Mal tief durch. Die Übelkeit wurde schon besser.

„Wie lange geht der Flug?", fragte Miro.

„Etwa zehn Stunden", erklärte Kayleen. „Wir werden morgen in Los Angeles landen, dort den Mittwoch verbringen und am Donnerstagmorgen mit einem kleineren Flugzeug nach Valleytown fliegen – ein kleines Wildwestdorf. Habt ihr schon eine Ahnung, wie lange ihr bleiben wollt? Ihr dürft schließlich gehen, wann ihr wollt."

Miro und ich tauschten einen Blick.

„Wir haben keine Pläne, ehrlich gesagt", gab Miro zu und ich fügte hinzu: „Vielleich sind wir auch eines Tages ohne Abschied weg, weil *Extreme* im Dorf auftauchen – wer weiß das schon? Aber bis Mitte Februar werden wir auf jeden Fall bleiben, wenn es möglich ist."

Kayleen nickte mitfühlend und dachte kurz nach, dann schlug sie vor: „Wollt ihr ein bisschen erzählen? Aus eurem Leben, meine ich? Wir anderen kennen uns schließlich, und ihr seid neu in der Clique."

Miro und ich tauschten einen weiteren Blick und ich zwang mich zu einem Lächeln. „Gerne." Die anderen schienen ja recht vertrauenswürdig zu sein.

Abwechselnd begannen Miro und ich zu erzählen. Über unsere Kindheit, den Abschied, meine Flucht aufs Internat, wie Miro vergiftet worden war, die Suche nach Gegenmittel und Täter, der Einbruch ins Schloss, die Flucht nach Island.

ജ✶ങ

Es klopfte und eine Stewardess betrat das Abteil, vor der Tür stand ein Essenswagen. „Kann ich irgendetwas für Sie tun?"

Ein paar der anderen bestellten Brötchen oder Süßigkeiten, aber ich war trotz allem noch zu nervös zum Essen.

„Tiere sind hier drinnen verboten, Miss", bemerkte die Stewardess dann. Ich verstand erst nicht, was sie meinte, dann sah ich die kleine Klapperschlange in Kayleens Händen.

„Das ist nur eine kleine Schlange. Die wird schon nicht auf Ihre Perserteppiche kacken", erwiderte Kayleen.

„Tier ist Tier. Sie sollten froh sein, dass dies Ihre erste Verwarnung ist, sonst würde es jetzt teuer für Sie werden!" Die Stewardess verschwand wieder und Kayleen verwandelte sich in einen Wüstenfuchs und fauchte die zugeschlagene Tür an. Ted legte eine Hand in ihr langes Fell. „Pass lieber auf, dass du nicht erwischt wirst. Auch verwandelte Rebellen sind Tiere, zumindest für die Fluggesellschaften."

Kayleen gähnte demonstrativ und zeigte ihre spitzen Zähne, dann verwandelte sie sich wieder zurück. Teds Hand lag jetzt auf ihrer.

„Also, wo waren wir stehengeblieben?", fragte Miro.

„Bei eurer Flucht nach Island", erwiderte Cyan. „Ihr habt bei diesem Geysir gezeltet und…?"

„… dort unsere Ausrüstung überprüft", ergänzte ich und Miro fuhr fort: „Nach ein paar Tagen sind wir dann weitergezogen…"

ဆာ ✶ ◌

„Und jetzt erzählt ihr doch mal was", warf ich in die Runde. Als wir unsere Geschichte beendet hatten, waren wir von den anderen sehr ausführlich bedauert worden, was sowohl unangenehm als auch ein bisschen nervig war. Klar, es war alles ziemlich dramatisch und gefährlich gewesen, und trotzdem wollte ich das alles gegen nichts auf der Welt eintauschen.

„Über uns?" Kayleen lachte. „Dann fangen Ted und ich mal an, okay?" Sie grinste Ted an und begann: „Wir kommen beide gebürtig aus Valleytown. Unsere Familien kannten sich sehr gut und waren eng befreundet. Irgendwann entschlossen sie sich, in die *EMGER* zu ziehen, um dem armen Dorfleben in Valleytown zu entfliehen. Wir waren damals vielleicht neun oder zehn…?" Sie warf einen prüfenden Blick zu Ted, der nickte: „Unsere Seelenlieder haben wir jedenfalls erst später, an unserem vierzehnten Geburtstag, bekommen, und nicht schon beim Umzug zusammen mit unserem Pass."

„Wir wollten beide Polizisten werden", übernahm Kayleen, „aber es war unmöglich. Man hat uns schon in der Schule schlechter behandelt – wir waren anfangs auf einer gemischten Schule – und es war klar, dass es in der Ausbildung nicht anders werden würde. Wer will schon

Rebellen als Polizisten?" Sie lachte bitter. „Jedenfalls haben wir uns stattdessen bei den Rebellenarmeen beworben und dort unsere Ausbildung gemacht. Wir dürfen uns jetzt offiziell Rebellentruppführer nennen, und ihr seid unsere Gruppe!" Sie strahlte in die Runde.

Kapitel 3 ✳ „Attention To Rebels"

Das Flugzeug landete. Ich hatte keine Ahnung, wie spät es war – mein Smartphone zeigte kurz nach Mitternacht, sprang dann aber auf drei Uhr nachmittags und zeigte „Zeitzone: Los Angeles" an. Das passte schon eher zum strahlend blauen Himmel…

Ich gähnte ausgiebig. Obwohl der Flug unkompliziert gewesen war, hatte ich kaum geschlafen und zusätzlich hatte ich mit dem Jetlag zu kämpfen. Aber ich wusste, ich durfte jetzt nicht schlafen, sonst würde ich mich nie an die Umstellung gewöhnen…

෪ ✳ ෫

„Wir gehen jetzt in unser Hotel", erklärte Ted, als wir mit unseren Koffern vor dem Flughafen standen – mitten in L.A. „Ihr werdet ja morgen noch den ganzen Tag haben, um die Stadt zu entdecken."

Ich nickte nur. Ich sehnte mich nach einem gemütlichen Bett – und es war inzwischen schon später als erwartet, da es am Flughafen einige Probleme mit unseren Koffern gegeben hatte und wir uns dort lange aufgehalten hatten.

„Wir werden wohl ein bisschen laufen müssen", fügte Kayleen hinzu. „In allen amerikanischen Städten wurde in den letzten hundert Jahren der Verkehr drastisch reduziert – Autos gibt es kaum mehr, hauptsächlich reist man mit Straßenbahnen. Und selbst die sind schwer zu erreichen."

Eine halbe Stunde später waren wir endlich an der Rezeption unseres Hotels angekommen. Meine Hände zitterten und mein Nacken tat weh, weil ich mich die ganze Zeit nach *Extremen* umgesehen hatte. Doch die gab es hier nicht, und so froh ich darum auch war – unsicher war ich trotzdem.

Schließlich hielt ich den Schlüssel zu Miros und meinem Zimmer in der Hand.

Kayleen legte mir kurz die Hand auf die Schulter. „Falls irgendwas sein sollte: Unser Zimmer ist direkt neben eurem. Macht euch keine Sorgen."

Miro und ich nickten und dann fuhr die ganze Truppe mit dem Aufzug in den zehnten Stock des Wolkenkratzers.

ೞ✴ಆ

„Coole Aussicht."

Mit einem Kaffeebonbon im Mund, und den Kopf gegen die Scheibe des Panoramafensters gelehnt, blickte ich auf die Dächer der Stadt unter uns. In diesem Viertel war das Hotel eines der höchsten Gebäude und man hatte eine wundervolle Aussicht auf den Nachthimmel und die beleuchteten Häuser unter uns.

Im Hotelpark scharten sich winzige Punkte um Lagerfeuer – Menschen?

„Ich bin ja mal gespannt, was wir über das Leben der Menschen hier erfahren werden", gähnte Miro in diesem Moment. Er lag auf dem Bauch auf dem Bett, den Kopf auf die Handflächen gestützt, und schaute ebenfalls nach draußen.

„Du meinst die neue Naturverbundenheit?", fragte ich nach. „Es fängt ja schon damit an, dass man den Verkehr auf einen Bruchteil des früheren reduziert hat…"

„Viele sollen ja auch angeblich wieder in die Prärie umgezogen sein, um so zu leben, wie die Indianer früher", fügte Miro hinzu. „Das sind die, denen wir mit den Goldgräbern helfen sollen."

Ich nickte.

Für ein paar Minuten genossen wir schweigend die Aussicht, dann zückte ich die Sofortbildkamera. „Los, wir machen ein paar Fotos für unser Album!"

ജ ✶ ℭ

Am nächsten Morgen saßen wir mit den anderen aus der Truppe an einem Frühstückstisch in der großen Hotelhalle.

„Soll ich euch einen Tipp geben?", fragte Kayleen in die Runde und grinste breit. „Besorgt euch heute in L.A. schicke Klamotten. Im Saloon in Valleytown ist ständig eine Fete!"

Zuerst blickten wir uns unsicher an, aber sie schien es ernst zu meinen.

„Und ihr müsst dort echt auf euer Geld aufpassen", fügte sie noch hinzu. „Im Saloon gibt es so viele Glücksspiele und Poker – wenn die Spieler euch einmal um den Finger gewickelt haben, sitzt ihr schneller mit leeren Taschen an ihrem Tisch, als ihr *Seelenliederfeuer* sagen könnt!" Sie stand auf. „Jetzt aber erstmal raus hier. Los Angeles erwartet euch!"

℘ ✳ ℭ

„Guck mal, Jona, da ist der Stern der *Ferrochromes*!" Miro lachte und deutete auf den Boden.

Wir waren auf dem *Walk Of Fame* unterwegs, auf der Suche nach Leuten, die vor hundert Jahren hier verewigt wurden und deren Namen noch heute bekannt waren.

Wir machten ein paar Selfies mit dem Stern unserer Seelenliederband, dann liefen wir weiter.

Mein Blick wanderte durch die Straßen, – und ich erstarrte. „Miro? Guck mal da, an der Straßenlaterne!"

„Was... oh." Miro schluckte und starrte auf das *Wanted Dead Or Alive*-Plakat, von dem unsere Gesichter die Straßen überblickten.

Es waren zwar nicht viele Leute auf der Straße unterwegs – zumindest nicht so viele, wie das früher angeblich der Fall gewesen war – aber die Ähnlichkeit zwischen den Personen auf dem Plakat und uns, die wir hier unten standen, war einfach zu offensichtlich. Wurden wir wirklich schon von allen Seiten angestarrt, oder bildete ich mir das nur ein?

„Hey, guck mal!", rief Miro plötzlich auf Englisch und deutete wie wild auf das Schild. „Die sehen ja aus wie wir! Wie lustig!"

„Sag mal...", begann ich verwirrt, aber er flüsterte: „Spiel einfach mit!"

„Unglaublich", entgegnete ich halbherzig, ebenfalls auf Englisch. „So ein komischer Zufall!"

Miro zerrte mich in Position und knipste ein Selfie mit dem Plakat, dann zog er mich in eine Seitengasse und atmete tief durch. „Ich hoffe, das hat funktioniert."

„Was genau war dein Plan? So zu tun, als ob wir das gar nicht wären?"

„Exakt." Miro grinste erleichtert. „Irgendwelche Typen hinter uns haben schon die Nummer gewählt, die die *Extremen* angegeben haben, aber sie haben wieder aufgelegt, als sie uns gehört haben."

„Wirklich?" Ich starrte ihn an. „Lass uns bitte von der Straße gehen. In ein kleines Infobüro oder so."

„Alles klar." Miro nahm wieder meine Hand und wir betraten ein kleines *Tourist Office* auf der anderen Straßenseite.

„Hallo, können wir kurz stören?" Ich begrüßte den Mann hinter der Theke auf Englisch. Er war klein, konnte kaum über die Kante sehen, und sein Gesicht war von dutzenden Flyern auf der Theke umrahmt.

„Natürlich. Ihr seid nicht von hier, oder?" Er wuchs und jetzt erkannte ich, dass er eben nur auf dem Boden gekniet hatte und anscheinend einen großen Ordner gesucht hatte, den er jetzt auf den Tisch wuchtete und zur Seite schob.

„Nein, wir kommen aus der *EMGER*", entgegnete ich. „Können Sie uns etwas über die… Traditionen des Lebens hier erzählen?"

„Du meinst die *Natives*?" Der Mann lachte und stützte die Ellenbogen auf den Tisch. „Klar doch. Also, es gibt zwei Sorten von uns *New Natives*. Ich gehöre zu denen, deren Vorfahren normale Stadtbewohner waren und im Rahmen der Regierungsreformationen einen Bund mit den Ureinwohnern geschlossen haben, das Stadtleben im Sinne der Natur zu verändern. Ich treffe mich jeden Abend nach der Arbeit mit anderen *New Natives* und wir kümmern uns beispielsweise um die Renaturierung der Stadt, die nach fast hundert Jahren immer noch nicht abgeschlossen ist. Die andere Sorte der *New Natives* sind wahre Ureinwohner, viele verschiedene Stämmen, die traditionell in der Prärie, in Wüsten und Wäldern lebt – mit Tipis oder Laubhütten, genau wie früher. Das sind die, die zu den alten Stämmen gehören und sich auch im 21. Jahrhundert noch als *Natives* bezeichnet haben. Wir anderen, wir… *Weißen* haben uns ihnen nicht angeschlossen, um ihre Kultur zu ehren und ihnen die Ruhe zu lassen, die unsere Vorfahren ihnen genommen haben."

„Klingt interessant", befand Miro. „Ohne Zuhause, einfach rumstreunen… genau wie wir vor ein paar Wochen."

„Bei unseren Ferien in der Wildnis", fügte ich hastig hinzu, bedankte mich bei dem Mann und zog Miro mit nach draußen. „Du musst aufpassen, was du sagst! Wenn selbst hier Fahndungsplakate hängen, kann jeder ein Spion sein."

„Wohl wahr", seufzte Miro. „Hoffen wir mal, dass in dem Kaff in der Wüste weniger los ist."

₞✶₠

Am Abend fielen wir hungrig und todmüde ins Bett, aber ich fand trotzdem keinen Schlaf – und Miro offensichtlich genauso wenig. Das Licht seines Smartphones erhellte den Raum, während ich den Tag nochmal an mir vorbeiziehen ließ. Wir hatten uns gegen Abend mehrmals verlaufen und letztendlich das Abendessen verpasst – und ich bereute es jetzt, mir mittags nichts gekauft zu haben.

„Jona, bist du noch wach?", murmelte Miro.

„Mh-mh." Ich drehte mich zu ihm und er hielt mir sein Smartphone entgegen.

Ich blinzelte ein paar Mal, bis sich meine Augen an das helle Licht gewöhnt hatten, dann las ich den Text. Es war ein englischer Zeitungsartikel auf der Website einer bekannten Nachrichtenagentur der *EMGER*.

„Mysteriöse, illegal angebrachte StreetArt-Werke gegen Extreme über Nacht aufgetaucht..."

Miro drehte das Display wieder zu sich und scrollte ein Stück runter, sodass ich mehr als nur die Überschrift sehen konnte – ein Foto von einem schwarzen Schriftzug auf einer Schallschutzmauer an einer Autobahn. *Attention To Rebels, Disrespect To Extremes!*

„Aufmerksamkeit für Rebellen, Missachtung für *Extreme*?", wiederholte ich auf Deutsch. „Was-"

„Lies weiter", forderte Miro und ich las die ersten Sätze des Artikels. Es ging darum, dass der Künstler zwar unbekannt sei, man aber auf einen Rebellen tippe.

„Nicht weiter schwer zu erkennen", kommentierte ich.

„Weiter", drängte Miro.

„Slogans like this are reported from all over the EMGER since the beginning of the week. All of them are signed by 2st1. Und?"

„Lies mal die Zahlen auf Deutsch und nicht auf Englisch."

„Zwei…st…eins?", fragte ich verwirrt.

„Mann, Jona, du stehst echt auf dem Auxkabel, oder?" Miro grinste. „Ich meine, vielleicht irre ich mich auch, aber der Plural von Einstein ist doch Zweistein, oder?"

„Warte- Du meinst, das sind Katla und Einstein?!"

„Ah, der Drumstick ist endlich gefallen." Miro musste über mein verwirrtes Gesicht lachen. „Ja, genau das meine ich. Solche Sprüche würden doch zu Katla passen, oder?"

„Wenn sie es ist, muss sie definitiv aufpassen. Es ist ja nicht nur die Polizei, die wegen Sachbeschädigung hinter ihr her ist, sondern auch die *Extremen!* Und die sind tausendmal gefährlicher!"

„Klar. Die werden sicher scharf drauf sein, sie zu fangen. Solche Sprüche können sie ja überhaupt nicht gebrauchen. Wir sollten besser mal an der Sache dranbleiben, oder?"

Ich nickte und Miro aktivierte die Newsbenachrichtigungen zum Thema.

Aus dem Nachbarzimmer hörte man leise Stimmen und Gelächter.

„Da scheinen noch mehr Leute nicht schlafen zu können", stellte ich fest. „Das sind... Ted und Kayleen, oder?"

Miro nickte. „Klar sind sie noch wach. Was denkst du, wie aufgeregt sie sein müssen? Zurück nach Hause..."

„Was denkst du, wann können *wir* wieder nach Hause?", warf ich ein.

„Wir sind noch nicht mal da, und du denkst schon wieder ans Zurückkehren?"

„Du nicht? Ich meine, war es nicht von Anfang an klar, dass wir nicht monatelang in Valleytown bleiben wollen?"

Miro seufzte, „Klar. Wir haben keinen Umzug geplant, sondern nur Urlaub für ein paar Wochen. Untertauchen, bis sich alles wieder etwas beruhigt. Aber wird es das jemals? Ich meine, die *Extremen* verfolgen ihre Ziele nicht erst seit gestern – nur sind wir noch nicht so lange da reingeraten und wissen nicht besonders viel über sie, ihre Vergangenheit und ihre Pläne. Aber sie werden nicht aufgeben. Ich sag dir, Jona, die Sache hat gerade erst so richtig angefangen, und früher oder später werden wir uns einem Kampf stellen müssen."

Hätten wir zu diesem Zeitpunkt gewusst, wie vielen Kämpfen wir uns noch stellen würden, wir wären wohl kaum so ruhig gewesen. Aber so nickte ich nur, kuschelte mich in Miros Arme und war kurz darauf dann endlich eingeschlafen.

Kapitel 4 ✶ „Marlow&Scriven Airlines"

Am nächsten Morgen, es war eigentlich schon fast Mittag, führten Kayleen und Ted uns zum Flughafen zurück. Fröhlich und seltsamerweise hellwach und ausgeschlafen erzählte Kayleen, was uns in Valleytown erwarten würde.

Früher, vor rund dreihundert Jahren, war das kleine Dorf schon mal eine große Goldgräberstadt gewesen. Nach dem Ende des Goldrauschs waren viele der Gebäude allerdings verfallen und viele Menschen waren wieder weggezogen. Nur einige wenige *New Natives* waren geblieben, darunter Kayleen und Ted mit ihren Familien. Lange Zeit war es ruhig und friedlich gewesen, bis gegen Ende des letzten Jahres in der Nähe wieder Gold gefunden worden war und das Dorf erneut aufblühte.

Kayleen schwärmte von der Vielfalt der Angebote, von Hotels, Läden, dem Saloon, selbst einem Arzt und einer Apotheke – alles im rustikalen Stil der 1840er, aber mit modernstem Strom, Fernsehen und Mobilfunknetz.

„Wann wart ihr zuletzt da?", fragte ich.

„Vor etwa einem halben Jahr." Kayleen lächelte gedankenverloren. „Mein Herz hängt an diesem Dorf, obwohl ich inzwischen in der *EMGER* wohne. Meine Wurzeln sind in Valleytown."

Sie führte uns über das Rollfeld und zu einem kleinen Hangar, dessen Tor die Aufschrift *Rebels* trug. Kayleen zückte einen Schlüssel, öffnete das Rolltor und führte uns in die Halle. Eine kleine, zehnsitzige Propellermaschine stand in der Mitte.

„Bitte einsteigen, meine Damen und Herren!" Ted hielt die Tür auf.

„Damit fliegen wir?", fragte einer aus der Truppe – Max?

„Ja, natürlich. Du kannst nicht mit einem Airbus nach Valleytown reisen." Kayleen lachte. „Dort gibt es nämlich keinen richtigen Flughafen. Die Alternative wäre, mit Fallschirmen abzuspringen."

„Nein, danke." Max schüttelte sich. „Und wer fliegt uns?"

„Na, wir!" Kayleen lachte erneut und schwang sich ins Cockpit.

„Ihr seid 19 und 21", hakte Max nach. „Und ihr traut euch wirklich zu, so ein Teil zu fliegen?"

„Mach mal keinen Stress." Ted legte ihm die Hand auf die Schulter. „Wir haben lange Zeit mit der Ausbildung für Rebellentruppführer verbracht und wir haben beide den Extrakurs für Propellermaschinen wie diese mit der Bestnote abgeschlossen. Es wäre nett, wenn du deine Flugangst also nicht an Kayleen und mir auslässt. Und es steht dir frei, jederzeit mit einem Airbus nach Hause zurückzukehren. Aber entscheide dich bitte schnell." Ted schwang sich ins Cockpit auf den Sitz neben Kayleen und wir anderen folgten Laurie und Cyan, die schon längst ihre Plätze eingenommen hatten, nach drinnen. Als letzter ließ sich schließlich auch Max nieder und umklammerte die Haltegriffe an der Decke so fest, dass seine Fingerknöchel weiß hervortraten.

Kayleen drehte sich vom Pilotensitz zu uns um und winkte durch die Plexiglasscheibe, die das Cockpit vom Passagierraum abtrennte, dann zog sie Kopfhörer und ein Headset auf, wie Ted es bereits trug.

Er verschob ein paar Regler am Kontrollpult und das Flugzeug machte einen Satz nach vorne, aus dem Hangar.

Max wimmerte leise und Cyan murmelte ihm tröstende Worte zu.

Das Rolltor des Hangars schloss sich hinter uns und wir rollten weiter, schneller und schneller, und dann flogen wir.

In der Decke knisterte es und dann hörten wir Kayleens verzerrte Stimme durch einen Lautsprecher. „Herzlich Willkommen an Bord, liebe Passagiere! Wir haben soeben den Flughafen von Los Angeles verlassen und steuern jetzt auf den Zielflughafen in Valleytown zu, den wir bei besten Wetterverhältnissen in etwa zwei Stunden erreichen werden. Genießen Sie ihren Flug mit Marlow&Scriven Airlines!" Sie kicherte und das Knistern verstummte.

80 ✶ 03

Gegen Nachmittag steuerten wir schließlich auf die Landebahn des kleinen Westerndorfs zu. Die Landung war holprig, aber Kayleen und Ted beteuerten über die

Funkanlage, dass es genauso geplant gewesen war – und was sollte man auch anderes erwarten? Geteert war hier weder irgendeine Straße noch die Landebahn, und es gab auch kein Flughafengebäude.

Cyan öffnete die Tür des Flugzeugs und wir verließen die Kabine. Es staubte, als ich mit wackligen Knien auf dem ausgedörrten Boden landete, und ich musste husten. Die Luft war heiß und trocken und ich sehnte mich sofort nach einem Glas kalter Limonade.

Kayleen und Ted steuerten das Flugzeug in einen der fünf kleinen Hangars am Rand der Landebahn, dann kamen sie zu uns und übernahmen die Führung.

Das Dorf war größer, als ich vermutet hatte, aber es sah genauso aus, wie man Wildweststädte aus Film und Fernsehen kannte. Häuser aus dunklem Holz; staubige, unbefestigte Straßen; trockene Grasknäuel, die vom heißen Wind über den Boden geweht wurden, und überall wurde man als Fremder schräg angesehen.

Die Rollkoffer holperten durch den Sand und kleine Staubwolken türmten sich hinter den Rädern auf.

„Unser Hotel ist hier." Kayleen deutete zu einem großen Gebäude direkt vor uns und Ted hielt uns die Tür auf, dann meldeten die beiden uns an der Rezeption an. Sie schienen die Hotelbesitzer zu kennen, das erkannte man am Tonfall beider Parteien – allerdings verstand ich kaum ein Wort, da sowohl Kayleen und Ted als auch der Mann an der Rezeption in einem schnellen amerikanischen Dialekt sprachen.

Dann drehte Ted sich zu uns um und erklärte auf Deutsch, dass wir uns um achtzehn Uhr wieder hier in der Lobby treffen würden und dann gemeinsam in den Saloon gehen würden.

80✶CQ

Ich warf mich auf das große Bett in der Mitte unseres Raums. Das Kopfende schloss mit einem Knacksen die kleine Lücke zur Wand, aber sonst geschah nichts. Wider Erwarten. So rustikal, wie alles aussah, hatte ich zumindest mit einer quietschenden Bettfeder gerechnet, aber anscheinend war der Stil nur eine Fassade. Auf den zweiten Blick fielen mir dann auch die Steckdosen auf, die in derselben Farbe wie die Holzvertäfelung gehalten waren und kaum zu sehen waren, und als Miro den großen Wandschrank öffnete, stand darin ein Beamer und eine große aufgerollte Leinwand zum Fernsehen.

„Gemütlich", befand Miro und setzte sich neben mich. Mein Blick wanderte von der kleinen Blumenvase auf dem gehäkelten Tischdeckchen auf der Fensterbank zu der Tafel Schokolade auf dem Sideboard. „Stimmt."

„Und das Beste ist ja, dass niemand dafür bezahlen muss!", schwärmte Miro weiter. „Als du im Flugzeug nach L.A. geschlafen hast, hat Ted erzählt, die Hotelzimmer und überhaupt die ganze Reise würden von den Rebellenverwaltungen bezahlt!"

„Dafür bezahlen wir Rebellensteuern." Ich schloss müde die Augen, aber Miro zog mich vom Bett. „Nicht schlafen, Jona, denk an den Jetlag!"

Ich gähnte und verdrehte die Augen – aber er hatte wohl Recht. Also streckte ich mich kurz, schnappte mir meinen Rollkoffer, der noch mitten im Weg stand, und begann, meine Hälfte des Kleiderschranks mit meinen Klamotten zu füllen.

Eine halbe Stunde später trafen wir uns mit den anderen in der Lobby, die diesen Namen eigentlich nicht verdient hätte – es war nur ein schmaler Durchgang, in dem die Rezeptionstheke stand. Für unsere Truppe – zehn Leute – war kaum Platz, sodass Max und Roger zwischen zwei hohen Topfpflanzen auf der Treppe eingequetscht waren und Cyan und Laurie sich kurzerhand auf die Theke gesetzt hatten.

Genau wie die beiden, die im Minikleid beziehungsweise Blazer und Rock erschienen waren, hatten auch Miro und ich uns an Kayleens Tipp für die Kleidung gehalten: Miro trug ein Hemd und eine elegante schwarze Hose, und ich ein langes, dunkelrotes Abendkleid, das ich mir in Los Angeles zugelegt hatte.

Lewis, Roger, Max und Chester allerdings trugen nur Jeans und ein schlichte T-Shirts, was Miro beunruhigte, schließlich wollte er nicht als einziger aus der Truppe im Hemd in den Saloon gehen…

Schließlich kamen auch Kayleen und Ted die Treppe aus dem ersten Stock herunter, Hand in Hand. Ted trugt tatsächlich auch ein Hemd und Kayleen ein langes, dunkelblaues Ballkleid und glitzernden Schmuck in den leicht lockigen, haselnussbraunen Haaren.

„Wollt ihr heiraten?", witzelte Roger.

„Quatschkopf." Ted knuffte seinen Cousin sanft in die Seite. „Kay hat doch gleich einen Auftritt!"

„Du singst hier?", fragte ich überrascht und drehte mich zu Kayleen um, die hinter mir auf der Treppe stand.

Sie nickte lächelnd. „Hier, in so einem kleinen Dorf, kann ich auch mal Coverversionen stilistisch verändern, ohne dass es jemanden stört! Ich vertraue jedem hier mit meinem Leben. Na ja, fast jedem."

„Fast jedem?"

„Lass uns nicht darüber reden." Sie lächelte mir nochmal zu und lief dann zu Ted.

Sie sprachen kurz miteinander und Kayleen verkündete, dass wir jetzt gehen würden.

Die Sonne war schon fast untergegangen und malte feurige Muster an den Himmel, auf die Dächer und auf die Felsformationen am Horizont. Ich ließ mich kurz zurückfallen und zückte die Sofortbildkamera, die ich wie immer in einer kleinen Umhängetasche bei mir trug. Nachdem ich ein paar Fotos gemacht und samt Kamera wieder verstaut hatte, holte ich die Truppe wieder ein und wir betraten den Saloon durch die üblichen halbhohen Schwingtüren.

Es waren bereits eine Menge Leute dort, an einem Tisch wurde sogar gepokert und Roulette gespielt.

Ted trat an den Tresen und redete kurz mit dem Barkeeper in diesem komischen Dialekt, dann kam er zurück zu uns. „Ihr könnt bestellen, was ihr wollt und wie viel ihr wollt. Geht alles auf die Rechnung der Rebellenverwaltung, das habe ich Derrick gerade erklärt." Er winkte dem Barkeeper kurz zu und dieser legte die Unterarme auf den Tresen, als warte er nur auf unsere Bestellungen.

Kayleen machte den ersten Schritt und bestellte ein Getränk, und dann standen wir plötzlich alle am Tresen.

Ich reckte den Hals und suchte nach einer Liste mit den Getränken, die man hier bestellen konnte, aber es gab keine. Derrick sah mich halb belustigt, halb ungeduldig an und ich bestellte schnell ein Wasser.

Der Barkeeper lachte und schob mir ein Glas Wasser zu, dann drehte er sich zu Miro, der ebenso verunsichert nach Apfelsaft fragte. Und dann saßen wir da auf den Barhockern am Rand des Raums, mitten in der rauchigen Atmosphäre. Irgendwo in einer Ecke klimperte jemand auf einem Klavier, vermischt mit den Stimmen und dem Gelächter der Umstehenden.

Als ich meinen Blick durch den Raum schweifen ließ, bemerkte ich, dass die Glücksspieler alle Revolver im Gürtel hatten – und bei genauerem Hinsehen waren sie nicht mal die einzigen. *Ich hätte Kayleen fragen sollen, ob es hier immer noch die gleichen blutigen Lösungen für Konflikte gibt wie damals!*, schoss es mir durch den Kopf. Doch bevor ich eben dies tun konnte, jaulte eine E-Gitarre auf. Ted lehnte sich mit dem Instrument in der Hand gegen den Tresen und der Barkeeper Derrick verkündete – soweit ich den Dialekt verstand – die

Rückkehr der wunderbaren Sängerin Kayleen Marlow und ihres Gitarristen Ted Scriven.

Die Stimmen und das Gelächter verstummten augenblicklich und jemand klatschte und pfiff. Mal davon abgesehen, dass der Typ schon ziemlich angetrunken aussah, schien Kayleen bei allen hier sehr beliebt zu sein.

Der Pianist spielte ein paar Töne wie das Intro eines Films und verstummte dann, als Ted mit der E-Gitarre übernahm. Es waren die ersten Töne von *Songs Of Fights And Freedom*, Kayleens Seelenlied. Als sie dann zu singen begann, fehlten mir die Worte. Es klang fast wie das Original… oder sogar besser? Kayleen traf wirklich alle Töne perfekt, selbst die ganz hohen, und ihre Stimme war wie gemacht für das Lied. Vielleicht, weil es ihr Seelenlied war?

๛ ✶ ෭

Wir verließen den Saloon erst weit nach Mitternacht, obwohl mir ständig die Augen zugefallen waren. Aber keiner wollte der erste sein, der ging – erst recht nicht Miro und ich als Jüngste, schließlich waren wir keine Kinder mehr. Nicht mehr nach dem, was wir schon durchgemacht hatten.

Letztendlich gingen wir dann alle zusammen, als Derrick mehrmals darauf hingewiesen hatte, er würde jetzt schließen und wer nicht ginge, würde rausgetreten.

Manch einer aus der Truppe torkelte mehr, als dass er ging – nicht aber Kayleen, obwohl sie weit mehr als ein

52

Glas Whiskey intus hatte. Langsam bestätigte sich mein Eindruck, dass sie nicht einfach das brave Wildwestmädchen war…

Als sie uns dann vor dem Hotel Bescheid gab, wir würden uns morgen schon um neun in der Lobby treffen, um ein wenig Unterricht für die Friedensverhandlungen zwischen Goldgräbern und *New Natives* zu erhalten, sank die vorhin noch so heitere Stimmung auf den absoluten Nullpunkt. Selbst diejenigen, die eben noch Witze gerissen hatten, auf den Zimmern mal schnell eine weitere Flasche Wein zu leeren, schleppten sich nur noch die Treppe hoch und knallten die Tür hinter sich zu.

Kapitel 5 ✶ „Goldadern"

„Los, kommt mit!" Kayleen lächelte in die Runde und klatschte aufmunternd in die Hände. Alle anderen der jungen Erwachsenen rieben sich nur müde die Augen und die Schläfen und ich erinnerte mich wieder daran, dass viele von ihnen gestern mehr als ein Gläschen zu viel getrunken hatten.

Miro und ich waren überraschend ausgeschlafen, und auch Ted und Kayleen sah man weder die Dauer ihres Aufenthalts im Saloon noch die Anzahl ihrer alkoholischen Getränke an.

Kayleen war fröhlich und selbstbewusst, als sie die verschlafene Truppe durch die staubigen Straßen von Valleytown führte und zu erzählen begann.

„Die ersten Goldadern wurden vor rund zwei Monaten hier in der Nähe am Rand des Death Valley National Parks gefunden. Als sich das herumgesprochen hat, hat die Regierung – der das Land gehört – den industriellen Abbau verboten, da man schlimme Folgen für die *New Natives* befürchtete. Also kamen die Menschen, hauptsächlich Einwohner der *EMGER*, eben mit Spitzhacken und Schaufeln hierher. Abenteurer, die das wilde Leben genießen, Goldsüchtige, und so weiter. Innerhalb weniger Wochen wurde Valleytown wiederbelebt. Die offiziellen Einwohnerzahlen sind von dreißig auf hunderte gestiegen – offiziell, weil viele Goldsucher tagelang in der Wüste campen und gar nicht in ihren Häusern oder Hotelzimmern sind. Valleytown ist aber nicht der einzige Ort, an dem im letzten Jahr wieder lohnenswerte Mengen Gold gefunden wurden. In ganz Amerika gibt es gut zehn, zwölf neue Abbaugebiete und alle davon sind für die Industrie gesperrt. Die *Natives* brauchen zwar das Gold nicht, aber den Grund, unter dem es liegt, weil es ihre Heimat ist. Und da kommen wir ins Spiel, denn wir müssen Konflikte zwischen *New Natives* und Goldsuchern lösen. Natürlich nicht, weil wir sie als schwächer oder hilfsbedürftig ansehen, denn das sind sie nicht. Nein, wir sehen es als unsere Schuldigkeit für alles, was unsere Vorfahren den ihren angetan haben. Mal davon abgesehen wollen viele gar nicht kämpfen – haben ihr Leben dem Frieden verschrieben – und haben uns daher selbst um Unterstützung gebeten."

„Gibt es keine… Sheriffs oder so?"

„Doch." Kayleen nickte und für einen Moment war ihr Lächeln wie weggewischt, doch im nächsten Moment hatte sie sich schon wieder gefangen. „Das ist meine Tante. Aber sie alleine kann sich nicht gegen dutzende Goldsucher und *Natives* durchsetzen."

„Und ihr Deputy ist ein Taugenichts", ergänzte Ted.

„Ein ignorantes Arschloch, eher", korrigierte Kayleen. „Darf man das sagen?"

„Nein." Cyan grinste. „Aber das interessiert dich wohl nicht."

„Gut erkannt." Kayleen lachte, schob ihren Cowboyhut in den Nacken und strich sich eine Strähne hinters Ohr, die sich aus ihren Zöpfen gelöst hatte. „Ach ja, und für diejenigen unter euch, die vielleicht mysteriöse Gedächtnislücken von gestern haben. Das Gebäude da drüben ist der Saloon."

Cyan und Laurie kicherten und Max wurde rot.

„Neben dem Saloon liegt die Bank, falls ihr für irgendwas Geld brauchen solltet", übernahm Ted. „Von Überfällen bitte ich abzusehen, danke. Hier auf der Straßenseite haben wir einen kleinen Lebensmittelladen, dahinter einen Klamottenshop und an der Kreuzung sind Arzt, Apotheke, Drogerie und Bäckerei. Das sind so die wichtigsten Läden, aber nicht alle. Ach ja, und hier ist die Schule. Kommt mit."

„Die Schule? Gibt es viele Kinder im Dorf?", fragte Miro.

„Nein. Genau zwei, und die haben bald schon Abschluss", antwortete Kayleen. „Deswegen werden wir einen der Klassenräume für unseren Unterricht benutzen." Sie hielt uns die Tür auf. „Den Gang entlang und dann rechts die erste Tür."

Es war ein komisches Gefühl, die Schule zu betreten. Seit meiner Grundschulzeit war ich in keiner normalen Schule mehr gewesen – ab der fünften Klasse hatte ich einen Privatlehrer auf dem Schloss gehabt und jetzt war ich ja auf dem Rebelleninternat.

„Setzt euch ruhig in die ersten Reihen. Keiner braucht sich zu verstecken." Kayleen klang wie eine Lehrerin, musste aber selbst auch grinsen, als sie die Klassenzimmertür hinter uns schloss. Ich zögerte für einen Moment, dann setzte ich mich neben Miro in die erste Reihe ans Fenster.

An der Wand saßen Cyan und Laurie, hinter ihnen Max und Chester und hinter uns Lewis und Roger. Ted und Kayleen setzten sich aufs Pult.

„Also, fangen wir mit einem Rollenspiel an." Kayleen ließ den Blick durch ihre Klasse schweifen. „Jona und Cyan, kommt mal bitte an die Tafel."

Zögerlich stand ich auf und folgte der jungen Frau nach vorne. Ihr blonder Bob wippte bei jedem ihrer federnden Schritte auf und ab.

„Jona, du bist jetzt eine Goldgräberin." Ted holte eine Schaufel hinter dem Pult hervor und drückte sie mir in die Hand. „Und du, Cyan, bist eine *Native*. Denkt bitte kurz über eure Rollen nach."

Wir standen eine Zeitlang schweigend da und ich musste mir Mühe geben, nicht zu lachen, besonders, als ich Cyans belustigten Blick sah.

„Okay", erlöste Kayleen uns. „Du, Jona, hast gerade eine Goldader im Boden gefunden und möchtest das Gold natürlich jetzt ausgraben."

Ich nickte und Kayleen wandte sich an Cyan. „Du, Cyan, lebst hier und weißt nichts von dem Gold – und es interessiert dich auch nicht. Und jetzt kommt da so ein

Goldgräber und möchte dich von deinem Boden vertreiben, um zu graben. Bitte einfach improvisieren." Kayleen grinste breit und hockte sich im Schneidersitz auf das Pult.

Ich starrte zu Cyan, deren blaue Augen erneut belustigt funkelten, als sie sagte: „Fang du an. Du willst schließlich etwas von mir, nicht umgekehrt!"

„Ähm, also. Unter dem Gebiet, in dem du mit deinem Stamm lebst, wurde Gold gefunden."

„Das interessiert mich nicht", erwiderte sie pflichtgemäß.

„Ich würde es gerne ausgraben", fuhr ich fort. War das wirklich, wie ein Goldgräber reden würde? „Lass uns einen Deal machen!"

„Einen Deal? Wie soll der aussehen?" Cyan ging richtig in ihrer Rolle auf. „Sollen wir *New Natives* etwa von hier wegziehen? Wegziehen, nur damit ihr Goldgräber irgendwann die gesamte Gegend umgegraben habt und wir keinen Platz mehr zum Leben haben? Damit ihr uns wieder in Reservate verbannen könnt, wie damals vor hundert, zweihundert Jahren?"

„Nein, natürlich nicht, wir-" Ich überlegte blitzschnell. „Wir werden alles wieder rückgängig machen, wenn wir genug Gold haben. Alle Löcher wieder zuschütten, und... und euch ein paar Bisons schenken."

Miro in der ersten Reihe konnte sich das Lachen kaum verkneifen, und auch auf den Gesichtern der anderen war das ein oder andere Grinsen zu sehen. Nur Cyan war wie versteinert. „Ihr macht alles rückgängig. *Alles*. Löcher zuschütten. Gras säen. Neue Wälder pflanzen, falls ihr welche rodet. Und wenn ihr euer Versprechen brecht, werden wir uns rächen!"

Ich nickte. „Einverstanden."

„Gut, dann ziehen wir in zwei Tagen weiter und ihr könnt in Ruhe euer Gold ausgraben. Und wenn ihr fertig seid, kommen wir zurück." Cyan lächelte das schmale Lächeln eines Stammeshäuptlings, und dann blickten wir beide fragend zu Kayleen und Ted.

Diese lachten und Kayleen klopfte auf den Tisch. „Der Ansatz ist auf jeden Fall nicht schlecht. Es werden sich wohl nur nicht alle *Natives* und erst recht nicht alle Goldgräber darauf einlassen. Ihr könnt euch wieder setzen. Ihr bekommt jetzt von uns ein paar Tipps für den Umgang mit Goldgräbern "

℘ ✶ ℭ

Den Nachmittag verbrachten Miro und ich im Hotelzimmer mit einer Einkaufsliste. Kayleen hatte gesagt, im Hotel gäbe es auch eine Gemeinschaftsküche, die alle Gäste benutzen könnten, und das wollten wir ausnutzen und selbst kochen. Außerdem hatte ich meine Zahnpasta vergessen und Miros schmeckte eklig, und Miro wollte sich Wanderschuhe für einen Ausflug ins Death Valley besorgen.

Später klopfte Kayleen und erklärte, am Abend würden wir uns alle nochmal im Saloon treffen und auf das

Rebellenprojekt trinken – das sei ja gestern durch ihren Auftritt zu kurz gekommen.

Also verschoben wir kurzerhand die Einkäufe auf den morgigen Samstag und zogen uns für den Saloon um.

Dieses Mal sparte ich mir allerdings das Kleid und zog wie Miro ein lässiges Band-T-Shirt und schwarze Jeans an.

Als wir im Saloon ankamen, saßen die anderen aus der Truppe schon an einem runden Tisch am Rand des Raums und hatten Getränke vor sich stehen. Miro und ich holten uns eine Cola bei Derrick ab und setzten uns dazu.

„Jetzt, wo wir komplett sind, lasst uns anstoßen!" Kayleen hob ihr Glas. „Auf uns!"

„Auf uns!", wiederholten wir und ein warmes Gefühl des Dazugehörens erfüllte mich.

Zehn Gläser klirrten aneinander, vom Pokertisch erklang Jubel und Fluchen und der Pianist spielte eine wilde Melodie, und für den Moment wollte ich nirgendwo anders sein.

Kapitel 6 ✶ „Zwei Cocktails, bitte"

Miro und Jona liefen durch den kleinen Lebensmittelladen in Valleytown. Sie hatten heute keinen Unterricht und deswegen endlich mal wieder bis zum Mittag ausschlafen können.

„Wir haben kaum Geld", gab Miro zu bedenken. „Was... was hältst du davon, wenn ich Poker spielen lerne und im Saloon unsere Ersparnisse aufbessere?"

Jona drehte sich um. Sie schien nicht mal besonders überrascht von seinem Vorschlag. „Es könnte schiefgehen, aber ich finde, es ist einen Versuch wert. Du darfst halt nicht alles verzocken, aber versuchen kannst du es, klar."

Miro nickte und legte eine Flasche Limonade in den Einkaufskorb. „Ja, das denke ich auch. Und ich kenne die groben Regeln. Wenn wir gleich im Hotel sind, gucke ich mir mal ein paar Erklärvideos auf YouTube an und dann... tja." Er grinste schief. „Gewinnen oder verlieren."

℘ ✶ ℘

Die Sonne brannte unbarmherzig vom Himmel, als ich das Hotel verließ. Miro wollte noch ein paar Poker-Tutorials ansehen – für Fortgeschrittene – und da ich nicht mal die Grundregeln kannte, hatte ich mich für einen Spaziergang durch die Stadt entschieden.

Irgendwie vermisste ich Freya gerade an meiner Seite – mal von meinen Freunden ganz abgesehen. Ich vermisste sie alle so sehr in diesem Moment, und hätte ich nicht in diesem Moment Kayleen alleine auf einer niedrigen Mauer an der Landebahn sitzen gesehen, hätte ich wohl auf offener Straße angefangen, zu heulen. Stattdessen änderte ich jetzt meinen Kurs und trat zu ihr.

„Hey, Jona!" Sie sah überrascht von einem kleinen Buch auf und schlug es so zu, dass ich den Titel nicht sehen konnte. Den Stift in ihrer linken Hand schob sie hinter ihr Ohr.

Ich legte meine Umhängetasche auf den Boden und setzte mich neben Kayleen auf die Mauer. „Was machst du hier alleine?"

„Dasselbe könnte ich dich fragen", entgegnete sie und lächelte.

„Ich sehe mich im Dorf um. Und du?"

Sie zögerte einen Moment. „*Closing my eyes and listening to my feelings.*"

„Das ist eine Zeile aus deinem Seelenlied, oder?", hakte ich nach.

Sie nickte und drehte das Buch um, sodass ich den handgeschriebenen Titel lesen konnte. *Gedichte.*

„Du schreibst Gedichte?"

Sie zögerte erneut, holte tief Luft und schüttelte dann den Kopf. „Nein. Ich schreibe keine Gedichte. Ich schreibe Lieder. Und ja. Ich weiß, dass das illegal ist. Aber es ist einfach ein gutes Gefühl, seine Gedanken auf

Papier und mit Melodie zu sehen und zu hören. Die Texte tarne ich als Gedichtband und die Noten habe ich in einem zweiten Heft – als Notenleseübungen getarnt. Ich wurde schon zweimal erwischt, aber die Ausreden haben mir geholfen – bis jetzt zumindest."

„Am Donnerstag hast du auch selbstgeschriebene Songs gesungen, oder?", fragte ich nach. „Nicht nur stilistisch veränderte."

„Ja." Sie lächelte. „Zum Beispiel das zweite, direkt nach meinem Seelenlied. Es heißt *Lost In The Storm* und handelt von den Gefühlen, die ich habe, wenn ich meine leibliche Familie in der *EMGER* verlassen muss, aber meine zweite Familie hier besuche, und…" Sie errötete leicht. „Und jemanden dabeihabe, den ich sehr gerne habe."

„Ted?", vermutete ich.

Sie errötete noch mehr und nickte. „Er ist mir sehr wichtig, aber ich bin mir nicht sicher, ob er sich dessen noch bewusst ist. Du musst wissen, wir sind schon zusammen, seit wir neun und elf waren, aber ich frage mich, ob er das immer noch so ernst meint wie ich. Erinnerst du dich – an unserem ersten Abend hat Roger im Spaß gefragt, ob wir heiraten würden, weil wir schicke Klamotten anhatten, und Ted hat ihn einen Quatschkopf genannt. Er scheint tatsächlich noch nie darüber nachgedacht zu haben, Jona, stell dir das mal vor!" Sie lachte nervös. „Entschuldigung, es ist mit mir durchgegangen. Aber… ich weiß einfach nicht, was er über mich und uns in der Beziehung denkt. Und ich schreibe gerade einen neuen Text. Für ihn. Vielleicht erkennt er dann, was er mir bedeutet."

Sie schlug ihr Textbuch auf. „Das Lied heißt *Forever Eternity*. *„We were only kids when you said... This is eternity, this is forever. This is love, there won't be a never"*, ja, das klingt gut." Sie strich sich wieder eine Strähne aus der Stirn und notierte schnell die Zeilen, dann warf sie mir ein schüchternes Lächeln zu. Als sie das Buch wieder zuschloss, fiel mein Blick auf die Seiten und ich sah, dass schon fast alle Seiten mit Kayleens ordentlicher, geschwungener Handschrift gefüllt waren.

„Wow, da ist ja fast nichts durchgestrichen", stellte ich fest.

„Ich feile nicht viel an den Texten herum", gab sie zu. „Meistens überlege ich sehr lange, bis ich sie aufschreibe – und sie zeigen mich natürlich, so wie ich bin, also verändere ich nicht so viel daran. Ich meine, veröffentlichen kann ich sie ja eh nicht, also…"

„Vielleicht sollte ich auch Lieder schreiben", murmelte ich. Es war nur ein spontaner Gedanke, aber er gefiel mir.

„Ich sollte jetzt wohl sagen, du bringst dich in Gefahr, aber das weißt du sicher." Kayleen grinste.

Ich nickte und zwang mich ebenfalls zu einem Grinsen. „Wie gefährlich kann es noch werden? Ich werde von den *Extremen* gesucht. Auf mich ist ein Kopfgeld ausgesetzt. Dann auch noch von meinen Eltern gesucht zu werden, weil ich ein Gesetz gebrochen habe, macht da auch nichts mehr aus."

„Dann wünsche ich dir viel Erfolg. Sag Bescheid, falls du Hilfe brauchen solltest."

Wir schwiegen kurz, dann stand Kayleen auf. „Ich muss jetzt leider gehen, Ted wartet auf mich und ich bin eh schon spät dran." Sie winkte kurz und lief zurück in die Stadt.

❧✶☙

Als ich zurück ins Hotelzimmer kam, wartete Miro schon auf mich. „Wo warst du so lange?"

„Unterwegs im Dorf, mit Kayleen", antwortete ich. Es war keine Lüge – nur eine Halbwahrheit. Aber ich wollte noch niemandem davon erzählen, was ich in Wirklichkeit getan hatte – auf der Mauer am Flugplatz gesessen und Wörter in mein Notizbuch gekritzelt. Es war tatsächlich ein Entwurf für einen Song geworden, und ich hatte auch schon eine Melodie ins Mikrofon meines Handys gepfiffen – mehr schief als sonst was, hatte ich im Nachhinein gemerkt, aber egal.

„Und morgen machen wir einen kleinen Spaziergang ins Tal des Todes?" Miro deutete auf die neugekauften Wanderschuhe, die neben der Tür standen.

„Klar." Ich ließ mich aufs Bett fallen. „Aber lass uns entweder ganz früh oder ganz spät gehen. Ich habe keine Lust, mittags als Grillhähnchen zu enden."

Miro grinste. „Geht mir genauso. Dann lass uns morgen Abend gehen. Apropos Abend, gehen wir gleich in den Saloon? Ich denke, ich bin bereit zum Pokern."

Ich zögerte. „Erstmal muss ich duschen. Und danach können wir auch noch zusammen kochen, oder?"

⁂ ✶ ›

„Ich kann nicht kochen. Vielleicht hätte ich das früher sagen sollen."

„Ich doch auch nicht!" Miro lachte. „Aber viel kann man doch auch nicht falschmachen bei Nudeln mit Tomatensoße, oder?"

Lachend stellte ich den Korb mit unseren Einkäufen auf die Arbeitsplatte in der Gemeinschaftsküche. „Dann schon eher beim Baguette."

„Lass uns mit der Soße anfangen." Miro packte die Tomaten aus.

„Wir brauchen noch Mehl, Tomatenmark, Ketchup, verschiedene Kräuter und Wasser", las ich das Rezept vor und Miro stellte die Zutaten hin und holte dann einen Topf aus dem Schrank. Ich wog die Zutaten ab und kippte sie hinein.

Schließlich köchelte die Soße vor sich hin und ich streute eine Handvoll Kräuter hinein, dann stellte Miro das Nudelwasser an und ich wog die Nudeln ab.

„Gut, dass wir die nicht auch noch selber machen müssen!" Miro lachte und suchte die Zutaten und das Rezept für das Baguette zusammen, dann lehnte er sich gegen die Arbeitsplatte. „Lief ja ganz gut bis jetzt, oder?"

Ich lachte. „Ja, bis jetzt schon. Mal sehen, wie das Baguette wird. Pass auf mit dem – Nein!" Ich sprang nach vorne, aber es war zu spät. Die Mehlpackung schwankte und fiel zu Boden, wo sie zerplatzte. Eine staubige Wolke senkte sich auf die vorher noch sauberen Steinfliesen.

„Oh, Mist. Wir haben nur die eine Packung." Miro verzog das Gesicht, dann grinste er und schnappte sich einen Löffel und einen Topf. „Das muss irgendwie reichen, hm?"

Als er schließlich das Mehl in den Topf geschaufelt hatte, sah die Küche aus, als hätte es geschneit – und Miro gleich mit. Alles war von einer weißen Schicht bedeckt.

„Du siehst aus wie ein Schneemann!" Ich musste kichern.

Miro zog eine Augenbraue hoch, dann grinste er und zog mich blitzschnell in seine staubigen Arme.

„Mann, wofür habe ich eigentlich geduscht?!" Ich konnte ihm nicht böse sein, obwohl der Versuch, das Mehl von meinen Klamotten zu klopfen, vergeblich war.

„Du darfst dann nochmal duschen, Schneeprinzessin!" Miro umarmte mich nochmal.

Ich tunkte meine Finger ins Mehl und fuhr durch seine Haare, woraufhin er mir eine Handvoll Mehl hinten ins T-Shirt fallen ließ.

„Hey, Idiot!" Ich lachte. „Denk nicht, ich wüsste nicht, worauf das hinausläuft!"

„Ach ja?"

„Ja. Rache ist süß." Ich nickte gespielt ernst.

„Du auch." Miro griff nach meinen mehligen Händen und zog mich zu sich. Unsere staubigen Lippen trafen sich und ich schloss die Augen. Mein Herz raste noch wie bei unserem ersten Kuss, als Miros Hände sanft über meine Wangen strichen, und für einen Moment war alles perfekt.

Dann traten wir beide wie ferngesteuert einen Schritt zurück und ich holte ein paar Mal Luft, dann zwang ich das idiotische Grinsen auf meinen Lippen zu einem frechen und sagte: „Siehst du? Ich wusste, worauf es hinauslaufen würde!"

„Problem damit?" Miro lachte und ich stellte fest, dass auch seine Wangen leicht gerötet waren – und mit seinen verwuschelten, staubweißen Haaren war er einfach unglaublich süß.

„Weißt du was?", entgegnete ich. „Ich glaube, das Baguette muss noch warten."

Miro nickte ernst. „Das befürchte ich auch."

Dann versanken wir in einem erneuten Kuss.

ℰ✶ℛ

Eine halbe Stunde später saßen wir am kleinen Tisch unseres Hotelzimmers und aßen Spaghetti mit Tomatensoße, Baguette und Kräuterbutter.

Das Kochen und Backen hatte Spaß gemacht, aber danach die Küche aufzuräumen, war nicht so lustig gewesen. Das Mehl war wirklich *überall* gewesen.

Im Endeffekt hatte es sich aber doch gelohnt. Obwohl keiner von uns Erfahrungen mit Kochen hatte, hatte es Spaß gemacht und auch das Ergebnis konnte sich sehen lassen.

 හ ✶ ଔ

Der trockene Boden knirschte unter unseren Schuhen, als wir uns schweigend auf den Weg machten. Um ehrlich zu sein, machte ich mir ein bisschen Sorgen, ob Miro das Pokern wirklich hinbekommen würde. Nicht, dass ich nicht auf seine Fähigkeiten vertraute, aber die anderen waren eben Profis.

Miro, der meine Zweifel zu ahnen schien, hielt mir die Tür auf. „Hey, Jona? Alles wird gut. Ich weiß, was ich tue. Vertrau mir."

Die Tür schwang hinter uns zu und ich brauchte einen Moment, um mich an das düstere Licht zu gewöhnen. An die Theke gelehnt standen Kayleen und Ted und ich musste unwillkürlich an mein Gespräch mit Kayleen über die Unklarheiten zwischen den beiden denken – und dann dachte ich an die Gefühle zwischen Miro und mir und war froh, dass zwischen uns längst alles geklärt war.

„Wir sehen uns, ja?" Miro hauchte mir einen Kuss auf die Wange und ich nickte und hockte mich auf einen Barhocker an der Theke.

Miro wollte nicht, dass ich dabei war – ich würde ihn nur ablenken und nervös machen, hatte er gemeint.

Ich hörte ihn leise fragen, ob er die nächste Runde mitspielen könne. Anstatt ihn auszulachen, wie ich erwartet hatte, nickten die anderen nur und einer zog ihm einen Stuhl von einem leeren Tisch dazu, dann versanken sie wieder ins Spiel.

Ich wandte mich ab und blickte zu Ted und Kayleen ein paar Meter neben mir. Ted trat gerade zu den anderen aus der Truppe, die an einem Tisch saßen, und Kayleen rutschte über die Barhocker zu mir. Heute trug sie nur eine kurze Hose und ein weites Karohemd – und ihren Cowboyhut.

„Und, wie läuft's?", fragte ich vielsagend.

Sie lachte leise und lehnte sich über die Theke zu Derrick. „Zwei Cocktails, bitte."

„Ähm, ich trinke keinen Alk-", begann ich, aber sie unterbrach mich. „Da ist nicht viel drinnen, das merkst du gar nicht. Zumindest nicht nach einem."

„Sie hat Recht, Kleine." Derrick stellte zwei Gläser auf die Theke und wandte sich einem anderen Gast zu.

„Dann… danke." Ich nahm zögerlich einen Schluck.

„Kein Ding." Kayleen lachte wieder. „Zu deiner Frage, ich habe Ted gerade die Noten zu *Forever Eternity* gegeben. Aber nicht den Text. Den wird er nicht vor der Erstaufführung zu sehen oder zu hören bekommen."

„Erstaufführung?"

„Jap. Wirst du schon noch sehen." Sie schob ihren Cowboyhut in den Nacken und strich eine braune Strähne hinter ihr Ohr. „Sollen wir uns mal zum Songwriting treffen? Montag nach dem Unterricht? Ich bring meine Gitarre mit."

„Ich kann nicht singen", warf ich sofort ein.

„Keine Sorge, das wird schon." Sie lachte. „Dann also Montag, an der Landebahn?"

„Gerne. Warum an der Landebahn?"

„Man ist alleine – halb im Dorf, halb in der Natur, und das Flugzeug erinnert mich immer an Urlaub und Freiheit. Wir können uns aber auch gerne woanders treffen, wenn du willst…?"

„Nein, passt schon. Ich war nur neugierig." Ich grinste.

„Und Miro?", wechselte sie spontan das Thema. „Ist er jetzt unter die Zocker gegangen?"

Ich sah zum Pokertisch, wo sechs Spieler – einschließlich Miro – saßen und konzentriert auf ihre Karten blickten.

„Ja, wir brauchen das Geld. Island war teuer…"

Kayleen nickte verständnisvoll und wir schwiegen für eine Weile.

Dann ertönte lauter Jubel vom Pokertisch und auf einmal stand Miro vor mir – ein dickes Bündel Scheine in der Hand. „Ich hab gewonnen."

Ich konnte es nicht glauben. „Ernsthaft?!"

„Jap." Er grinste. „Die anderen nennen es zwar Anfängerglück, aber ich werde ihnen schon beweisen, dass das pures Können war!"

Kapitel 7 ✳ „Starrköpfig und heldenhaft"

„Es ist soweit", sagte Sophy Tomić zu sich selbst und zerknüllte den Brief.

Der Tag war gekommen, und es war sogar irgendwie erleichternd.

Der Tag war gekommen, das Warten auf ihr Gericht hatte ein Ende.

Krach!

Das Zettelknäuel flog gegen die offene Schranktür, prallte von der Kante des Papierkorbs nach innen ab und landete bei den anderen Abfällen.

Evander seufzte. „Sophy, warum können wir nicht einfach wieder fliehen? Wie damals? Nur wir beide, quer durch die Welt?"

„Du hast anscheinend vergessen, wie es geendet hat", entgegnete Sophy bitter, stand auf und holte den Brief zurück aus dem Mülleimer. „Du wurdest gefangen genommen und ich musste unter einer neuen Identität leben. Ohne dass Miro wusste, wo oder wer ich war. Das will ich keinem von euch nochmal antun. Ich werde mich ergeben, um dich, Miro, Jona und alle anderen nicht noch mehr in Gefahr zu bringen."

„Du bist immer noch wie früher." Evander seufzte tief. „Starrköpfig und heldenhaft."

73

„Heldenhaft?" Sophy lachte bitter, dann wurde sie wieder ernst. „Nein. Ich habe Angst, Evander. Angst um mein Leben. Und Angst um euch. Und die Angst um euch ist stärker."

„Das macht dich nicht weniger zu einer Heldin, Sophy."

„Und wennschon." Sie seufzte und glättete den Brief an der Tischkante. „Evander, ich liebe dich und ich liebe Miro. Sag ihm das, wenn er irgendwann wiederkommt."

Evander nickte und seine Stimme versagte für einen Moment. Diesen Moment der Stille nutzte Sophy, um einen handbeschriebenen Zettel aus ihrer Schreibtischschublade zu holen und ihn zusammen mit dem offiziellen Brief in einen Umschlag zu packen. Sie legte ihn neben ihr Smartphone gut sichtbar auf dem Tisch und sprach mit brüchiger Stimme weiter. „Und Lucille... sag ihr nicht, was passiert ist. Schick sie hierher, und zeig ihr den Brief."

„Wenn du das wünschst. Aber..." Evander holte tief Luft. „Du kommst zurück, oder? Eines Tages?" Es klang nicht mehr hoffnungsvoll, nur noch verzweifelt – kein Wunder, nach all den Malen, die sie schon darüber gesprochen hatten.

„Nein", sagte Sophy. „Evander, egal, wie oft du mich das fragst, die Antwort wird immer nein sein. Ich bin vom königlichen Gericht des Hochverrats angeklagt.

Darauf steht die Todesstrafe." Ihre Stimme brach und das letzte Wort hallte durch den Raum. „Zu den weiteren Anklagepunkten stehen Kindesentführung, Befreiung zweier Personen aus dem Hochsicherheitsgefängnis und Anstiftung Minderjähriger zu Straftaten. Glaubst du noch, dass ich eines Tages zurückkommen werde?"

Evander schwieg und schien sich zu fragen, wie sie das so ruhig sagen konnte. Vielleicht dachte er aber auch daran, wie viele elende Nächte Sophy schon verzweifelt weinend an seiner Seite wachgelegen hatte, ohne eine Lösung zu finden.

Es klopfte und ohne auf eine Antwort zu warten, wurde die Tür aufgerissen.

Sophy stand auf, sah ein letztes Mal zu Evander und hauchte ihm einen Kuss auf die Wange, dann streckte sie den Rücken durch und wandte sich zu den königlichen Abgesandten. „Ich bin bereit. Werden Sie es gleich hier tun?"

Die beiden wechselten einen verwirrten Blick. „Was, Miss?"

Sophy schluckte hart, konnte die Worte nicht aussprechen.

„Bitte, was meinen Sie?"

Sophy machte eine eindeutige Handbewegung an ihrem Hals, aber die beiden hatten immer noch nicht verstanden.

„Mich eliminieren, umlegen, beseitigen, kaltmachen, meucheln, *mich töten*, verdammt noch mal!" Ihre verzweifelte Stimme brach und sie hoffe inständig, dass niemand ihre Schreie gehört hatte.

„Oh." Die Männer tauschten einen erneuten Blick. „Nein, Miss, wir werden Sie nicht hier und sofort umbringen. Wir haben nur den Auftrag, Sie zu holen. Was danach geschieht, liegt erstmal nicht in unseren Händen."

„Also gut." Sophy blinzelte eine Träne weg, trat zu ihnen und hob die Hände, um zu zeigen, dass sie unbewaffnet war. „Keine Sorge. Ich werde Ihnen keine Schwierigkeiten machen. Um meine Familie zu schützen."

„*Sie*, Miss, Sie alleine? Ist es Ihnen nicht klar? Wir wollen Sie beide. Sie und Evander Tomić. Sie sind hiermit offiziell festgenommen. Sie haben das Recht zu schweigen, wohingegen alles, was Sie sagen, vor Gericht gegen Sie verwendet werden kann und wird. Falls Sie überhaupt vor Gericht kommen."

შ ★ ჯ

„Siehst du den Polarstern?" Miro deutete in den Himmel.

„Jap. Aber das ist auch schon alles." Ich grinste. „Ich habe keinen Schimmer von Sternen."

„Dann solltest du mal mit in die Astronomie-AG kommen", schlug Miro vor. „Falls wir jemals wieder zurückkehren können."

Von einem auf den anderen Moment war seine Stimme so hart geworden wie der steinige Untergrund, auf dem wir lagen.

„Werden wir. Eines Tages werden wir zurückkehren", murmelte ich.

„Glaubst du das wirklich, Jona?" Miro rollte sich auf die Seite, sodass er mir genau in die Augen sah. „Wir wissen nicht, was am Internat in den letzten Tagen passiert ist. Vielleicht gab es eine erneute Versammlung der *Extremen* und Mum und Dad sind längst tot. Verdammt, Jona, ich bereue diesen Streit so sehr! Ich hätte niemals so gehen dürfen, ohne eine Entschuldigung und alles!" Tränen der Verzweiflung glitzerten in seinen Augen und ich wünschte, ich könnte irgendetwas sagen, um ihn zu trösten. Doch es gab keine passenden Worte.

„Wir hätten zumindest ein Zeichen ausmachen sollen", fügte Miro hinzu. „Ein Lebenszeichen. Von ihnen und von uns. Eine Nachricht pro Woche, oder so…"

„Wir haben doch darüber gesprochen. Solange niemand weiß, welche Methoden die *Extremen* haben, um Handys und Nachrichten auszuspionieren, sollten wir jeglichen Kontakt vermeiden."

„Du hast wohl Recht." Miro seufzte. „Lass uns über etwas anderes reden, okay?"

Ich nickte. „Und was?"

„Ich weiß nicht. Irgendwas anderes halt." Miro drehte sich wieder auf den Rücken und sah in die Sterne, und mir fiel nur noch eine Sache ein – die ich eigentlich für mich behalten wollte, aber ich musste Miro jetzt ablenken.

„Willst du hören, was ich in den letzten Tagen mit Kayleen besprochen habe?"

Kapitel 8 ✱ „Sinn für Gerechtigkeit"

Montag, 14. Januar 2115, kurz vor Mittag

„Heute haben wir euch einen echten *New Native* mitgebracht." Kayleen lachte, als sie unsere verwirrten Gesichter sah – neben ihr stand nämlich nur Ted, und soweit ich wusste, bezeichnete sich keiner der beiden mehr als *New Native*, trotz ihrer Herkunft. Und vermutlich meinte sie sowieso die andere Sorte – die, die in Stämmen lebten.

„Er kommt gleich erst", fügte Ted hinzu. „Er hat Freunde hier im Dorf, die er erst noch besuchen wollte. Es ist nämlich schon lange nicht mehr so, dass die *Natives* sich von der Außenwelt abkapseln und alleine in der Prärie leben. Sie haben auch Handys, zumindest einige von ihnen, und besuchen regelmäßig die Zivilisation."

„Wir wollen, dass ihr die Probleme der *New Natives* nicht von uns erzählt bekommt, sondern von einem Stammesmitglied selbst. Askii wird euch gleich von seinen Erfahrungen mit den Goldgräbern berichten."

In dem Moment klopfte es.

„Komm rein", rief Ted auf Englisch.

Die Tür ging auf und ein Mann mit schulterlangen, dunkelbraunen Haaren und sonnengebräunter Haut betrat den Raum. Er tippte zur Begrüßung kurz an die Krempe eines imaginären Huts, nickte in die Runde und lief nach vorne zu Ted und Kayleen. „Schön, euch mal wieder zu sehen!"

Er sprach gewöhnliches Englisch? Nicht diesen komischen Dialekt?

Und er trug ganz gewöhnliche Klamotten! Zerrissene, ausgebleichte Jeans, die aber auch Vintage-Style sein konnten, und ein graues T-Shirt – allerdings lief er barfuß. Wie er sich bei dieser Hitze nicht die Fußsohlen verbrannte, war mir ein Rätsel, aber er war eben ein *Native*.

Das einzige Typische an seiner Kleidung war tatsächlich das Stirnband und die zwei langen Adlerfedern in seinen Haaren.

Okay, ich sollte mich von den uralten Klischees lösen. Schließlich gab es so viele verschiedene Stämme und nicht den „Standard-*Native*".

„Okay, *here we go*." Der *Native* grinste breit in die Runde. „Ich bin Askii und ich gehöre zu einem der Stämme, die von den Goldgräbern genervt werden. Es ist so anstrengend mit diesen Typen." Er seufzte tief. „Die meisten Stämme versuchen ja schon, ihnen Kompromisse anzubieten – was ja eigentlich nicht mal unsere Pflicht wäre – aber sie gehen einfach nicht darauf ein!"

„Wie meinen Sie das – Kompromisse?", fragte Laurie.

„Genauso, wie Jona und Cyan das an unserem ersten Tag vorgespielt haben", warf Kayleen ein.

„Ihr könnt übrigens Du zu einem alten *Native* wie mir sagen." Askii, vermutlich gerade dreißig, grinste kurz, dann holte er tief Luft. „Wir bieten ihnen Dinge an wie zum Beispiel, dass sie buddeln können, sobald wir die nachwachsenden Ressourcen ausgenutzt haben und sowieso weiterziehen, oder dass sie uns eine Entschädigung für die verlorenen Ressourcen zahlen – gerne auch in Lebensmitteln oder Tieren – aber sie lassen sich meist auf nichts ein."

„Warum nicht?", hakte Max nach.

„Weil sie geldgierig sind", gab Askii bitter zurück. „Das Gold macht sie blind für Vernunft. Graben, bevor es ein anderer tut. Das ist alles, was sie denken können." Askii zögerte. „Am besten wäre es wohl gewesen, wenn wir Stämme unsere wenigen finanziellen Besitztümer zusammengekratzt hätten und das Land gekauft hätten, aber das wäre wohl eine Katastrophe geworden. Die Regierung wollte bis jetzt nicht an die Goldgräber verkaufen – aus Rücksicht auf uns, schließlich sind wir alle *New Natives* und müssen irgendwie zusammenhalten. Aber aus Fairnessgründen würden sie eine Versteigerung des Landes starten, und gegen die Milliarden der Goldgräber kommen wir auf keinen Fall an. Wir haben kaum Geld, weil unser Ziel ja immer die Abschottung von der Konsumgesellschaft war."

„Und wenn die Gräber das Land kaufen würden, würden sie euch nicht mehr dort leben lassen", fügte Cyan an. Es war mehr eine Feststellung als eine Frage, und Askii nickte schweigend.

„Haben sie euch gedroht?", wollte Chester wissen.

„Klar."

„Womit?"

„Mit vielem." Der *Native* seufzte. „Und nicht nur gedroht – sie haben auch schon welche von uns einfach umgebracht, wenn wir uns geweigert haben, auf ihre Forderungen einzugehen. Anderen haben sie Zelte und Besitz angezündet, und wieder andere haben sie entführt."

„Und es gibt nichts, was ihr tun könnt?", fragte Miro.

„Nein." Askii lächelte schmal. „Aber dafür seid ihr ja jetzt da."

⁎

„Wir sehen uns später!" Ted winkte Kayleen zu und machte sich mit den anderen auf den Weg zurück zum Hotel.

Miro blieb noch einen Moment unschlüssig bei uns stehen, dann umarmte er mich kurz, wünschte uns viel Spaß beim Songs schreiben und lief den anderen hinterher.

Ich folgte ich Kayleen zur Landebahn. Sie hatte sich den Träger ihrer Gitarrentasche lose über die Schulter geworfen und pfiff eine fröhliche Melodie.

Wir setzten uns wieder auf die Mauer und sie packte ihre E-Gitarre aus, stellte ein kleines Solarpanel für den Mini-Verstärker auf die Mauer und schlug ein paar Seiten an. Die Melodie war einfach, aber einprägsam.

„Das ist *Forever Eternity*", erklärte sie und sang leise den Refrain, den sie mir auch am Samstag schon aufgesagt hatte. „Und du? Wie weit bist du? Willst du mal spielen?"

₨ ✱ ₢

Eine Stunde später hatten wir unter der sengenden Sonne meinen ersten Song überarbeitet und den zweiten zu Ende geschrieben, aber noch nicht für fertig erklärt.

Jetzt hatten wir uns ein Eis in der Eisdiele um die Ecke geholt – gut zu wissen, dass es die hier gab – und saßen wieder auf der Mauer. Irgendwie wollte keiner von uns die Stimmung zerstören und die andere allein lassen, also saßen wir hier und schwiegen.

„Was ist eigentlich deine Magie?", fragte Kayleen dann neugierig.

„Strom", entgegnete ich. „Du weißt schon- Blitze erzeugen, Stromschläge verteilen und so weiter."

Sie nickte nur.

„Und du?", fragte ich jetzt.

„Schatten."

„Schatten?", wiederholte ich. „Was bedeutet das?"

Sie sah nach dem Stand der Sonne. „Kann ich dir gerade nicht so gut vormachen, weil hier kein Schatten ist, aber… ich kann mich quasi im Dunklen unsichtbar machen."

„Ist ja praktisch", murmelte ich.

Sie nickte langsam. „Meistens. Aber ich bin auch ziemlich lichtempfindlich. Sonnenlicht geht, aber zu helle Lampen halte ich nicht aus. Davon tun meine Augen weh."

Ich verstand. „Meine Magie hat auch oft Nachteile. Wenn ich mich sehr aufrege oder sorge, wird das Wetter stürmisch und es gewittert."

„Dann ist deine Magie aber sehr stark!" Kayleen warf mir einen beeindruckten Blick zu. „Ich habe noch nie gehört, dass Strommagier auch das Wetter beeinflussen können!"

Ich zuckte mit den Schultern. „Um ehrlich zu sein – ich habe keine Ahnung davon, weil ich nicht mit dem ganzen Rebellenkram aufgewachsen bin. Meine Lehrerin Miss Irvin hat mir alles beigebracht, was ich über Magie wissen muss – und meine Freunde haben mich in die anderen Rebellengeheimnisse eingeweiht. Die Drachen, die Verwandlung…"

„Oh, okay. Und was ist dein Tier?", hakte Kayleen neugierig nach.

„Wolf. Genau wie Miro." Bevor sie nachfragen konnte, fügte ich hinzu: „Er kann die Zeit manipulieren."

„Praktisch." Kayleen lachte und ich verzichtete darauf, sie darauf hinzuweisen, wie unpraktisch Miro selbst seine Magie fand.

„Wie du ja auf dem Flug gesehen hast, kann ich mich in einen Wüstenfuchs verwandeln. Und Teds zweite Gestalt ist eine Schlange, und er kann Erdbeben erzeugen und so Zeug."

„Du *hast* eine Schlange", stellte ich fest. „Oder… ist das Ted in verwandelter Gestalt?" Ich deutete auf die dünne schwarze Schlange, die sich um Kayleens Hals wickelte und ihren Kopf auf Kayleens Schlüsselbein legte.

„Nein." Kayleen lachte. „Ted ist eine Klapperschlange. Das hier ist eine sehr junge Höllenotter, die eigentlich nur eine melanistisch gefärbte Kreuzotter ist, aber ich denke, das interessiert dich nicht."

„Sind die nicht giftig?", hakte ich nach und wich zurück.

„Eigentlich schon. Aber ich habe eine ganz spezielle Bindung zu meinen Schlangen." Kayleen lächelte geheimnisvoll.

„Du hast noch mehr?!"

„Meine erste habe ich mit fünf oder sechs geschenkt bekommen, die war natürlich harmlos, und inzwischen habe ich elf Stück. Daheim, versteht sich. Nicht hier in Valleytown. Hier habe ich nur Kiya", sie deutete auf die Schlange um ihren Hals, „und Rayk, die Schlange aus dem Flugzeug."

„Magst du Schlangen, weil Ted sich in eine verwandeln kann, oder magst du Ted, weil du Schlangen magst und er sich in eine verwandeln kann?" Ich grinste.

„…oder kann sich Ted in eine Schlange verwandeln, weil ich Schlangen mag?" Kayleen lachte. „Nein, Spaß, ich glaube, es ist alles unabhängig voneinander. Ich würde Ted auch lieben, wenn er sich in eine Ameise verwandeln könnte!"

„Ameisen sind beeindruckend", entgegnete ich lachend. „Sie können das Vielfache ihres

Körpergewichts tragen und bilden ihre Staaten auf sehr clevere Weise!"

„Stimmt." Sie grinste. „Tut mir leid, wenn ich dich jetzt abwürgen muss, aber ich muss zurück ins Hotel. Ted wartet sicher schon, wir müssen noch über unseren nächsten Auftritt reden."

„Alles klar." Ich stand auf. „Dann danke für deine Hilfe."

In diesem Moment ertönte die Melodie von Teds Seelenlied *Hills Of Fear*.

„Mein Handy!" Kayleen zückte ihr Smartphone und nahm den Anruf an. Während am anderen Ende der Leitung jemand sehr schnell und aufgeregt redete, verdüsterte sich Kayleens Miene und sie entgegnete etwas, ebenfalls in diesem komischen Dialekt. Dann legte sie auf und warf mir einen ernsten Blick zu. „Der Klingelton spricht Bände. Wir müssen sofort los, in den Bergen gibt es einen Zwischenfall mit Goldgräbern und *Natives*!"

Während sie hastig ihre Sachen zusammenpackte, blieb ich für einen Moment ruhig sitzen. Das war also der Zeitpunkt, auf den wir hingearbeitet hatten.

„Hol Miro und Ted, die sind im Saloon. Und wen auch immer du von den anderen triffst. Wir haben keine Zeit, allen Bescheid zu sagen."

Ich nickte und sprang auf.

Als ich mit den beiden Jungs und Cyan und Max ankam, wartete Kayleen schon mit acht Pferden am Flugplatz. Über ihre normale Kleidung hatte sie ihren Rebellenmantel gezogen und reichte auch uns Mäntel.

Kayleen band sechs der Pferde von einem Pfosten los und drückte uns die Zügel in die Hand, ohne zu fragen, ob wir überhaupt reiten konnten – und als ich auf dem Rücken des braunen Mustangs saß, merkte ich, dass es egal war. Die Pferde waren scheinbar so sehr an Menschen gewöhnt, dass sie trotz Unfähigkeit des Reiters – in dem Fall *mir* – einfach dem Anführer der Herde folgten, was gerade Kayleens Pferd zu sein schien.

„Die Pferde sind ein Geschenk von einem der befreundeten Stämme von *Natives*", schrie Kayleen gegen den Wind an, als wir geradewegs auf die Hügel hinter der Stadt zu ritten.

Obwohl ich dem Rebellenmantel eher skeptisch gegenübergestanden hatte, war ich jetzt froh, ihn zu haben. Er schirmte die Sonne und Wärme super ab und trotz des wilden Ritts schwitzte ich kaum.

Obwohl Kayleen gesagt hatte, es sei nicht Askiis Stamm, hielt ich trotzdem unbewusst nach ihm Ausschau, als wir schließlich an einer Ebene am Fuß des höchsten Berges ankamen. Gut ein Dutzend Tipis stand auf einer schattigen, mit Gras bewachsenen Fläche, und eine Gruppe *Natives* umringte zwei sie mit Händen und Füßen beschimpfende Goldgräber.

Die *Natives* empfingen uns freundlich und führten unsere Pferde zu einer Tränke, wohingegen die Goldgräber uns mit erhobenen Fäusten und Mittelfingern begrüßten.

„Wir sind hier, um einen Streit zu schlichten," erklärte Kayleen mit fester Stimme. Die Gruppe der *Natives* spaltete sich und gab eine Gasse frei, sodass wir alle hinter Kayleen her zu den Goldgräbern gehen konnten – und ich sah, wie Ted Kayleen sehr beeindruckt hinterherblickte.

℘ ✳ ℭ

Zwei Stunden später schwangen wir uns erschöpft auf die Pferde und ritten im Schritttempo zurück nach Valleytown. Die meiste Arbeit hatten Kayleen und Ted gemacht, weil sie sich am besten durchsetzen konnten – und weil keiner auf Kinder wie Miro und mich gehört hätte. Trotzdem waren wir alle fix und fertig, was wohl auch an der Hitze lag, die trotz des Schattens und des schützenden Mantels unerträglich war.

„Mann, das waren ja zwei harte Nüsse", murmelte Ted und schob den Cowboyhut in den Nacken, um sich an der Stirn zu kratzen.

„Stimmt, die haben ja nicht mal ein winziges bisschen Verhandlungsbereitschaft gezeigt", ergänzte Kayleen, die bäuchlings auf dem Pferderücken lag und die Augen geschlossen hatte. „Aber wenigstens haben sie sich letztendlich bereit erklärt, eine Entschädigung zu zahlen und das Loch im Berg zuzuschütten!"

„Aber so gehört es sich ja auch", fügte ich hinzu. „Man kann doch nicht einfach Leute von deren Grund und Boden verjagen, ohne es wieder rückgängig zu machen!"

„Du hast einen starken Sinn für Gerechtigkeit und vertraust auf das Gute in den Menschen." Kayleen setzte sich auf und lenkte ihr Pferd näher an meins. „Das ist erstaunlich – nach allem, was du in den vergangenen Monaten erlebt hast. Aber es ist nicht hilfreich, Jona, denn das Leben ist nicht fair. Du vertraust schnell, vielleicht zu schnell. Das kann dir noch große Probleme machen… Das musst du lernen und verstehen, und hier in Valleytown bist du auf dem besten Weg dahin."

஋✶ଊ

Kayleen zog die Zügel an und stoppte ihr Pferd vor dem großen Stallgebäude am Rand der Stadt. Mühelos ließ sie sich vom Rücken des Mustangs gleiten und öffnete die Stalltür. „Hängt die Mäntel einfach da an die Haken an der Wand, ja?"

Ich führte meinen Mustang zurück in seine große Box und warf einen verwirrten Blick auf die zwei Motorräder, die zwischen Kanistern und Werkzeugkisten in einer Art Werkstatt standen. „Wofür sind die?"

„Falls jemand absolut nicht reiten kann." Ted grinste. „Nein, Spaß, wie ihr gemerkt habt, sind die Mustangs einfach zu reiten. Zu deiner Frage, die Motorräder sind für Notfall- und Langzeitmissionen. Sie sind immer vollgetankt, und da sie mehr Gepäck transportieren

89

können als die Pferde, sind sie eben für längere Missionen besser geeignet."

Ich nickte und als auch Miro sein Pferd zurückgebracht hatte, liefen wir zurück zum Hotel.

„Ich hab übrigens eben auch im Roulette gewonnen." Miro grinste breit und fächerte ein Geldbündel auf, dann schob er es zurück in seine Hosentasche. „Die anderen denken, ich würde schummeln, also höre ich besser auf mit der Zockerei!"

Ich nickte. „Ist vielleicht besser so. So eine Glückssträhne hält ja nicht ewig."

Miro nickte grinsend. „Schade ist es trotzdem."

Kapitel 9 ✶ „Ein ignorantes Arschloch"
Mittwoch, 16. Januar 2115; sehr früh morgens

Ich wurde davon wach, dass jemand beinahe unsere Zimmertür eintrat und dabei unsere Namen rief. Jemand, dessen Stimme mir in den letzten Tagen sehr vertraut geworden war.

„Ted?" Ich kletterte aus dem Bett und öffnete die Tür einen Spalt. „Was ist?"

Ted fuhr sich nervös durch die blonden Haare, die in alle Richtungen abstanden und die Vermutung nahelegten, dass er diese Geste heute nicht zum ersten Mal machte. Außerdem hatte er dunkle Ringe unter den geröteten Augen.

„Allergie?", fragte Miro und drängte sich neben mich. „Heuschnupfen? Das ist schrecklich. Sieht immer aus, als hätte man geheult."

„Nein." Ted seufzte tief und irgendwie hatte ich das Gefühl, er musste sich ein Schimpfwort verkneifen. „Miro, ich *habe* geheult. Kayleen wurde verhaftet."

„Was?!" Ich zuckte zusammen. „Wann und warum?!"

„Der Deputy kam eben vorbei und hat sie abgeholt. Angeblich hat sie im Lebensmittelladen geklaut."

„Aber warum sollte sie?!" Miro schüttelte den Kopf und öffnete die Tür weiter. „Willst du reinkommen?"

„Nein. Ich muss weiter, den anderen Bescheid sagen, dass der Unterricht heute ausfällt. Ich werde gleich beim *Sheriff's Office* nach Kayleen fragen."

91

„Wir kommen mit", sagten Miro und ich gleichzeitig und ich fügte hinzu: „In zehn Minuten in der Lobby?"

„Okay." Ted rang sich ein schwaches Lächeln ab. „Danke, ihr zwei."

ഔ✶ഽ

Die Sonne brannte bereits vom Himmel, als wir schließlich schweigend durch die leeren Straßen von Valleytown liefen.

Ted führte uns zum *Sheriff's Office* und schob die Flügeltüren auf.

„Ted Scriven. Was machst du denn hier?" Der Deputy saß hinter einem großen Schreibtisch. Obwohl er selbst eher klein war, ging er durch sein unübersehbar riesiges Ego nicht zwischen all den Unterlagen unter. Und er hatte eine Hakennase. *Wie ein typischer Filmbösewicht*, dachte ich und dann fiel mir wieder ein, dass Kayleen ihn ein Arschloch genannt hatte.

Mein Blick wanderte durch das Büro. Es war, wie alles hier, im rustikalen Westernstil gehalten und etwas abseits im Schatten lagen zwei Zellen, die mit dicken Eisenstangen vom Rest des Büros abgetrennt waren.

„Dustin Marlow, was hast du meiner Kayleen angetan?!", fauchte Ted den jungen Deputy an. Dieser lächelte nur unbeeindruckt. „Ich bin das Recht und die Ordnung dieser Stadt, Scriven."

„Er heißt *Marlow*?", wisperte Miro mir zu. „Wie Kayleen!"

92

„Er ist ihr unwürdiger Cousin", entgegnete Ted, der ihn offensichtlich gehört hatte, wütend. „Und Kayleen hat absolut Recht, wenn sie ihn ein ignorantes Arschloch nennt! Es gibt keinen Grund, sie hier einzusperren!"

„Ted?", wisperte eine zaghafte Stimme aus einer der Zellen.

Ted, Miro und ich wirbelten herum und erst jetzt sah ich die Gestalt, die im Schatten hinter den Gitterstäben auf dem Boden kauerte und sich jetzt an den Eisenstangen hochzog. Sie wirkte erschöpft und müde und ihre Stimme klang heiser, als hätte sie schon länger mit dem Deputy gestritten.

„Was ist passiert?", fragte ich, während Kayleen und Ted sich durch die Stäbe umarmten. Dann drehte sich Kayleen zu mir und ihre Augen funkelten bitter. „Dustin beschuldigt mich, im Laden geklaut zu haben."

„Aber du warst es nicht."

„Hunderttausend heisere Hardrocker, nein, natürlich nicht! Was denkst du von mir, Jona?!" Kayleen kam langsam wieder zu Kräften.

„Gibt es denn Beweise?", wollte Miro wissen.

„Nein."

„Ja", mischte sich der Deputy ein und streckte uns eine Dose eingelegter Heringe entgegen. „Da sind Kayleens Fingerabdrücke drauf, und sie kann keinen Kassenzettel vorweisen."

„Als ob ich so ein Zeug klauen würde!" Kayleen schüttelte sich. „Das würde ich doch nicht mal nehmen, wenn ich noch hundert Dollar draufkriegen würde!"

„Aber es ist nun mal verdächtig, wenn ich einen anonymen Hinweis bekomme, du hättest eingelegte Heringe geklaut, und du diese dann wirklich in deinem Zimmer hast – und keine Kaufbestätigung!"

„Wenn ich dir vorwerfen würde, du hättest Tiefkühlpizza geklaut, und man würde es überprüfen, könntest du auch keinen Kassenzettel vorlegen!" Kayleen verdrehte die Augen. „Und wie lange willst du mich hier festhalten?!"

„Bis meine Mutter aus dem Urlaub wiederkommt. Sie als Sheriff wird über dein Schicksal entscheiden!"

„Über mein Schicksal entscheiden?!" Kayleen lachte bitter und kniff dann die Augen zusammen. „Klingt, als wolltest du mich umbringen lassen… was ich dir auch locker zutrauen würde."

Was soll das denn jetzt heißen? Wie sehr sind die beiden bitte verfeindet?!

Der Deputy lächelte ihr nur vielsagend zu, dann drehte er sich zu uns. „Die Besuchszeit ist um. Entweder, ihr haut ab, oder ich sperre euch auch ein!"

„Kein Problem!" Ted verschränkte die Arme. „Ohne Kayleen gehe ich nicht!"

„Das hat doch keinen Sinn", entgegnete ich. „Lass uns lieber-"

„Der Beweis ist kein Beweis", fauchte Ted plötzlich. „Man kann Kayleen nicht ohne vernünftiges Verfahren einsperren lassen!"

„Zu lange in der verweichlichten *EMGER* gewesen, was?" Dustin lachte höhnisch. „Hast du etwa vergessen, wie das hier im Westen läuft? Ein eindeutiger Beweis ist genug."

„Eindeutig? Wer sagt denn, dass du Kayleen die Dose nicht selbst untergeschoben hast?", entgegnete Ted bitter. „Ich traue dir eine Menge zu, Dustin, und nichts Gutes!"

„Wie sollten denn dann die Fingerabdrücke meines lieben Cousinchens auf die Dose gekommen sein?", säuselte Dustin und machte einen Schritt auf Ted zu, aber bevor der etwas entgegnen konnte, zischte Kayleen heiser dazwischen: „Indem *du* mir die Dose gegeben hast, nachdem du sie angeblich in meinem Zimmer gefunden hast! Und ich Idiotin habe sie auch noch angefasst!"

„Das ist ein unmöglicher Vorwurf! Dafür werde ich dich fünf Jahre länger einsperren." Dustin konnte sich das schadenfrohe Grinsen nicht verkneifen.

„Lass die verdammten scheinheiligen Hüllen fallen, Dustin!", fauchte Kayleen und rüttelte wütend und verzweifelt an den Gitterstäben. „Niemand hier in Valleytown glaubt dir *irgendwas*, verstehst du das nicht?! Sie respektieren dich nur, weil deine Mutter der Sheriff ist und du bei der kleinsten Beleidigung gegen dich bei ihr heulen gehst! Aber hinter deinem Rücken lästert sie selbst über dich, weil du einfach nur ein hilfloser, unbeliebter Arsch bist!"

„Und du bist eine unbedeutende kleine Diebin, die niemanden auch nur einen Scheißdreck interessiert! Jemandem wie dir würde man nicht mal vor Gericht glauben, Lästermaul! Gib einfach auf, du kleine wertlose Lügnerin!"

„Es reicht, Dustin Marlow. Du hast gerade eine Grenze überschritten", zischte Ted hasserfüllt, riss seinen Revolver aus dem Gürtel und setzte den Lauf auf Dustins Brust. „Lass sie gehen, sofort, oder du wirst es bereuen!"

„So willst du es also austragen." Dustin nickte unberührt. „Gehen wir auf die Straße. Hier im Westen freut man sich über jede Abwechslung, und wenn es nur ein Duell zwischen Schwächling und Sheriff ist!"

„Ich bin tausendmal mehr Sheriff als du, und das werde ich der ganzen Stadt beweisen! Ich werde um und für Kayleen kämpfen!"

„Nicht, Ted!" Kayleen packte ihn durch die Gitterstäbe hindurch am Ärmel und zog ihn zu sich, sodass ihre Gesichter sich ganz nahe waren. „Das wirst du nicht tun, auf keinen Fall!"

„Keine Chance. Herausgefordert ist herausgefordert." Dustin schubste Ted weg, schloss die Zellentür auf und packte Kayleen am Kragen. „Und du kommst mit und siehst dir die Niederlage an!"

„Oh, nein, ganz sicher nicht!" Kayleen stieß ihn von sich weg und funkelte ihn an, dann riss sie Ted den Revolver aus der Hand. „Wenn, dann will ich selbst um meine Freiheit kämpfen, kapiert?! Und du wirst den Tag bereuen, an dem du mich unschuldig eingesperrt hast, und du wirst den Tag bereuen, an dem du meinen Freund einen Schwächling genannt hast! Wenn ich mit dir fertig bin, wirst du mich um Gnade anflehen!"

„Kayleen…" Ted legte ihr eine Hand auf den Arm. „Bitte, ich weiß nicht, ob…"

„Ich aber. Du weißt, wer von uns der geübtere Schütze ist!"

„Du, Kayleen, aber ich würde es mir nie verzeihen, wenn du-"

„Lass mich. Es ist meine Rache." Kayleen entsicherte die Waffe.

„Einverstanden, ein Familienduell also." Dustin stieß die Schwingtüren auf und trat auf die staubige Straße.

„High Noon", murmelte Ted besorgt und erst, als auch Miro und ich ihm nach draußen in die glühende Hitze folgten, wurde mir langsam bewusst, dass das hier kein Film war und dass ich nicht nur eine Zuschauerin war. Niemand wusste, was jetzt passieren würde. Genau wie in Miros und meiner Geschichte. Es gab keine Garantie für ein Happy End.

Kayleen stellte sich Dustin gegenüber in einigem Abstand mitten auf die Straße. Staub flog bei jedem Schritt auf, und dann schrie ein Passant etwas in diesem seltsamen Akzent und dann stand die ganze Straße voller Schaulustiger. Dustin Marlow hatte Recht gehabt. Die Anwohner freuten sich über jede Abwechslung.

„Du stehst so weit weg!" Dustin lachte. „Hast wohl Angst, was?"

„Nein", entgegnete Kayleen ernst und kniff die Augen zusammen. „Ich möchte nur meine Hände nicht mit deinem Tod beschmutzen. Ich habe ein Gewissen, im Gegensatz zu dir."

Die Menge hielt die Luft an.

„Gut erkannt." Auch Dustin entsicherte jetzt seine Waffe.

Für ein paar Sekunden war es ganz still im Ort. Der heiße Wind wehte ein trockenes Grasknäuel durch die Straßen, und dann fielen drei Schüsse. Ein Schrei. Stille.

Ich senkte die Hände, mit denen ich mir die Augen zugehalten hatte, und blinzelte. Kayleen stand regungslos an der Stelle, an der sie auch eben gestanden hatte, ließ langsam und ruhig die Waffe sinken und beobachtete ihren Cousin.

Dieser wiederum hatte seine Waffe längst fallen gelassen und umklammerte mit der linken Hand seine rechte Schulter. Blut sickerte zwischen seinen Fingern hindurch.

„Das wirst du bereuen", schrie er. „Ich werde mich rächen!"

„Ach, wir sind schon fertig?" Kayleen lächelte. „Das ging schneller als erwartet."

Die Menge der Schaulustigen buhte und lachte. *Buhte und lachte ihren Deputy aus.* Das würde ein Nachspiel für Kayleen haben.

Dann löste sich Ted plötzlich aus seiner Schockstarre und rannte zu Kayleen. „Bist du okay?!"

„Natürlich." Kayleen lächelte erneut, aber sie war blass. Sehr blass. Und der linke Ärmel ihres Hemdes war blutgetränkt.

ဏ ✶ ଔ

„Der Trottel hat einmal danebengeschossen und einmal meinen linken Arm gestreift", stellte Kayleen fest, zog den Verband um ihren Oberarm enger und schob eine Sicherheitsnadel hinein. „Wenn er mich wirklich umbringen wollte – was ich eigentlich von ihm erwartet hätte – hat er sich krass verschossen. Was ich ebenfalls erwartet hätte, sonst hätte ich mich nicht darauf eingelassen. Bin ja nicht lebensmüde."

„Du wusstest, er wollte dich-" Ted griff erschrocken nach ihrer Hand. „Du-"

„Er konnte noch nie besonders gut zielen, und er war nervöser, als er gezeigt hat." Kayleen zuckte mit den Schultern. „Es war einfach ein Gefühl, dass mir nichts passieren würde. Und außerdem wird ihm das wohl erstmal eine Lehre sein, oder?"

„Hoffentlich." Ted seufzte.

„Aber warum hasst er dich überhaupt?!", mischte ich mich ein und ließ mich auf einen Stuhl im Hotelzimmer sinken.

„Ist eine sehr lange Geschichte." Kayleen überlegte kurz. „Momentan – sprich, seit zwei Jahren – ist er angepisst, weil seine Mutter *mir* die Stelle als Deputy angeboten hat. Er hat sie nur bekommen, weil ich abgelehnt habe – es wäre zu viel Druck, da ja der Großteil meiner Familie in der *EMGER* lebt und ich nicht ständig hin- und herreisen kann…"

„Seine eigene Mutter hat dich bevorzugt?" Miro schluckte hörbar. „Dann ist es kein Wunder, dass er dich nicht leiden kann."

„Es war eine reine Geschäftsentscheidung", stellte Kayleen klar. „Und das weiß er – er will es nur nicht wahrhaben. Obwohl er ja jetzt den Job hat!"

೫ ★ ೞ

Die Woche verging mit Rebellenunterricht und normalem Schulstoff, den uns die Lehrer vom Internat mitgegeben hatten, und ab und zu traf ich mich mit Kayleen, um Musik zu machen.

Erst am Freitagabend trafen wir uns alle wieder im Saloon. Miro hatte noch zwei Pokermatches gespielt – bei einem hatte er einiges gewonnen und bei dem anderen eine niedrige Summe verspielt.

Und dann dröhnte Derricks laute Stimme durch den Saloon. Alle Gespräche verstummten, als er einen weiteren Auftritt von Kayleen und Ted ankündigte.

Kayleen trat vor. Sie trug dieses Mal keine besonders schicke Kleidung, sondern das, was sie sonst auch trug – Jeans und Karohemd, und ihren Cowboyhut.

Sie nahm das Mikrofon aus Derricks Hand und setzte sich mit übereinandergeschlagenen Beinen auf den Tresen. Ted spielte die ersten Akkorde von *Songs Of Fights And Freedom* – das schien das Eröffnungsstück zu sein. Dann folgten ein paar Titel, die ich nicht kannte, und dann nahm Kayleen Ted die E-Gitarre aus der Hand. Er schien verwirrt, nahm dann aber Platz auf einem Barhocker am Rand und beobachtete seine Freundin genau, wie sie sich wieder auf den Tresen hockte und die mir inzwischen so vertrauten Klänge von *Forever Infinity* spielte.

Ich hatte das Lied inzwischen schon so oft gehört, aber noch nie hatte sie so viele Emotionen und Gefühle hineingelegt. Die Stimmung im Saloon war unglaublich schön, angespannt und doch warm und vertraut. Und als Kayleen geendet hatte, sprang sie sanft in Teds Arme. Er setzte sie sanft auf dem Boden ab, und dann kniete er sich hin und zog etwas aus seiner Jackentasche.

Unbewusst griff ich nach Miros Händen und er strich über meine Finger. Auch der Rest der Besucher hielt die Luft and und Derrick stützte neugierig die Ellenbogen auf den Tresen.

„Wir kennen uns jetzt schon neunzehn Jahre und sind schon zehn Jahre zusammen", begann Ted und Kayleen schlug sich die Hände vors Gesicht.

„Es war nur eine Grundschulliebe, aber es hat bis heute gehalten", fuhr Ted fort und hielt einen schmalen silbernen Ring hoch. „Und du hast mir wohl das Leben gerettet und dein eigenes riskiert, als ich um dich kämpfen wollte. Ich liebe dich. Kayleen, willst du meine Frau werden?"

Es war still im Saloon. Totenstill.

Und Kayleen begann zu weinen. „Ja, Ted! Ja, ich will!" Sie fiel in seine Arme und alle begannen zu klatschen. Sie hatten ihr Happy End bekommen.

ᔕ✱ᔐ

Am nächsten Morgen wurde ich von einer leisen, dramatischen Musik wach, die in meinen Dämmerschlaf eindrang. Müde schälte ich mich aus der Bettdecke und tappte zum Fenster, aber in diesem Moment verklang die Melodie und irgendwo schlug jemand eine Tür zu.

Es war schon hell, fast Mittag, und Miro schlief noch. Warum war ich dann wachgeworden? War er nicht sonst derjenige, der von allen Kleinigkeiten wach wurde? Oder hatte ich mir die Melodie nur eingebildet?

Ich öffnete das Fenster und heiße, staubige Luft strömte in den Raum. Unten auf der Straße war schon nichts mehr los – die Leute waren meist nur vor Sonnenaufgang oder nach Sonnenuntergang draußen. Aber da trat eine kleine Gruppe Leute aus einer Tür in den Sonnenschein, und ich musste zweimal hinsehen. Ein eiskalter Schauer lief über meinen Rücken und ich packte Miro an der Schulter. „Wach auf, verdammt!"

Miro blinzelte kurz, gähnte und streckte sich ausgiebig. „Wasnlos?"

„Wir müssen sofort hier weg!" Ich riss die Schränke auf und warf wahllos Sachen in die Rucksäcke.

„Was ist denn?" Miro setzte sich auf, jetzt hellwach.

Ich holte tief Luft. „Da draußen sind *Extreme*!"

Kapitel 10 ✹ „Alles wiederholt sich"

Sonntag, 20. Januar 2115; Mittag

Miro brauchte einen Moment, um zu verstehen.

Da waren sie also, die *Extremen*. Man hatte Jona und ihn also doch gefunden, hier im einsamen Westen.

Das war auch der Moment, in dem Miro verstand, dass das Internat zweifellos der sicherste Ort der Welt war. Dort waren Menschen, die sie unterstützen konnten. Klar, Kayleen und Ted waren auf ihrer Seite, und vielleicht auch die anderen aus der Truppe, aber das war nichts gegen all die Leute am Internat, die für sie kämpfen würden.

„Was hast du vor?", fragte Miro, während er hastig seine Rebellenklamotten überwarf.

Jona war bereits umgezogen, schloss gerade den Reißverschluss ihres großen Rucksacks und zog ihn auf. „In die Wüste. Das ist unsere einzige Chance. Sie werden jedes einzelne Zimmer in jedem einzigen Haus durchsuchen."

„Und wie flüchten wir?", hakte Miro nach. „Mit den Pferden oder zu Fuß?"

Jona reichte ihm den anderen Rucksack, nahm seine Hand und während die beiden über den Flur liefen, erklärte sie: „Mit dem Motorrad. Du kannst doch fahren, oder?"

ℰ✹ℛ

104

Ich schob die Haupttür des Hotels einen Spalt auf. Draußen war niemand mehr zu sehen.

„Willst du wirklich…", begann Miro hinter mir leise.

„Mit dem Motorrad in die Wüste flüchten? Ja, wir haben keine andere Wahl! Los, komm!"

Wir hasteten nach draußen und mit einem Krachen schlug der Wüstenwind die Tür hinter uns zu. Aber noch bevor wir losrennen konnten, löste sich vor uns eine Gestalt aus dem Schatten zwischen den Häusern und versperrte uns den Weg. Alodia.

Ich bremste ab und wollte umdrehen, aber ihre langen Finger schlossen sich schon wie Spinnenbeine um mein Handgelenk.

„So sieht man sich also wieder." Auf ihren Lippen lag ein Lächeln, aber ihre Augen funkelten wütend. „Ihr seid ganz schön anstrengend, wisst ihr das?!"

„Wir geben uns Mühe." Meine Stimme zitterte und ich wandte den Blick von ihrem Gesicht ab. Alodias linker Arm war in einen weißen Verband gewickelt.

„Glotz nicht so", fuhr sie mich an. „Alles Folgen von der Begegnung mit Miss Ach-so-heldenhaft Tomić!"

„Sprich nicht in dem Tonfall über sie!", schrie Miro, aber Alodia lachte nur und bohrte die Fingernägel ihrer linken Hand in meinen Unterarm. Ich unterdrückte einen Schrei und spannte alle Muskeln an.

Über uns stand die Sonne im Zenit.

Der heiße Wind fegte Grasknäuel und Sand über den trockenen Boden.

Alodia legte die rechte Hand um die Waffe in ihrem Gürtel.

Und jemand schrie: „Lauf!"

𝕏 ✶ ℂ

Es war mein Schrei gewesen. Ein Kampfschrei, bei dem ich mich von Alodia losgerissen hatte und jetzt hinter Miro her in die entgegengesetzte Richtung hetzte.

Schüsse hallten durch die Straßen.

„Jona!", schrie jemand.

Ich wirbelte herum, suchte im Laufen nach der Person. Kayleen! Sie stand in der Schlange bei der Bäckerei an der Ecke!

„*Extreme*", kreischte ich zurück und bog scharf ab, immer hinter Miro her.

Aus den Augenwinkeln sah ich noch, wie Kayleen sich aus der Schlange löste und wie ihre Hand unter die Jacke glitt – dorthin, wo sie immer ihre Waffe trug.

Dann war sie hinter der Ecke verschwunden und ich konzentrierte mich wieder auf den Weg, schlug Haken und versuchte verzweifelt, die Schreie und Schüsse hinter uns auszublenden.

Und dann standen wir vor der Stalltür und Miro brach sie mit ein, zwei Tritten auf.

„Alles wiederholt sich", murmelte er bitter, während er hastig zwei Trinkwasserkanister und zwei Kraftstoffkanister an den dafür vorgesehenen Plätzen am Motorrad festmachte.

„Was meinst du?" Ich warf meinen Rucksack auf die Gepäckfläche. *Darf man dieses Monstrum überhaupt noch als Motorrad bezeichnen, so viel Platz, wie darauf ist?!*

„Na, das da." Miro schob die Maschine nach draußen und deutete auf das *Wanted Dead Or Alive*-Plakat mit unseren Gesichtern, das an der Außenwand des Stalls befestigt war. „Meine Eltern und wir. Perfektes Leben, ein Fehler, Most Wanted, Gefangenschaft." Er setzte sich vor mich auf den Fahrersitz und warf den Motor an.

Ich klammerte mich an ihm fest und versuchte, ihm und mir selbst Mut zuzusprechen. „Noch sind wir nicht gefangen! Und außerdem hat keiner von uns einen Fehler gemacht! Wir… wir sind nur Opfer von sehr unglücklichen Umständen gewesen!"

„Unsere Freundschaft", entgegnete Miro und wir schossen über den staubigen Boden in Richtung des Death Valleys. Hinter uns fielen erneut Schüsse, aber sehr weit entfernt.

„Unsere Freundschaft", setzte Miro erneut an. „Hätten wir uns nicht kennengelernt, wäre das alles nie passiert. Du wärst keine Rebellin geworden, sondern auf dem Schloss in Sicherheit, und ich? Vielleicht hätte meine Mutter mir eines Tages die Wahrheit gesagt."

„Oder dich mit Paulie ins Schloss geschickt, und vielleicht wäre ich so oder so eine Rebellin geworden", entgegnete ich. „Miro, diese Diskussion ist sinnlos. Die *Extremen* existieren, und sie hassen uns. Es ist egal, was hätte sein können. Wir haben nur noch unser Leben zu retten, da sollten wir unsere Zeit nicht mit wenn und wäre verschwenden."

Kapitel 11 ✳ „Eine sinnlose Flucht"

Die abstrakten Felsformationen des Death Valley zogen an uns vorbei, während Miro konzentriert das Motorrad steuerte und ich mich an seinen Rücken lehnte.

„Woher wusstest du eigentlich, dass da *Extreme* waren?", fragte er dann. „Hast du einfach zufällig aus dem Fenster geguckt?"

„Nein." Ich zögerte. „Da war so eine Melodie, wie eine Filmmusik, die dramatische Szenen untermalt…"

„Ich habe nichts gehört." Miro seufzte und wechselte das Thema. „Es ging alles so schnell…"

„Wenigstens weiß Kayleen, dass wir flüchten mussten", ergänzte ich.

Miro fuhr erschrocken einen Schlenker. „Hoffentlich ist ihr nichts passiert! Ich meine, wenn sie in eine Schießerei mit Alodia verwickelt war, …" Er sprach nicht weiter, und ich verstand auch so. Alodia war bereit, über Leichen zu gehen.

Schweigend fuhren wir weiter.

„Was… was haben wir jetzt eigentlich vor?", fragte Miro nach ein paar Minuten.

„Keine Ahnung", gab ich zu. „Weißt du, … wenn das angeblich beste, geheimste, unwahrscheinlichste Versteck der Welt dann doch entdeckt wird, dann heißt das wohl, dass wir… nirgendwo sicher sind, oder? Es ist eine sinnlose Flucht."

„Doch!", entgegnete Miro heftig, dann sprach er leiser weiter. „Wir sind an einem Ort sicherer als sonst überall. Am Internat! Wir hätten nie weggehen sollen. Dort haben wir so viele Leute, denen wir vertrauen können. Meine Eltern. Maddie. Lucille. Mr Fuhrmann. Paulie, Tara, Tanisha, Leyhana. Chelsea und Miss Nicolson."

„Aber-"

„Ja, ich weiß, dort gibt es auch die *Extremen*, die uns umbringen wollen, aber wäre nicht der Ort, an dem sie uns am wenigsten erwartet hätten, das Internat gewesen?!"

Ich zögerte. „Ich glaube, du hast Recht. Klar, ich vertraue Kayleen und Ted und vermutlich auch dem Rest der Truppe, aber wir kennen uns hier kaum aus und alles ist so fremd. Ich habe keine Ahnung, wo wir uns hier verschanzen können."

Miro nickte. „Also schlagen wir uns zur nächstgrößeren Stadt durch und nehmen das nächstbeste Flugzeug nach Hause?"

Nach Hause. Das klang so vertraut, aber… „Wir sollten noch ein paar Tage hierbleiben. Die *Extremen* werden uns sicher im Internat suchen, wenn sie uns in Valleytown nicht mehr finden."

Miro nickte. „Dann lass uns nach Las Vegas fahren. Das ist die nächstgrößte Stadt, glaube ich, aber wir werden trotzdem einige Zeit unterwegs sein."

ജ ✴ ര

Wir fuhren die ganze Nacht von Sonntag auf Montag durch und hielten gegen Abend im Schutz eines hohen Felsens an. Mit dem Sonnenuntergang war auch die Hitze verschwunden, und es war eiskalt geworden, auch im Zelt. Viel mehr hielt mich aber die Sorge um Kayleen, unsere Truppe und die Leute am Internat wach.

War Kayleen verletzt worden? Lebte sie überhaupt noch? Ja, sicher, sie war doch sicher nicht – oder?

Was würden die *Extremen* dann mit dem Rest der Truppe anstellen?

Und hatten sie schon dem Internat einen Besuch abgestattet und dort Chaos und Verwüstung hinterlassen?

80 ✶ ○3

Gegen Morgen kroch ich aus dem Zelt. Die Sonne stand schon ziemlich hoch und Miro briet gerade Spiegeleier auf einem Felsen.

„Alles in Ordnung?", fragte er.

„Schlecht geschlafen", entgegnete ich nur und Miro zeigte mir eine Route auf dem digitalen Atlas. „Wir sollten doch nicht in Las Vegas losfliegen. Die *Extremen* werden sicher alle großen Flughäfen überwachen lassen. Lass uns lieber von diesem kleinen Dorf im Monument Valley aus losfliegen."

„Wie lange sind wir da unterwegs?", fragte ich.

„Na ja…" Miro überlegte kurz. „Von hier… über Las Vegas zum Tanken, dann am Grand Canyon entlang und dann ins Monument Valley – sagen wir mal so, lange

111

genug. Sodass die *Extremen* uns am Internat suchen können und dann wieder verschwinden können, bevor wir dort sind."

Kapitel 12 ✶ „Wir müssen sparen"

Die nächste Woche verging wie im Flug.

Ich hatte mich schnell an das Leben auf der Flucht gewöhnt – Aufstehen, frühstücken, Lager abbauen, Landschaftsbesichtigung per Motorrad, abends ab ins Zelt und schlafen.

Wir saßen beim Frühstück im Death Valley, als es geschah.

Zu essen hatten wir Müsliriegel und Mineralwasser aus dem großen Kanister des Motorrads, und für abends Dosenravioli. Es würde wohl noch einige Zeit reichen.

Ich füllte meine Plastikflasche am Kanister auf. Die Flasche lief halb voll, und dann tröpfelte es nur noch aus dem Zapfhahn. Ich schlug ein paar Mal gegen das Plastik. Mit einem leisen Ploppen fiel ein einziger letzter Tropfen in die Flasche.

Panisch riss ich das mit der Marke und sonstigen Infos bedruckte Papier vom Kanister und überprüfte den Wasserstand. Es war nur noch eine winzige Pfütze unter dem Zapfhahn…

„Miro!" Meine Stimme brach. „Miro! Das Wasser!"

Miro sprang auf und hastete zu mir. „Was ist- oh, verdammt!"

„Was machen wir jetzt?!" Ich ließ mich erschöpft auf den Boden fallen. „Ohne Wasser sind wir verloren!"

Miro überlegte einen Moment und seine Wangen färbten sich rosa vor Aufregung – oder wegen der Hitze.

„Wir sollten weiterfahren. Je schneller wir wieder in der Zivilisation sind, desto besser."

Ich drehte den Deckel meiner Wasserflasche zu und betrachtete die Kohlensäurebläschen, die langsam aufstiegen. „Also ist das hier alles, was wir noch haben?"

Miro nickte langsam. „Ich fürchte schon."

„Aber heißt es nicht, nach drei Tagen ohne Wasser stirbt man?!" Die Panik kroch in mir hoch und mir wurde übel.

„Dann müssen wir eben schneller sein", entgegnete Miro ernst. „Und außerdem sind das nur Durchschnittswerte."

„Bei dem Wetter muss das nichts heißen!", schrie ich fast schon hysterisch. „Jetzt werden wir also nicht von den *Extremen* umgebracht, sondern vom Tal des Todes?!"

„Reg dich ab, Jona." Miro packte unsere Sachen zusammen. „Wir haben ja auch noch ein bisschen Essen, das Wasser enthält."

„Prickelnde Aussichten", entgegnete ich. „Kaum Wasser, kaum Essen."

₮✶„

Am nächsten Tag wachte ich mit trockenem Mund auf. Vor Durst hatte ich kaum geschlafen, da wir uns gestern nur einen winzigen Schluck Wasser erlaubt hatten. Zum Frühstück aß ich nichts. Ich befürchtete, dass der trockene Müsliriegel mich nur noch hungriger und durstiger machen würde.

Später auf dem Motorrad fiel es mir schwer, mich an Miro festzuhalten. Ich war müde und kraftlos und immer wieder fielen mir die Augen zu.

„Hey, hey", murmelte ich und hob den Blick nach vorne, wo grüne Flecken mit dem braunen Sand und dem blauen Himmel verschwommen. „Ist das eine Oase?!"

„Was meinst du?", entgegnete Miro. „Im Death Valley gibt es keine Oasen!"

Ich blinzelte ein paar Mal und das Bild verwischte langsam.

Miro hielt an und stieg vom Motorrad. „Geht es dir gut?"

Ich zuckte langsam mit den Schultern und hörte meine eigene Stimme wie durch Watte. „Ein bisschen Kopfschmerzen…"

Miro legte seine Hand auf meine Stirn. „Du hast Fieber. Trink mal was."

„Wir… müssen sparen", murmelte ich gedehnt. Meine Zunge gehorchte mir nicht mehr und alles verschwamm vor meinen Augen.

„Kann es sein, dass du einen Sonnenstich hast?", hakte Miro besorgt nach und hielt mir die Flasche hin. Ich griff zweimal daneben, bis ich sie endlich in der Hand hielt — und dann waren meine Finger zu taub, um den Verschluss zu öffnen. Die Flasche rutschte mir aus den Händen und als ich mich hinkniete, um sie aufzuheben, erschien der heiße Sand plötzlich so verlockend, dass ich einfach am Boden liegen blieb.

„Jona? Jona!" Miro starrte erschrocken auf seine Freundin, die ohnmächtig in seinen Armen lag. „Jona, verdammt, antworte!"

Miros Hände zitterten vor Angst. Was sollte er tun? Jemanden anrufen? Wen? Kayleen oder Ted? Aber bis die da waren, konnten selbst mit dem Flugzeug Stunden vergehen und es könnte zu spät sein! Miro tastete nach seinem Handy. Der Akku war fast leer, in der Hitze hatte er ihn nicht so oft laden wollen wegen der Explosionsgefahr. Mit tauben Fingern tippte er Teds Nummer an, aber dann fiel ihm das Symbol oben in der Ecke auf – kein Netz – und er warf sein Handy verzweifelt auf den Boden. Dann hob er es wieder auf. Wut brachte ihm jetzt nichts. Er musste irgendwie nach Las Vegas kommen, oder-

„Hey, du. Brauchst du vielleicht Hilfe?"

Miro drehte sich um. „Ja, bitte, ich-" Er blickte in den Lauf einer Waffe. „Ein Räuber?!"

Der Mann hinter der Waffe lachte gehässig. „Gib mir dein Geld, oder ihr seid gleich beide tot!"

Miro riss die Augen auf, unfähig, sich zu bewegen oder auch nur einen einzigen klaren Gedanken zu fassen.

„Na los, mach schon!" Der Räuber winkte ungeduldig mit der Waffe in Richtung des Motorrads, aber Miro war weiterhin wie gelähmt.

Mit einem leisen Klicken wurde die Waffe entsichert.

„Be- bedienen Sie sich einfach", stammelte Miro in brüchigem Englisch.

Da tauchte eine vertraute Gestalt hinter dem Räuber auf und Miro schloss erleichtert die Augen.

₭ ✶ ‒

Ich blinzelte. Mein Kopf dröhnte, mir war schwindelig und kotzübel. Jemand saß neben mir, eine Silhouette im Gegenlicht. Im Gegenlicht? Wo war ich? In unserem Zelt?

„Trink", sagte die Person leise und reichte mir eine Flasche und ich erkannte Miros Stimme.

„Wir müssen sparen", wisperte ich mit kratziger Stimme, aber Miro schüttelte den Kopf. „Nicht mehr. Trink, und ich erzähle dir alles."

Ich nahm ihm die Flasche ab und setzte mich halb auf, dann trank ich. Während das Wasser meine Kehle hinablief, spürte ich, wie es gleichzeitig erfrischte und meine Übelkeit verstärkte. Oder war es Hunger?

„Du wirst nie erraten, wer uns gefunden hat", meinte Miro.

„Gut erkannt. Wer ist es?"

Miro setzte sich so, dass ich sein Gesicht sehen konnte, und lächelte. „Askii."

„Der *Native*?"

„Genau." Miro nickte. „Er und sein Stamm. Sie ziehen gerade weiter und haben uns zum Glück zu ihrem neuen Lager mitgenommen. Askii denkt übrigens auch, dass du

117

einen Sonnenstich hast, und deshalb dürfen wir hierbleiben, bis es dir wieder bessergeht." Miro zögerte. „Und Askii hat uns beiden das Leben gerettet, indem er einen Wüstenräuber verjagt hat."

„Einen… was?"

„Einen Typen, der im Death Valley Touristen überfällt." Askii kroch in das Zelt zu uns. „Ganz miese Typen. Hey, Jona, wie geht es dir?"

„Besser. Danke für deine Hilfe, Askii."

„Kein Ding." Er grinste leicht und reichte uns zwei Teller. „Esst mal was Vernünftiges! Das ist Wildtierauflauf."

෨✶ౠ

Dienstags ging es mir dann soweit wieder gut, und wir beschlossen, uns von Askii und seinem Stamm zu verabschieden, und mittwochs waren wir dann in Las Vegas. Zum Glück war es so dunkel, dass man unsere Gesichter nicht erkannte – überall hingen die *Wanted*-Plakate. Wir mieden die Neonleuchten und die belebten Viertel der Stadt und tankten in einer heruntergekommenen Gegend.

Nachdem wir die Kanister und das Motorrad vollgetankt hatten, verließen wir die Stadt wieder und schlugen unser Lager auf einem Berg in der Nähe auf. Von dort konnte man das gesamte Stadtgebiet überblicken – die dunklen Wohngebiete und die hell erleuchteten Viertel, in denen sich das Nachtleben abspielte.

Wir saßen noch lange vor dem Zelt und sahen zum Sternenhimmel oder auf die Stadt, aber wir sprachen nicht viel. Es gab nichts zu sagen, wenn man genau wusste, was der andere dachte.

Und von irgendwoher kam eine melancholisch-ruhige Melodie.

Kapitel 13 ✶ „Eure Freundschaft"

Wir waren jetzt knapp einen Monat in der Wüste unterwegs. Das Death Valley hatten wir schon länger hinter uns gelassen, genauso den beindruckenden Grand Canyon. Vor einigen Tagen hatten wir das Monument Valley erreicht und betrachteten seitdem all die abstrakten Felsformationen vom Motorrad aus.

Ich sah das alles mit gemischten Gefühlen. Einerseits war die Reise spannend und interessant, aber andererseits auch gefährlich – und dann war da auch der immer näher kommende Zeitpunkt, an dem wir in dem kleinen Ort hier im Monument Valley einen Flieger zurück nach Hause nehmen würden.

Aber würde es jemals so weit kommen?

Mit dieser Frage im Kopf wachte ich an diesem Dienstagmorgen auf. Denn gestern Abend war uns das Benzin ausgegangen.

࠾ ✶ ౫

Sophy Tomić hob den Blick, als sich Schritte der Tür näherten und dann vorbeiliefen.

„Evander", wisperte sie. In der Dunkelheit des Kerkers konnte sie sein Gesicht nicht sehen, aber sie wusste, dass er da war. Wo sollte er auch sein, wenn nicht hier an ihrer Seite? Wie sie es sich immer gewünscht hatte – aber unter anderen Umständen.

„Wie lange müssen wir noch auf unseren Prozess warten?", fragte sie – wie so oft in diesen Tagen.

„Ich weiß es nicht, Liebling", antwortete er, wie immer. „Ich weiß nicht mal, wie lange wir schon hier festsitzen."

„Denkst du, es geht Miro gut?", fragte Sophy weiter. Auch diese Frage stellte sie nicht zum ersten Mal.

„Ich hoffe es." Evander seufzte.

Sophy tastete nach seiner Hand. „Ich will noch nicht sterben, Evander..."

„Alles wird gut, Sophy, du darfst die Hoffnung nicht aufgeben! Niemals!", entgegnete Evander verzweifelt. „Man wird uns finden! Irgendjemand wird uns finden!"

Sophy zögerte. „Lucille hat meinen Abschiedsbrief bestimmt gefunden, aber ich will doch nicht, dass sie sich für uns in Gefahr bringt! Ich habe nur Angst um Miro und Jona... Was sollen sie ohne uns machen?"

✽

Ich setzte mich zu Miro ans erloschene Lagerfeuer vom Vorabend. „Was sollen wir jetzt machen? Laufen?! Jemanden anrufen? Auf Touristen warten?!"

„Sei nicht albern", entgegnete Miro sanft, aber nachdrücklich. „In den letzten Wochen sind uns nur zwei Mal Touristen begegnet."

„Also... laufen? Oder jemanden anrufen?"

„Laufen ist eine Katastrophe", entgegnete Miro. „Unsere Vorräte würden gerade ausreichen, wenn wir fahren würden. Aber wenn wir laufen, wird uns das Wasser zu schnell ausgehen."

„Also rufen wir jemanden an?"

„Wird wohl das Beste sein, ja. Auch, wenn die *Extremen* uns dann vielleicht orten können…" Miro seufzte. „Wir können nur hoffen, dass wir schneller weg sind."

„Also gut. Rufen wir Kayleen an?", fragte ich.

„Mach du", entgegnete Miro. „Ich hasse Telefonieren."

„Typisch die heutige Jugend." Ich musste grinsen – obwohl ich es genauso wenig mochte. Schnell hatte ich Kayleens Nummer gewählt.

„Jona?! Da bist du ja! Wie geht es euch? Wo seid ihr? Seid ihr in Sicherheit? Seid ihr-"

„Komm mal runter", unterbrach ich und musste lächeln. „Wir sind in Sicherheit, noch. Aber wir stehen mitten im Monument Valley und haben kein Benzin mehr. Ich schick dir unseren Standort über WhatsApp. Könnt ihr uns helfen?"

„Alles klar. Wir sind so schnell wie möglich da", entgegnete Kayleen.

„Was heißt das?", hakte ich nach und schickte gleichzeitig den Standort an sie.

„Moment – *shit*, das ist weit! Fünf Stunden mindestens, tut mir leid." Kayleen klang gestresst. „Das ist echt weit mit unserem kleinen Flugzeug, und schneller geht es nicht!"

„Okay. Danke." Ich legte auf und holte tief Luft. „Fünf Stunden, dann werden sie hier sein."

„Gut." Miro sah besorgt von seinem Handy auf und drehte das Display zu mir. „Guck mal…"

Geöffnet war eine Website, in der es um erneute Graffitisprayereien ging. Es war immer derselbe Spruch in allen Städten, und jeder war mit 2st1 unterschrieben.

Attention To Rebels, Disrespect To Extremes!

„Ich bin mir immer sicherer, dass es Katla ist", murmelte Miro. „Die genannten Städte liegen zuerst im Norden der *EMGER*; aber dann immer südlicher. Als wäre sie auf dem Weg zum Internat."

„Meinst du? Warum sollte sie herkommen?"

„Keine Ahnung." Miro seufzte. „Lass uns ins Zelt zurückgehen, sonst werden wir gebraten."

₞✶ₒ

Ich lag in Miros Armen und klebte Fotos von den vergangenen Wochen in unsere Alben. Halb in meins und halb in Miros, wie immer – sodass wir nur zusammen alle Erinnerungen hatten.

„Was immer passiert, ich liebe dich", murmelte Miro und seine Hand strich sanft durch meine Haare.

„Ich dich auch." Ich klappte die Alben zu und legte sie zur Seite, dann schloss ich müde die Augen.

Mit einem Ratschen wurde der Klettverschluss am Zelteingang geöffnet.

„Kayleen?", murmelte ich und blinzelte.

Etwas klickte und von irgendwoher erklang eine dramatische Musik – genau die, die ich gehört hatte, als die *Extremen* in Valleytown- *Verdammt!*

Ich wirbelte herum und blickte genau in den Lauf eines Revolvers.

„Freut ihr euch nicht, mich wiederzusehen?" Alodia lächelte zuckersüß. „Los, Hände hoch und raus hier!"

Ergeben hob ich die Hände und kroch hinter Miro aus dem Zelt. Es gab kein Entkommen mehr, kein Weglaufen. Wohin auch? Sie hatte eine Waffe, und hier war nichts als Geröll und ein Motorrad ohne Benzin. Und ein Blitzschlag würde sie nicht lange außer Gefecht setzen – nicht lange genug jedenfalls. Was war ihre Kraft?

Alodia suchte mit den Augen den Himmel ab, ohne die Waffe runterzunehmen. „Mein Hubschrauber wird jeden Moment hier sein." Sie drehte sich wieder zu uns. „Seht ihr, ihr unfähigen Kinder? Meine Prophezeiung ist wahr geworden. Eure angeblich größte Stärke ist gerade zu eurer größten Schwäche geworden. Eure Freundschaft." Sie machte eine Kunstpause. „Wärt ihr nicht so sehr in eure Bildchen vertieft gewesen, hättet ihr mich vielleicht früher bemerkt."

„Wie hast du uns gefunden?", fragte ich, um Zeit zu schinden. Nicht nur ihr Hubschrauber war auf dem Weg – auch Kayleen und Ted mussten jeden Moment hier sein!

„Ihr habt den Zettel von der Pinnwand in der Schule entfernt. Zusammen mit einigen anderen. Aber damit konntet ihr uns nicht austricksen – wir haben einfach jede Station abgesucht und euch dann in Valleytown gefunden! Und da ihr ja eine nette Plauderei leider abgelehnt habt, haben wir euch einfach verfolgt, bis ihr kein Benzin mehr hattet."

Sie hat uns also die ganze Zeit beobachtet. Ein Schauer lief über meinen Rücken.

„Und wie bist du ohne Hubschrauber hergekommen?", hakte Miro nach.

„Teleportieren als Kraft ist praktisch, nicht?" Sie lachte und sah dann zum Himmel. Aus dem Westen näherte sich ein Flugzeug und aus dem Osten kam ein Hubschrauber. Aus dem Westen, das mussten wohl Kayleen und Ted sein…

„Packt eure Sache zusammen, und versucht erst gar nicht, Zeit zu schinden! Was nicht eingepackt ist, wenn der Hubschrauber ankommt, bleibt hier!" Alodia fuchtelte mit dem Revolver.

Ich seufzte und kroch in das Zelt, um meinen Rucksack zu holen, während Miro die Sachen zusammenräumte, die ums erloschene Lagerfeuer lagen, und die Taschen vom Motorrad löste.

Das Flugzeug und der Hubschrauber kamen immer näher und landeten dann fast zeitgleich in einigem Abstand auf dem staubigen Boden. Der warme Sturm der Rotorblätter wirbelte kleine Steinchen vom Boden auf und ich hielt mir schützend die Arme vors Gesicht. Ein Fehler, denn im nächsten Moment griff eine Hand nach meinem Arm und jemand drückte etwas gegen meine Schläfe. Den Lauf einer Waffe, vermutlich. Ich schrie auf, dann wurde die Waffe weggerissen und die Fingernägel bohrten sich tiefer in meinen Arm. Der Staub legte mich und ich wirbelte herum, soweit ich konnte. Alodia umklammerte meinen Arm – wer sonst? – und Miro zerrte an dem Revolver in ihrer Hand. Schüsse fielen und ich warf mich zu Boden, wobei ich Alodia mitriss und Miro den Revolver aus ihrer Hand befreien konnte, ihn durch die abrupte Bewegung allerdings nur noch loslassen und nach hinten schleudern konnte. Alodia und ich wälzten uns auf dem Boden und versuchten jeweils, aus dem Griff der anderen zu kommen, während über uns weiterhin der Kugelhagel tobte – vom Hubschrauber der *Extremen* und von Kayleens und Teds Flugzeug.

Und dann bog Alodia meinen Arm nach hinten, presste ihr Knie in meinen Rücken und mein Gesicht in den Staub. Ich begann zu husten und meine Augen tränten sofort. Tränen und Schweiß mischten sich und liefen über meine Wangen und ich war unfähig, mich zu wehren. Wieder fielen Schüsse. Dann wurde ich vom Boden hochgerissen und vorwärtsgestoßen. Blind taumelte ich los, versuchte, mich loszureißen, aber jemand hielt mich fest am Kragen.

Ich stolperte über Metall und meine Hände ertasteten rauen Boden. Ein Hubschrauber!

Jemand stieß mich weiter und ich fiel auf einen weichen Sitz direkt an der Tür. Sofort sprang ich wieder auf, aber Alodia schubste mich sofort wieder hin und schnallte mich fest. Der Hubschrauber begann zu vibrieren und ich presste meine Hände gegen das kalte Fenster und beobachtete fassungslos, wie die Wüste unter uns kleiner wurde. Und die Menschen. Kayleen, die den regungslosen Ted in den Armen hielt. Laurie, die neben Cyan am Boden kniete. Blut überall. Und Miro, der irgendwo mittendrin stand und mir hinterherblickte.

Gefangen

Kapitel 14 ✶ „Du hast Angst"

Dienstag, 19. Februar 2115, spät nachts

„Du klammerst dich an den Haltegriffen fest, als ginge es um dein Leben, verstanden?", zischte Alodia und fuchtelte mit einer Waffe herum, die ihr wohl einer der anderen *Extremen* gegeben hatte. „Na ja, eigentlich geht es tatsächlich um dein Leben. So oder so. Es ist nichts mehr wert. Ob du jetzt stirbst oder später… also, keine falsche Bewegung!"

Ich hatte ihrem Gerede nur halb zugehört. Wie in Trance legte ich die Hände um die Haltegriffe an der Decke. Ich wusste nur eins – ich war alleine. Miro war da unten irgendwo. Und obwohl ich eigentlich hätte froh sein sollen, dass er frei und in Sicherheit war, wünschte ich mir doch, er wäre hier. Ich wollte nicht alleine sein. Nicht mit Alodia und ihren Leuten.

„Wo bringt ihr mich hin?", versuchte ich den Lärm der Maschinen zu übertönen.

„Nach Las Vegas, und dann in unser Hauptquartier." Mit einem zufriedenen Lächeln ließ Alodia sich auf einem Sitz mir gegenüber nieder.

Der restliche Flug verlief schweigend.

Wir landeten auf dem Dach eines Hotels und Alodia brachte mich in ein Hotelzimmer. Ich versuchte erst gar nicht, zu fliehen – ich hatte eh keine Chance.

Stattdessen sank ich auf das Bett und zückte mein Handy. Kein Empfang. Pah, wäre ja auch zu schön gewesen. Wahrscheinlich blockierten die *Extremen* den

Empfang hier im Gebäude irgendwie. Ich entschied mich, trotzdem Nachrichten zu schreiben, falls ich unterwegs irgendwo Netz haben sollte.

An Miro.

An Tara.

An Sophy Tomić.

Die Extremen *haben mich gefangen! Sie wollen mich in ihr Hauptquartier bringen!*

Dann liefen die ersten Tränen über mein Gesicht und ich schloss erschöpft die Augen. *Alleine im Zimmer. Zum ersten Mal seit Monaten.*

ॐ ✶ ☾

Am nächsten Morgen riss Alodia die Tür meines Zimmers auf und forderte mich auf, mich anzuziehen.

Als ich das Zimmer verließ, lehnte sie an der gegenüberliegenden Wand und wartete auf mich. Führte mich wieder zurück zum Hubschrauben, drückte mich in den Sitz und dann flogen wir zum Flughafen.

„Warum hast du Miro nicht gefangen genommen?“, fragte ich schließlich, als wir in einem Abteil eines Rebellenfliegers saßen. Meine Augen brannten und ich versuchte, die Tränen zurückzuhalten.

„Weil du wichtiger bist, Verräterin!“ Alodia verschränkte die Arme. „Das mit uns ist keine persönliche Sache. Ale *Extremen* suchen nach dir. Eine Prinzessin kann keine Rebellin sein. Aber das mit Miro ist allein Sallys Sache. Rache an Sophy Tomić.“

„Rache? Wieso?“, hakte ich nach.

„Weil sie ihr Evander ausgespannt hat und dann auch noch den Posten als Schulleiterin."

„*Evander* ausgespannt?!" Ich hielt die Luft an. „Aber ist Sally nicht... viel jünger?"

„Sie sagt, sie sei 23. In Wahrheit ist sie 29. Sie wäre gerne für immer jung, verstehst du? Eigentlich hat sie auch blonde Haare, nicht schwarze. Sie legt großen Wert auf ihr Aussehen und wie andere sie wahrnehmen... Also wie gesagt, der Altersunterschied ist gar nicht so groß. Und außerdem stehen viele Frauen auf ältere Männer." Alodia verdrehte die Augen. „Mal unter uns, ich versteh es auch nicht. Evander ist nicht besonders süß. Und war er auch als Jugendlicher nicht. Sally hat mir Fotos gezeigt."

Ich ging nicht weiter darauf ein. Ehrlich gesagt war mir nie klar gewesen, dass Sally auch Gefühle haben konnte....

„Aber anscheinend sind alle Tomićs Frauenschwärme, was?", stichelte Alodia. „Wo doch dein Miro auch schon zwei Verehrerinnen vor dir hatte..."

„Du meinst Alina und Carina?", hakte ich nach. „Woher weißt du das?"

„Weil sie es mir erzählt haben." Alodia zuckte mit den Schultern. „Sie dachten, wir wären Freunde. Wie albern. Sie haben nicht gemerkt, dass ich sie nur benutzt habe – aber wenigstens wissen sie jetzt, wie das ist."

„Spielst du auf die Sache mit Tanisha damals an? Haben sie dir das auch erzählt?", fauchte ich. „Du hast nichts damit zu tun! Es gab keinen Grund für dich, dich da einzumischen! Sie werden das untereinander klären, wenn es an der Zeit ist!"

„Wenn sie bis dahin nicht tot sind." Alodia stand auf und verließ ohne ein weiteres Wort das Abteil.

Ich brauchte eine Sekunde, um zu verstehen, was das bedeutete. Jetzt war ich alleine im Abteil, von den anderen *Extremen* war keiner hier. Ich wusste nicht mal, ob sie im Flugzeug waren. War das meine Chance? Oder wartete Alodia nur darauf, dass ich das Abteil verlassen würde, und würde mich erschießen, sobald ich auch nur die Nasenspitze nach draußen stecken würde? Was, wenn ich sagen würde, ich müsse nur aufs Klo? Ich musste das Risiko eingehen.

Vorsichtig schob ich die Tür auf. Niemand war zu sehen. Wo konnte ich mich den Flug über verstecken? Vielleicht auf dem Klo, tatsächlich? Ich hastete über den Flur, vorbei an einer verwirrten Stewardess. Da ich nicht wusste, inwiefern das Personal hier in die Machenschaften der *Extremen* verstrickt war, fragte ich sie lieber nicht um Hilfe.

Die Klos waren am Ende des Gangs und ich öffnete die Tür zum Vorraum. Drei der fünf Kabinen waren besetzt, und ich schloss mich auf der hintersten ein. Als ich so auf dem geschlossenen Klodeckel saß, wurde mir langsam klar, dass ich nichts durchgeplant hatte. Ich hatte nichts hier außer meiner Handtasche – Handy,

Müsliriegel, Kopfhörer, Geld, Fotobuch – und ich würde mich nicht für immer hier verstecken können!

Eine Klospülung rauschte, dann eine weitere. Schritte, dann fiel die Tür zum Vorraum zu.

Es war still und ich wagte kaum zu atmen.

„Ich wusste, du würdest herkommen", sagte eine vom Hall leicht verzerrte Stimme in der Nachbarkabine. „Ich habe nur auf dich gewartet, Rose." Eine Tür wurde aufgeschlossen und jemand stand jetzt vor meiner Kabine. Alodia, wer sonst?

„Hör zu, du brauchst dich nicht zu verstellen oder so zu tun, als wärst du nicht da. Ich habe dein Deo gerochen. Das, was du im Hotel genommen hast. Es ist eine Eigenkreation meiner Angestellten, extra, um Flüchtige wiederzufinden. Sehr geruchsintensiv und einmalig. Also, es gibt drei Möglichkeiten. Ich schließe deine Tür mit einer Münze auf – ja, das geht – und du kommst raus, oder du hältst den Griff fest und wir bleiben so lange hier stehen, bis du aufgibst, oder du sparst deine Kräfte und kommst sofort raus."

Für ein paar Sekunden blieb ich sitzen. Ich musste meinen Stolz wahren.

„Dein Stolz ist sinnlos", tönte prompt Alodias Stimme von draußen. „Aber wenn du wirklich Wert darauf legst, solltest du aufgeben."

„Das ist kein Stolz", entgegnete ich und öffnete die Tür mit halb erhobenen Händen.

„Na also, geht doch." Alodia lächelte. „Und jetzt gehen wir zurück zum Abteil, als wäre nichts gewesen."

Ich seufzte und ging voran. „Wenn du mich eh erwartet hast, was war dann der Sinn der Sache?"

„Ich wollte testen, ob noch Kampfgeist in dir steckt." Alodia lächelte wieder. „Und offensichtlich müssen wir dich erst noch ein paar Tage in den Kerker stecken, bevor der Kampfgeist aufgebraucht ist. Damit du mich auf den Knien anflehst, dich am Leben zu lassen."

„Niemals!", entgegnete ich und ließ mich auf meinen Sitz fallen.

Alodia faltete die Hände und lehnte sich zurück. „Wir werden sehen."

Ď ✱ ď

Ich saß im Dunkeln. Alodia hatte mich aus dem Flugzeug geführt und mit einem Hubschrauber zum sogenannten Hauptquartier gebracht. Ein riesiger Wolkenkratzer in der Stadt Adquim im Norden der *EMGER*.

Und jetzt saß ich seit einigen Stunden – oder vielleicht schon einen ganzen Tag? – hier im Kerker und fragte mich, ob sie mich wirklich hier ewig einsperren wollte, wo Miro war und was mit Ted und Cyan war. Ihre ausdruckslosen Gesichter und die Tränen der anderen hatten mich in meine Albträume verfolgt und ich konnte einfach nicht glauben, dass sie tot waren.

Von irgendwoher kam eine leise Melodie. Dramatisch, aber anders als die letzte. Und ich hatte immer noch keine Ahnung, wo sie herkam.

Die Tür flog auf. „Komm mit."

Überrascht sah ich auf. Es war ein junges Mädchen, vielleicht gerade erwachsen, vielleicht noch nicht mal.

„Wieso?", fragte ich.

„Die Vizeanführerin der *Extremen* will dich sehen." Das Mädchen leuchtete mit einer Taschenlampe in mein Gesicht. „Alodia Combs."

„Alodia ist Vize…?" Ich blinzelte geblendet. „Wer ist dann Anführer?"

„Ihre Cousine. Sally Combs. Die beiden wurden vor ein paar Monaten gewählt, und seitdem hat sich hier eine Menge verändert."

Ich hatte es befürchtet. Nur so ließ sich erklären, warum die beiden so eigenständig handeln konnten.

„Hast du irgendjemandem eine Nachricht geschickt auf der Reise?", fragte das Mädchen.

„Ich hatte kein Netz. Nicht mal im Flugzeug."

„Also hast du jemandem geschrieben. Gib mir dein Handy", forderte sie.

„Aber…"

„Gib es mir." Sie legte die Hand um den Griff einer Pistole in ihrem Gürtel, und unpassenderweise erklang dieses Mal eine summende, vertrauensvolle Melodie. Kontrabass und sanfte High Hats. Und wieder schien die Melodie von überall und nirgends zu kommen.

Ich seufzte und reichte dem Mädchen mein Handy.

„Gut." Sie steckte es ein. „Komm mit."

Sie führte mich nach draußen über den Kerkerflur und dann zu einem Aufzug. Schweigend fuhren wir in eins der obersten Stockwerke, dann schob das Mädchen mich aus dem Aufzug auf eine Tür zu und klopfte an.

„Ja?"

„Ich bringe die Gefangene, Miss", murmelte das Mädchen schüchtern.

„Bring sie rein und geh dann wieder", befahl eine Stimme, die ich kannte und so sehr hasste. Alodias.

೮ ✶ ೞ

„So sieht man sich wieder." Alodia stand am Fenster des kleinen Büros und drehte sich erst um, als die Tür hinter mir zufiel. Für mich klang es wie das Geräusch einer zuschnappenden Mausefalle.

„Was willst du?", fragte ich leise. „Ich dachte, du wolltest mich im Kerker versauern lassen."

„Nur ein kurzes Gespräch." Sie lächelte und ihre Finger schlossen sich um den Griff eines Messers in ihrem Gürtel. „Du hast Angst."

„Natürlich habe ich Angst", entgegnete ich. „Es wäre dumm, in einer solchen Situation keine Angst zu haben. Evolutionär gesehen ist Angst praktisch, weil das Adrenalin die wichtigsten Körperfunktionen steigert…"

„… und die in dem Moment unwichtigen herunterfährt. Also falls du mir gleich auf den Teppich pisst, weiß ich, wieso." Alodia grinste kurz, dann wurde sie wieder ernst.

„Glaub bloß nicht, ich wäre dumm. Auch ich bin zur Schule gegangen, Rose."

„Nenn mich nicht Rose", fauchte ich.

„Schon gut, Rose."

Für einen Moment herrschte Stille in dem kleinen Büro, dann hörte man von draußen Schritte und die Tür flog auf. „Miss, wir-"

„Schon mal was von Anklopfen gehört?", schnitt Alodia dem jungen Mann das Wort ab. Er verstummte sofort und ich konnte wieder einmal nur darüber staunen, wie viel Autorität Alodia trotz ihrer gerade mal sechzehn Jahre schon hatte.

„Also, was gibt es?"

„Ich habe Neuigkeiten, die Graffiti gegen *Extreme* betreffend."

„Die Graffiti?" Alodia sah neugierig auf und auch ich spitzte die Ohren.

„Der Sprayer, beziehungsweise die Sprayerin, ist auf einem Überwachungsvideo an einem Bahnübergang zu sehen", erklärte er. „Ärgerlicherweise trägt sie zwar eine Waschbärenmaske, aber anhand ihrer Figur und Größe kann man eindeutig auf eine junge Frau schließen, vielleicht sogar noch minderjährig."

„Perfekt, ich komme gleich in die Abteilung." Alodia schickte den jungen *Extremen* mit einem Handzeichen weg, dann wandte sie sich an mich. „Du kennst die doch!"

„Wieso sollte ich?", entgegnete ich. „Ich meine – als ob ich jeden kennen würde, der sich gegen *Extreme* äußert! Aber ich habe in den Nachrichten davon gehört, ja."

„Du hast doch sicher einen Verdacht!" Alodia kniff die Augen zusammen und drückte einen Knopf auf dem Kontrollpult auf ihrem Schreibtisch. „Ich kann dich im Moment nicht brauchen. Du wirst jetzt wieder eingesperrt. Vielleicht freust du dich ja über deinen Zellennachbarn."

৪০✴ଓ৪

„Hallo?", fragte ich leise in die Dunkelheit und legte meine Hand an die dünne Steinwand.

„Jona?!", quietschte eine Stimme.

„Miro! Verdammt, was machst du hier?!"

„Was wohl, verdammt – gefangen sein!"

„Wo haben sie dich erwischt? Und wie geht es den anderen im Dorf? Und weißt du schon das Neuste über die… Sprayer?"

„Sie haben mich bei einem erneuten Überfall auf Valleytown erwischt." *Also hatte ich Recht – die anderen* Extremen *waren nicht im Flugzeug gewesen!*

„Und…" Ich traute mich kaum, die Frage zu stellen. „Und wie geht es den anderen? Die bei dem ersten Überfall… verletzt wurden?"

Miro seufzte tief. „Ted geht es gut, er ist relativ unverletzt davongekommen – es sah schlimmer aus, als es war. Aber Cyan… sie hat es nicht überlebt. Einer der Männer hat sie erschossen. Es war schrecklich, sie hatte

139

keine Chance." Miros Stimme brach. „Die Beerdigung war noch am selben Tag, und seitdem wurde in Valleytown kein einziges Mal mehr gelacht."

„Oh." Ich schluckte und eine Träne lief über meine Wange. Ich hatte kaum mit Cyan zu tun gehabt, und trotzdem…

„Und wenige Tage danach kam dann der zweite Angriff. Keiner hatte mehr die Kraft, sich wirklich zu wehren", fuhr Miro fort. „Ich habe mich mehr oder weniger ausgeliefert, um die anderen zu schützen. Und um herauszufinden, was mit dir passiert ist."

Wir schwiegen für ein paar Minuten.

„Und was ist mit… den Sprayern?", hakte Miro dann nach. Zum Glück schien er ebenfalls bemerkt zu haben, dass wir möglicherweise abgehört wurden, denn er nannte keine Namen.

„Es ist ein Mädchen. Mit einer Waschbärenmaske."

„Oh."

Es war still.

„Miro, ich habe deiner Mutter geschrieben. Und Tara. Und dir."

„Ich habe keine Nachricht bekommen. Und ich habe mich nicht mal getraut, jemandem zu schreiben, was passiert ist. Ich wollte die Aufmerksamkeit der *Extremen* nicht erneut auf Valleytown lenken, falls sie unsere Handys überwachen. Umsonst. Sie wussten wohl, dass ich nicht nochmal in die Wüste geflüchtet bin."

„Meine Nachrichten sind eben erst rausgegangen. Die *Extremen* haben durchgehend das Netz kontrolliert, aber das eine Mädchen hat mir mein Handy erst weggenommen und dann gerade zurückgegeben."

„Was, warum?!"

„Wenn ich das nur wüsste…"

Wir schwiegen.

„Denkst du eigentlich, deine Eltern vermissen dich?", fragte Miro dann.

Ich zögerte. „Ich denke schon, ich bin schließlich trotz allem noch ihr Kind. Warum fragst du?"

„Weil sich alles für uns umgedreht hat", entgegnete er bitter. „Mein Leben lang habe ich mir Gedanken darüber gemacht, wo meine Eltern sind und ob sie mich vermissen, oder ob sie sogar wissen, wo ich bin. Jetzt weiß ich, dass sie mich vermissen und immer vermisst haben. Und *dein* Leben lang wusstest du alles über deine Eltern und jetzt fragst du dich sicher, ob sie dich vermissen und ob sie wissen, wo du bist."

Kapitel 15 ✶ „Verrat ist Verrat"

„Miro?" Meine Stimme klang ungewohnt heiser. „Bist du wach?"

„Ja", entgegnete Miro gedämpft. „Alles in Ordnung bei dir?"

„Soweit schon. Und bei dir?"

„Ich… ich muss dir was sagen." Er zögerte und ich hakte nicht weiter nach, obwohl ich mir Sorgen machte. Aber er würde reden, wenn er bereit war.

„Im Zelt", sprach er weiter, „als Alodia uns überfallen hat… da hat meine Magie versagt. Einfach so. Ich wollte die Zeit anhalten, aber es hat nicht funktioniert. Meinst du, Kräfte können auch wieder verschwinden?"

„Keine Ahnung…" Ich überlegte kurz. „Versuch es jetzt nochmal."

Für einen kurzen Moment war es still, dann hörte ich Miro sagen: „Es funktioniert wieder. Diese nervige Fliege hing gerade einfach in der Luft fest."

„Seltsam." Wir schwiegen.

Und dann war da wieder eine Melodie, eine traurig-unruhige – leise Geigen – aber es kam niemand, um uns zu holen. Überhaupt passierte ziemlich lange nichts.

𝛿✶𝛼

Die Tür flog auf. Helles Licht fiel auf mein Gesicht und ich blinzelte. Ich hatte geschlafen – zwar unruhig und albtraumgeplagt, aber immerhin geschlafen.

„Los, aufstehen, mitkommen, sofort", ranzte mich eine unfreundliche Männerstimme an.

Ich rappelte mich vom unbequem steinigen Boden auf und tappte zur Tür. Der Hüne draußen klammerte mit der einen Hand Miros Handgelenke fest, mit der anderen hielt er mir fordernd die Tür auf.

Ich traute mich nicht, irgendeine Frage zu stellen. Weder, was mit uns passieren würde, noch, wie spät es war oder welches Datum wir hatten.

Die Tür fiel hinter mir zu und die andere Hand des *Extremen* schloss sich hinter meinem Rücken wie ein Eisenring um meine Handgelenke.

„Los, vorwärts!" Er stieß uns nach vorne und ich wäre beinahe hingefallen. Unsanft zog der Hüne mich hoch und ich taumelte den Flur entlang. Mit dem Aufzug fuhren wir in einen höheren Stock und der Hüne schubste uns einen weiteren Flur entlang zu einem Büro, dessen Tür offenstand. An der Wand hing ein Schild.

Sally Combs
Geschäftsleitung

„Miss Combs." Der Hüne schubste uns in den Raum, ließ unsere Handgelenke los und zog die Tür hinter uns schwungvoll zu.

Sally Combs sah von einem Blatt Papier auf und erhob sich mit einem süßlichen Lächeln von ihrem Schreibtischstuhl. „Ich habe euch schon erwartet. Möchtet ihr etwas trinken?"

Ich hatte mit allem gerechnet, aber nicht damit. Verwirrt rieb ich meine schmerzenden Handgelenke und suchte nach einer Antwort, während Miro schon eine parat hatte. „Vergiftet oder was?!"

„Ach, Unsinn!" Miss Combs schüttelte gespielt pikiert den Kopf und ergänzte: „Ich muss euch doch irgendwie bei Laune halten, solange ich euch als Lockvögel brauche!"

„Ach ja?" Miro schnaubte. „Mit der guten Laune ist es schon lange vorbei!"

„Wie ihr wollt. Mal davon abgesehen: Seid euch bewusst, dass ich nur einen von euch brauche. Wenn ihr nicht spurt, werde ich nicht zögern, einen von euch zu töten. Oder eher, einen von euch töten *zu lassen*. Von Alodia. Es wäre ihr erster Mord, und sie wartet schon darauf."

Bitte was?! Angeekelt und verstört griff ich nach Miros Hand.

Miss Combs lachte. „Ja, immer schön Händchen halten, wer weiß, was die böse Tante Sally euch gleich antut!"

Mir wurde dieses Katz-und-Maus-Spiel langsam zu bunt. „Und was haben Sie jetzt mit uns vor?"

Auch die Anführerin der *Extremen* wurde wieder ernst. „Ihr ruft gleich einfach bei euren Freunden an und sagt ihnen, wo ihr seid, und dass sie euch befreien sollen." Sie drückte einen Knopf auf dem Kontrollpult auf ihrem Schreibtisch. „Ihr dürftet jetzt wieder Empfang haben."

Ich brauchte einen Moment, um zu verstehen. „Sie meinen, wir sollen…"

„… die anderen in eine Falle locken?", ergänzte Miro schockiert.

„Oh, das klingt so böse. Nennen wir es lieber…" Sie überlegte kurz. „Ach, es gibt keinen harmlosen Begriff. Verrat ist Verrat." Sie winkte den Hünen zu sich. „Ramos, du stellst dich hinter den Jungen, während er telefoniert. Wenn er irgendeinen Fehler macht…"

Der Hüne nickte und knackte mit den Fingern.

Miro hasst Telefonieren. Ironischerweise war das mein erster Gedanke, und dann: *Was wird Miro tun? Sein Leben retten und die anderen verraten?*

„Und damit du nicht auf dumme Ideen kommst…" Sally Combs zog ein langes Messer aus ihrem Gürtel und legte es von hinten an meinen Hals. „Ein Schrei, ein Fluchtversuch, irgendwas, und das war's! Wobei ich Alodia dann den Spaß verderben würde – also benimm dich gefälligst!"

Ich nickte vorsichtig und versuchte, das Metall der Klinge nicht zu berühren – was nichts brachte, denn in dem Moment, als Miro sein Handy zückte und eine Nummer wählte, presste sie die Klinge fester an meinen Hals und machte mir damit unmissverständlich klar, dass sie jede ihrer Drohungen wahrmachen würde.

„Und schalt auf Lautsprecher", forderte sie dann noch.

Miro tippte mit zitternden Fingern auf das Display und ein lautes Tuten hallte durch das Büro.

„Miro?", hörte ich Paulies Stimme durch das Telefon.

„Ja." Miro zögerte. „Wir – also Jona und ich-"

„Miro?", unterbrach Paulie ihn hektisch. „Warum zur Hölle kannst du gerade telefonieren- ich meine, bist du nicht- Bist du *frei*? Verdammt, dann ist sie ja umsonst-? Miss Irvin – ich meine, deine Tante – ist nämlich gerade in-"

In diesem Moment ging die Tür des Büros in Flammen auf.

Kapitel 16 ✶ „Wir müssen reden"

Nach wenigen Sekunden blieb von der Tür nur noch ein winziges Häufchen Asche übrig – und hinter dem Türrahmen stand Miss Irvin.

Überrascht starrten die beiden *Extremen* in den Flur – Miro, der anscheinend einfach aufgelegt hatte, konnte die Chance nutzen und sich von Ramos entfernen und versteckte sich jetzt halb hinter seiner Tante, aber Sally Combs drückte mit dem Messer nur noch fester zu.

„Lass sie gehen", sagte Miss Irvin. Mehr nicht. Es war keine Bitte, es war ein Befehl.

„Warum sollte ich?" Miss Combs lachte unbeeindruckt.

„Ich sagte: Lass sie gehen." Miss Irvin bewegte sich nicht. Sie blinzelte nicht einmal. Sie stand immer noch an derselben Stelle, aber plötzlich ging ein Teil der Akten im offenen Schrank in Flammen auf.

„Und ich sagte: Wieso sollte ich?" Miss Combs bewegte die Klinge leicht und ein warmer Tropfen Blut rann meinen Hals hinab, aber ich traute mich nicht mal, zu schreien.

„Weil ich sonst dein Büro und dein gesamtes Imperium zerstören werden, Sally", entgegnete Miss Irvin und trat einen Schritt in den Raum. Der Schreibtisch begann zu brennen und da, endlich, wusste ich, was ich zu tun hatte.

Ein Blitz schlug direkt neben Miss Combs ein und Miss Irvin nickte mir fast unmerklich und mit einem Hauch von Stolz zu.

„Der nächste trifft", fügte ich kämpferisch hinzu.

„Nicht, wenn ich dich vorher töte", zischte Miss Combs, und begleitet von einer dramatisch-wütenden Melodie schlug ich ihren Arm mit dem Messer weg, riss mich los und begann zu rennen.

Nach ein paar Schritten in den Flur blieb ich stehen und warf einen Blick zurück. Wo waren Miro und Miss Irvin?! Sie standen noch immer direkt vor dem Büro! Der Türrahmen stand in Flammen und im Raum sah man vor lauter Feuer und Rauch nichts mehr.

Die beiden *Extremen* standen wie eingefroren da, unsicher, was sie tun sollten, aber dann schlug Miss Combs auf einen Knopf und eine Sirene heulte durch den Wolkenkratzer.

„Rennt!", schrie Miss Irvin und wir hasteten auf die Treppe zu.

Mehrere Stufen auf einmal überspringend stolperte ich nach unten und hatte schon bald den Überblick verloren, wie viele Stockwerke wir schon geschafft hatten.

„Wenn wir Pech haben, nehmen sie den Aufzug", rief Miss Irvin. „Aber das war mir zu unsicher – sie hätten ihn einfach manipulieren oder abschalten können, deswegen die Treppen."

Millionen magischer Metalbands, wie hat sie noch genug Luft zum Reden?! Ich hyperventilierte schon fast und war froh, als wir endlich aus dem Haupteingang an die frische Luft stolperten.

„Die anderen haben euer Gepäck schon aus dem Lager geholt", erklärte Miss Irvin und lief voran, in eine Seitengasse. *Die anderen? Sophy und Evander Tomić? Leonhard Fuhrmann?*

Nein. Um die Ecke warteten Tara, Tanisha, Leyhana und Paulie mit unseren Taschen und vier Drachen.

„Drachen? In der Öffentlichkeit?!", hakte Miro in dem Moment nach und wollte Paulie ein High Five geben, aber seine Tante hielt ihn zurück. „Jetzt nicht. Nimm Tacs und Svana und komm mit. Du auch, Jona. Und ihr vier fliegt zurück zum Internat."

ℬ ✶ ℭ

„Was ist denn?", fragte Miro, während er Tacitus und Svana durch die Straßen führte.

„Wir müssen reden", entgegnete Miss Irvin nur und reichte mir zwei Decken aus silbrigem Stoff. Tarndecken. „Links, Seitengasse, hinter die Müllcontainer."

Miro führte die beiden Drachen an die angegebene Stelle und half mir, die beiden Decken über ihnen auszubreiten.

„Kommt, wir haben ein Hotelzimmer hier." Miss Irvin deutete auf das Gebäude gegenüber und jetzt erst fiel mir auf, wie überarbeitet und erschöpft sie war. Sonst war sie immer top gestylt, im sportlichen Outfit und mit perfektem Zopf und dezentem Make-Up, aber jetzt fielen ihre Haare strähnig auf ihre Schultern und sie trug weder Make-Up, das ihre dunklen Augenringe hätte verstecken können, noch sportliche Kleidung, sondern ihr Rebellenoutfit.

Lag das wirklich nur an der Befreiungsaktion gerade? Während wir im Aufzug nach oben fuhren, irrte ihr Blick ruhelos durch die Kabine und blieb immer wieder an Miro und mir hängen, und dann saßen wir endlich im Schneidersitz auf dem großen Bett im Hotelzimmer.

„Heute Morgen habe ich deine SMS bekommen, Jona", begann sie schließlich.

„Sie? Nicht Miss Tomić?!", hakte ich nach und das ungute Gefühl wurde stärker.

„Nein. Ich habe Sophys Smartphone momentan."

„Wieso? Ist deins kaputt?", fragte Miro und in seiner Stimme konnte ich den Wunsch hören, dass das der einzige Grund war.

Aber dann machte Lucille Irvin alle Hoffnungen zunichte. „Nein. Verdammt, ich wünschte, ich müsste dir das jetzt nicht antun, Miro…" Sie wischte sich übers Gesicht und ihre Hände zitterten. „Ich hätte viel früher reagieren müssen, ich hätte es merken müssen. Ich warne dich, Miro, und ich warne auch dich, Jona. Es wird keine schöne Wahrheit werden."

„Was im Namen hunderttausender heiliger Hardrocker ist passiert?!", fluchte Miro. „Verdammt, Lucille, sag schon!"

Eine melancholisch-aufgewühlte Melodie schwirrte durch den Raum und ich hätte schreien können. Warum schien das außer mir keiner zu hören?! Hatte ich jetzt auch noch *akustische Halluzinationen*? Aber ich traute mich nicht, etwas zu sagen, aus Angst, man würde mich für verrückt erklären.

„Das hier ist passiert", unterbrach Miss Irvin meine Gedanken und griff in ihre Umhängetasche. In ihren blassen Händen lag ein weißer, zerknitterter Briefumschlag.

Miro ergriff ihn langsam und zog zwei Zettel heraus. Auf dem ersten war das königliche Siegel.

Ich zögerte zuerst – was, wenn es etwas Privates war? Aber dann lehnte ich meinen Kopf an Miros Schulter und las mit. Mit jeder Zeile nahm das schlechte Gefühl in meinem Magen zu und ich spürte Miro neben mir am ganzen Körper zittern.

Sehr geehrte Sophy Campbell/Tomić,

das Hoheitliche Gericht klagt Sie des Verrates und des Hochverrats an. Dazu zählen die nachfolgend aufgeführten Anklagepunkte:

- Entführung der Prinzessin
- Befreiung eines Gefangenen aus dem Hochsicherheitsgefängnis
- Anstiftung Minderjähriger zu Straftaten
- Beihilfe zur Befreiung einer weiteren Gefangenen aus dem Hochsicherheitsgefängnis.

Sie haben das Recht zu schweigen, wohingegen alles, was Sie sagen, bei Gericht gegen Sie verwendet werden kann.

Wir geben Ihnen Zeit, sich bis zum 13. Januar 2115 zu stellen und dadurch eine potentielle Strafminderung zu erhalten. Andernfalls werden unsere Abgesandten Sie am oben genannten Tag abholen.

Gezeichnet, Das Hoheitliche Gericht

„Was-" Miro hob den Kopf. Tränen liefen über sein Gesicht und sein Blick war leer, und auch ich konnte kaum glauben, was ich da gelesen hatte.

„Nein, nein, lest den zweiten Brief auch. Nein- ich wünschte, ihr müsstet das nicht lesen", schluchzte Miss Irvin und als ich zu ihr sah, rannen Tränen über ihre Wangen. Sie hielt meinem Blick stand und senkte den Kopf, ohne wegzusehen. „Lest es. Bitte."

Miro starrte auf die Matratze und reichte mir den zweiten Brief, ohne mich anzusehen. „Mach du auf."

„Aber-" Ich faltete langsam das Papier auseinander. Es war mit schwarzen Rosen bedruckt und die geschwungene schwarze Handschrift war verwaschen, so als wären Tränen darauf getropft.

Liebe Lucille,
liebe Maddie,
lieber Miro und liebe Jona,
bitte lest den beigelegten Brief.

Heute ist der 13. Januar. Ich habe keinem von Euch den Brief gezeigt, damit Ihr Euch keine Sorgen macht. Ich konnte nicht fliehen, denn das Internat ist mein Zuhause, das ich nicht ein zweites Mal im Stich lassen konnte. Ich konnte nicht, und ich wollte nicht. Es hätte Euch alle in Schwierigkeiten gebracht, und die Geschichte hätte sich nur wiederholt.

Nein, ich werde mich stellen, sobald die Richter auftauchen, und werde bezahlen, was es zu bezahlen gibt.

Wie Ihr seht, gibt man mir die Schuld an Jonas Flucht. Ich werde das vor Gericht nicht aufklären, Jona, da ich mich nicht in Deine Privatsphäre einmischen will und Dich nicht in Schwierigkeiten bringen will.

Man wirft mir auch vor, Evander befreit zu haben. Dies werde ich erst recht nicht abstreiten. Evander ist am Internat sicher, und ich möchte das nicht gefährden.

Die beiden letzten Punkte werde ich auch nicht abstreiten können, selbst, wenn ich wollte. Es ist die Wahrheit.

Ich habe Hochverrat begangen.

Auf Hochverrat steht die Todesstrafe.

Leb wohl, Lucille, Schwesterherz. Ich wünschte, ich hätte den Mut, mit dir zu reden.

Leb wohl, Maddie, danke für alles, was du für mich und Miro und Evander getan hast.

Leb wohl, Miro, es tut mir so leid. Ich wünschte, wir hätten mehr Zeit miteinander verbringen können.

Leb wohl, Jona, und pass gut auf Miro auf.

~ Sophy

Ich ließ das Blatt sinken und im selben Moment fiel Miro mir in die Arme und dann saßen wir da und weinten.

Eine erwachsene Frau, die Schwester.

Ein Junge, der Sohn.

Und ein Mädchen, das unbeabsichtigt in die Sache hineingeraten war und doch irgendwie der Grund für alles war.

Kapitel 17 ✶ „Evander wird nicht sterben"

Montag, 25. Februar 2115; Abend

„Sie haben auch Evander", sagte Miss Irvin in die Stille, als wir uns alle ein wenig beruhigt hatten.

„Was?! Das heißt, ihr Plan, Dad zu schützen, war idiotisch!", fauchte Miro sofort. „Sie hätten flüchten sollen, verdammt, und auf ihren tollen Stolz scheißen sollen! Und mir vor allem die Wahrheit sagen sollen! Verdammt, ich hatte Unrecht! Sie hat nicht mit ihren Lügen um unsere Familie gespielt, sondern mit ihren bescheuerten Stolz!"

„Miro", murmelte Miss Irvin leise.

„Was denn?! Siehst du es nicht genauso? Es ist nur ihre eigene Schuld!"

„Miro, bitte, es reicht jetzt." Sie legte ihm eine Hand auf die Schulter. „Ich verstehe dich, aber es bringt nichts, sauer auf sie zu sein."

„Sie hat Dad in Gefahr gebracht. Nicht nur sich selbst", entgegnete Miro heftig. „Sie hat leichtfertig gehandelt, für das tolle Internat! An uns als Familie hat sie nicht gedacht! *Ich kann mein Internat nicht alleine lassen*, pah! Und was ist mit uns? Nichts als ein *Lebewohl* haben wir von ihr bekommen! Und von Dad haben wir gar nichts! Nicht mal ein verdammtes Foto habe ich mit ihnen!"

„Miro, Evander hat weniger schlimme Anklagepunkte! Sie hat eben damit gerechnet, dass sie verjährt wären!"

„Und das bringt uns jetzt *was genau*?!"

155

Es war still.

„Meinst du, man hat sie schon…?", fragte Miro dann leiser.

„Ich weiß es nicht", antwortete Miss Irvin ehrlich. „Evander wird nicht sterben. Er wird nur wieder eingesperrt. Aber Sophy… Nicht mal ihre Magie wird sie noch retten können."

„Aber wir müssen doch irgendwas tun können!", warf Miro verzweifelt ein. „Falls es noch nicht zu spät ist!"

„Ich habe versucht, durch den Geheimgang ins Gefängnis zu kommen, aber er ist zugeschüttet worden. Außerdem wäre ich fast auch noch verhaftet worden, weil ich *auffällig unauffällig* ums Schloss geschlichen bin." Miss Irvin seufzte.

„Dann versuchen wir es eben über den legalen Weg – eine Audienz!", überlegte ich.

„Du meinst, wir sollen ins Schloss gehen und sagen: *Lassen Sie zwei Gefangene frei. Falls sie noch leben. Eine von ihnen hat nämlich Hochverrat begangen.*" Miss Irvin seufzte. „Das ist nett gemeint, Jona, aber bringen wird es uns wenig. Ich glaube nämlich…" Sie schluckte. „Ich glaube immer weniger daran, dass Sophy noch lebt. Die gerichtlichen Mühlen mahlen meistens schnell, und das alles ist schon über einen Monat her…"

„Aber wir müssen es versuchen", entgegnete Miro verzweifelt. „Ich will das einfach nicht glauben! Seit ich weiß, dass sie meine Eltern sind, habe ich sie gerade mal neun Tage gesehen! Kann das wirklich alles gewesen sein?!"

„Es tut mir so leid, Miro." Miss Irvin legte ihm eine Hand auf die Schulter. „Wenn es dir hilft, können wir gerne um eine Audienz bitten und versuchen, alles zu klären, aber ich denke, es gibt nicht viel zu klären."

Miro nickte sofort und wieder füllten sich seine Augen mit Tränen.

„Miss Irvin", begann ich. „Es wäre am besten, wenn-"

„Jona, bitte sag Du zu mir." Sie lächelte schwach. „Solange wir keinen Unterricht haben, meine ich. Wir werden Seite an Seite für Sophy und Evander kämpfen – verbal, meine ich, aber trotzdem – und da fühlt es sich einfach falsch an. Und außerdem hat Sophy dich ausdrücklich in ihrem Brief erwähnt, was dich quasi zu einem Teil der Familie macht."

Jetzt hatte auch ich wieder Tränen in den Augen. „Alles klar- ich meine, danke, Lucille."

Sie nickte. „Was wolltest du sagen?"

„Audienzen sind nur für zwei Leute erlaubt. Am besten wäre es, wenn du… na ja, nicht mitkommen würdest. Du bist schließlich schon negativ aufgefallen…"

„Und wir etwa nicht?" Miro lachte bitter. „Wir haben Maddie befreit und Chaos angerichtet."

„Aber ich bin die Prinzessin. Sie *müssen* mich einfach zulassen!" Ich zögerte. „Oder ich bitte für euch beide um eine Audienz – schließlich seid ihr die Angehörigen."

Lucille schüttelte den Kopf. „Schon gut, du als Prinzessin hast bessere Chancen. Ich werde vor dem Schloss auf euch warten, ja?"

Miro nickte schwach. „Einverstanden."

Kapitel 18 ✶ „Rumsitzen und heulen"

„Jona! Miro! Endlich! Hi, Miss Irvin!" Tara lief uns schon am Tor entgegen und fiel mir um den Hals, dann griff sie meine Hand und zog mich über den Kiesweg zum Gebäude. „Ihr müsst uns so viel erzählen! Von Amerika und den *New Natives* und den anderen aus der Truppe und wie ihr dann an die *Extremen* geraten seid und-" Sie zögerte und hielt uns die Tür auf. „Was ist denn eigentlich los?"

„Eine Menge, Tara." Lucille seufzte. „Sag bitte Paulie, Leyhana und Tanisha Bescheid. Wir treffen uns morgen um Punkt neun bei mir im Büro."

„Aber da haben wir Unterricht...?", hakte Tara nach.

„Vergesst den Unterricht. Es gibt momentan tausendmal wichtigere Dinge." Lucille nickte uns kurz zu und verschwand im Flur zu ihrem Büro.

Man konnte richtig erkennen, wie Tara sich zuerst freute – kein Unterricht! – und ihr Gesichtsausdruck dann zu einem verwirrten Blick wechselte. „Was ist denn mit euch los?!"

Weder Miro noch ich antworteten. Lucille hatte uns gesagt, sie habe außer ihrem Partner Leonhard Fuhrmann niemandem den Brief gezeigt und in der Schule das Gerücht verbreitet, Miss Campbell und Evander seien auf einer Art Studienreise – genau wie Miro und ich. Und selbst Maddie glaubte das, denn

Lucille hatte es bis jetzt nicht übers Herz gebracht, ihr den Brief zu zeigen.

Tara, Miro und ich liefen über das Treppenhaus nach oben zu unseren Zimmern, und überraschenderweise fragte Tara nicht weiter nach. Sie schien gemerkt zu haben, wie fertig Miro und ich von der Reise waren – und von all den Dingen, von denen sie noch nichts wusste.

An Miros Zimmertür blieb ich kurz mit ihm stehen, umarmte ihn und murmelte ihm etwas ins Ohr. Es war nur ein schlichtes „Bis morgen, Miro." Am liebsten hätte ich noch gesagt: „Mach dir keine Sorgen, alles wird gut."

Aber das wäre wohl eine glatte Lüge gewesen.

ℬ ✳ ℭ

Miro wachte auf mit dem Gedanken, dass er einen schrecklichen Albtraum gehabt hatte, und die Horrorbilder blieben für einen Moment hängen.

Dann redete er sich ein, dass es vorbei war. Dass er im Internat war und es sechs Uhr war. Gleich würde er mit Paulie zum Frühstück in die Aula gehen und dort Jona und die anderen treffen. Und dann würde er bei seiner Mutter im Unterricht sitzen…

Die Bilder verschwanden und Miro wurde unsanft in die Realität zurückgeholt.

Es war weder sechs Uhr, noch war alles gut. Es war kurz vor neun, und er würde ohne Frühstück zu Lucille gehen, um den anderen die Botschaft zu überbringen, dass seine Mutter im Kerker war, oder vielleicht schon tot.

Das Leben war verdammt unfair.

Um Punkt neun standen wir alle in Lucilles gemütlichem Büro.

Tara, Paulie, Tanisha, Leyhana, Maddie, Miro und ich, und natürlich Lucille.

Schweren Herzens hatte sie sich entschlossen, Maddie jetzt einzuweihen – früher oder später würde sie es sowieso erfahren müssen.

„Ich habe euch alle angelogen", sagte Lucille anstatt einer Begrüßung und klatschte energisch und hilflos den Briefumschlag auf den Tisch.

Die anderen tauschten verwirrte Blicke, nur ich klammerte mich an Miros Hand fest und versuchte verzweifelt, die vielen Melodien um mich herum auszublenden. Ich nahm mir vor, Lucille danach zu fragen, wenn die ganze Sache hier erledigt war. Wann und wie auch immer das sein würde.

„Ihr dürft niemandem davon erzählen", begann Lucile und massierte erschöpft ihre Schläfen. „Aber wenn ihr jemanden zum Reden braucht, könnt ihr zu mir oder Leonhard Fuhrmann kommen."

Pah, dachte ich. *Lucille, du opferst dich genauso für deine Schüler wie Miss Tomić. Du kannst es selbst nicht verarbeiten, wie willst du da unsere Psychologin sein?*

„Es ist so", setzte sie neu an. „Ich- also, es ist so. Sophy und Evander Tomić sind nicht auf einer Studienfahrt. Sie sind... sie sind..." Ihre Stimme brach-

„Ich kann nicht mehr", wisperte Miro mir in diesem Moment zu und legte seine schweißnasse Hand in meine. „Ich kann das nicht nochmal sehen oder hören. Lass uns bitte gehen, Jona, bitte!"

Ich nickte und wir verließen das Büro.

Hätten wir bleiben sollen?

Hätten wir Lucille mental unterstützen sollen?

Ich wusste es nicht.

ᔕ✶ᓚ

Schweigend saßen wir im Flur, bis Tara nach ein paar Minuten rauskam. Sie sah schockiert aus, aber was hatte ich auch anderes erwartet?

„Ihr könnt wieder reinkommen. Und, Miro,... das tut mir so leid für dich, ich meine-"

„Kein Mitleid, ja?", schnitt Miro ihr das Wort ab und wandte sich ab. „Das ist das Schlimmste."

Wir folgten Tara wieder nach drinnen und alle starrten Miro an. Nur Lucille verbarg ihr Gesicht hinter einem Stapel Papier, und Maddie stand am Fenster und sah nach draußen, und von irgendwo spielten Geigen eine traurige Musik.

„Hier", brach Lucille schließlich die Stille und ließ die Zettel sinken. „Ich habe mir ein paar Notizen und Argumente gegen die Anklagepunkte gemacht. Falls wir noch nicht zu spät sind – und wir sollten die Hoffnung nie verlieren – werden wir unser Möglichstes tun, um die beiden zu retten."

Am Montag hatte sie noch ganz anders gesprochen – *Ich glaube immer weniger daran, dass die beiden noch leben* – aber verdammt, ja, wir mussten einfach etwas tun!

„Rumsitzen und heulen wird uns nicht helfen", fügte ich hinzu.

„Es wäre auch nicht das, was die beiden von uns erwarten würden", übernahm Lucille. „Jona, Miro, wir machen uns morgen auf den Weg. Tara, Paulie, Tanisha, Leyhana, Maddie, ihr müsst hier die Stellung halten und euch bestenfalls die eine oder andere Ausrede einfallen lassen, warum ich jetzt auch weg bin – aber nutzt doch bitte alle die gleiche Ausrede."

Die fünf nickten gleichzeitig und Maddie drehte sich vom Fenster weg und warf eine Zeitung auf den Tisch. „Hier, das habe ich heute Morgen gelesen."

Ich hatte sie erst einmal weinen gesehen, und das war gewesen, nachdem Miro aufs Internat gewechselt war. Und ich konnte nur schwer nachvollziehen, wie sie sich fühlen musste.

Lucille schlug die Zeitung auf und überflog einen Artikel, der mit pinkem Textmarker angestrichen war. „Man hat uns also gesehen. War ja auch nicht weiter schwierig. *Drachen in Adquim – Hologramme oder echt? Am vergangenen Montag und Dienstag wurden in der* Extremen-*Hauptstadt mehrfach Drachen gesichtet.*

Niemand kann zum jetzigen Zeitpunkt sicher sagen, ob es sich um ferngesteuerte Figuren oder Hologramme handelte, aber man kann wohl sicher ausschließen, dass die Fabelwesen echt waren."

„Warum eigentlich *Extremen-Hauptstadt?*", fragte Tanisha.

„In der Stadt Adquim gibt es mehr *Extreme* als auf der ganzen Welt sonst. Nur etwa fünf Prozent der Einwohner dort sind keine *Extremen,* und von diesen fünf Prozent sind mehr als drei Viertel gewöhnliche Rebellen", erklärte der *Professor* prompt. „Außerdem haben sie dort mehrere Hochhäuser, wovon eines das Hauptquartier ist."

„Gut. Nachdem das geklärt ist, könnt ihr gehen." Lucille stand auf und legte ihre Hand auf Maddies. Es war klar, dass die beiden noch reden wollten.

„Jona, Miro, ihr könnt euch in der Ausrüstungskammer im Stall umsehen, ob ihr etwas braucht. Wir fliegen morgen gegen Mittag los."

Kapitel 19 ✳ „Wir sind Rebellen"

„Seid ihr bereit?", fragte Lucille, als wir die Drachen zwischen den Bäumen eines kleinen Waldgebiets landeten.

Ich nickte, aber Miro gab nur undeutliche Geräusche von sich. „Es ist eine Qual", flüsterte er dann. „Ich will es eigentlich gar nicht wissen – aber irgendwie doch! Ich will nicht hören, dass sie tot sind, ich will hören, dass sie noch leben und freigesprochen werden! Aber was, wenn wir wirklich zu spät sind? Was, wenn man uns sagt, die Verräter seien längst beseitigt?!"

„Miro, bitte, warte erst mal ab", erwiderte Lucille sanft und trotzdem überzeugend. „Vergiss nicht, du bist nicht alleine. Wir teilen die Gefühle und Ängste."

Miro nickte und wischte sich mit der Hand übers Gesicht. „Wir müssen los. Sofort, sonst verzweifle ich noch."

Wir winkten Lucille ein letztes Mal zu, dann machten wir uns auf den Weg zum Schloss.

ଚ✳ଚ

„Bereit, Miro?", fragte ich erneut, als wir schließlich vor dem hohen Schlosstor standen.

„Nein", entgegnete Miro bitter. „Aber das ist jetzt nicht mehr wichtig." Er hob die Hand und drückte den großen Klingelknopf an der Mauer.

Im Tor klappte ein kleines Fenster auf und ein mürrisches Gesicht erschien. Der Torwächter war immer noch derselbe. *Was heißt immer noch? Ich bin erst seit einem halben Jahr weg!*

„Was gibt's?", knurrte er.

„Wir…" Ich räusperte mich. „Wir bitten um eine Audienz."

„Zwei *Kinder* bitten um eine Audienz?" Er lachte rau.

„Zwei *Rebellen* bitten um eine Audienz", korrigierte ich. „Unser Alter ist unwichtig, Mister."

„Zwei Rebellen auch noch?" Das Tor schwang nach innen auf, der Torwächter zog uns in den Hof und knallte das Tor wieder zu. Ein zweiter Wächter kam dazu.

„Zwei Rebellen bitten um eine Audienz", äffte der erste uns nach. „Du kennst die Regeln, Ed."

Ed nickte und zog Miro und mich an den Armen mit sich.

„Was sind die Regeln?", fragte ich verwirrt.

„Eine Nacht im Kerker. Danach entscheidet das Königspaar, ob euch die Audienz gewährt wird oder nicht." Der Wächter zerrte uns in ein Gebäude, das noch vor ein paar Monaten eine Art Kühlhaus gewesen war, und schob uns in einem Raum, in dem nur zwei Strohmatten lagen.

„He, Moment mal!", rief ich. „Das können Sie doch nicht machen! Wenn meine Eltern das erfahren, werden Sie dafür bezahlen!"

„Wer sind deine Eltern, dass sie so viel Macht über königliche Wachen haben?" Die Tür fiel ins Schloss und das Gelächter der Wache verhallte im Flur.

Ich hob die Hand und wollte etwas erwidern, dann gab ich auf. „Sie kennen mich nicht mehr. Ist das jetzt gut oder schlecht?"

„Gut." Miro ließ sich auf eine Strohmatte fallen. „Zumindest war es das bis heute. Jetzt ist es eher schlecht. Wer hört schon auf Rebellen, noch dazu auf minderjährige?"

„Meistens geht es nach der Laune meiner Eltern, ob Rebellen eine Audienz bekommen oder nicht."

„Das ist schlecht." Miro seufzte. „Und vor allem wird Lucille sich Sorgen machen, wenn wir über Nacht hier drinnen bleiben müssen. Hoffentlich kommt sie uns nicht suchen, sie ist unsere letzte Hoffnung, falls etwas schiefläuft!"

Wir schwiegen.

„Sie haben so viel verändert, seit ich weg bin", sprach ich schließlich den Gedanken aus, der mir seit Betreten des Schlosses nicht mehr aus dem Kopf ging. „Allein schon dieses... dieses *Übergangsgefängnis*! Das war früher ein Kühlhaus! Und diese bekloppte *eine-Nacht-im-Kerker-Regel* gab es früher auch noch nicht!... Was heißt *früher*? Es ist gerade mal ein halbes Jahr her..."

„Es fühlt sich an wie Jahre, seit wir wieder vereint sind", ergänzte Miro. „Und es ist so viel passiert in dieser Zeit..."

ଛ✱ଔ

„Jona? ... Jona!"

167

„Was ist denn los?" Ich blinzelte. Außer mir und Miro, der mich gerade geweckt hatte, war noch ein Wächter im Raum. Ein hämisch grinsender Wächter, um genau zu sein. „Der König hat euch die Audienz nicht gewährt!"

Meine Ohren nahmen die Worte auf, aber mein Gehirn verarbeitete sie nur langsam. Unsere letzte Chance war verloren. Miros Eltern waren verloren. Alles war verloren.

„Wir haben aber eine Botschaft, die das royale Paar bestimmt hören möchte", warf Miro in diesem Moment mit fester Stimme ein und ich hob verwirrt den Kopf. Wir hatten doch keine Botschaft – nur eine verzweifelte Frage.

„Die Audienz wurde euch nicht gewährt, hast du nicht verstanden?!", fuhr der Wächter ihn an. „Haut jetzt ab, oder ich lasse euch in den Kerker stecken!"

„Die Botschaft", fuhr Miro unbeirrt fort, „ist von der Königstochter. Von Prinzessin Rose Moore."

„Dann sag sie mir. Ich glaube dir nämlich nicht."

„Es ist eine persönliche Botschaft! Noch nie von Postgeheimnis gehört?!"

Der Wächter kniff die Augen zusammen. „Also gut. Ich kläre das ab. Aber wenn später rauskommt, dass ihr gelogen habt, um euch eine Audienz zu erschleichen, seid ihr tot!"

Die Tür fiel hinter ihm ins Schloss und für ein paar Sekunden hallte sein letztes Wort in meinen Ohren wieder.

„Jetzt wird es spannend", murmelte Miro. „Ich hoffe so sehr, dass es klappt…"

Ich nickte. „Ansonsten… ansonsten gebe ich mich einfach zu erkennen. Dann kommen wir auf jeden Fall zu meinen Eltern."

„Und wenn wir zu spät sind, hast du umsonst deine Geheimidentität aufgegeben", entgegnete Miro düster.

„Nichts ist umsonst! Wenn wir wirklich zu spät sind, müssen wir sie rehabilitieren! Und deinen Vater befreien. Wenn das möglich ist."

„Wenn er noch lebt", ergänzte Miro. „Wenn Mum solche harten Anklagepunkte hat… vielleicht haben sie ihn dann gleich mit-"

„Sowas darfst du nicht denken", schluchzte ich und packte seine Hand. „Miro, bitte, du darfst die Hoffnung nicht aufgeben!"

Für ein paar Minuten saßen wir einfach schweigend, Hand in Hand, nebeneinander auf den Strohmatten.

Dann flog die Tür auf.

„Man glaubt euch nicht, Kids!" Der Wächter lachte bitter und legte eine Hand an die Pistole in seinem Gürtel.

„Nein", flüsterte Miro, dann sah er mich entschlossen an, packte mich am Arm und riss mich hoch. „Renn!"

Verwirrt hastete ich hinter ihm her nach draußen – der Wächter war in der Bewegung eingefroren.

Wir liefen über den Hof und hinter uns fielen Schüsse.

„In den Audienzsaal", murmelte ich wie ferngesteuert. „Um diese Uhrzeit sind sie immer dort. Tagesabläufe besprechen. Nur die beiden."

Dann standen wir vor der Tür des Audienzsaals.

„Wie auch immer das hier ausgeht", murmelte Miro ernst und sah mir genau in die Augen. „Danke. Es... es ist nicht selbstverständlich, dass du das hier für mich machst... dein Leben riskierst..."

„Natürlich. Natürlich ist es selbstverständlich." Ich rang mir ein erschöpftes Lächeln ab. „Unter Freunden zumindest."

Auch Miro lächelte schwach. „Dann ist es jetzt wohl soweit, was?"

„Ja."

Klopfen, ermahnte ich mich selbst. Es war ungewohnt, an Türen zu klopfen, für die ich sogar einen Schlüssel hatte und die ich früher einfach durchquert hatte, ohne auf ein *Herein* zu warten. Und vor Sorge um Evander und Sophy Tomić hatte ich nicht mal so weit gedacht, dass ich ja jetzt mit meinen Eltern reden musste! Was würden sie wohl sagen? Erkennen würden sie mich ja wohl, oder? Aber was würden sie dazu sagen, dass ich eine Rebellin war? Und vor allem dazu, dass ich nach zwei Hochverrätern fragen würde? Am liebsten wäre ich einfach weggelaufen, aber das ging nicht. Miro brauchte mich jetzt mehr als jemals zuvor.

Ich klopfte also.

„Jetzt nicht!", dröhnte die strenge Stimme meiner Mutter durch den Saal.

Miro zerquetschte mir beinahe die Finger, aber ich sagte nur „Scheiß drauf" und schob entschlossen die Tür auf. *Jetzt oder nie, verdammt!*

„Ich sagte, jetzt nicht!", wiederholte meine Mutter und fror in der Bewegung ein, als wir den Raum betraten.

Miro verbeugte sich und ich versuchte einen Knicks, aber da stand meine Mutter auch schon neben mir – der Stuhl, auf dem sie eben noch gesessen hatte, war einmal durch den halben Raum geflogen – und zog mich wieder hoch. „Rose! Wo warst du all die Monate? Was ist passiert? Wie geht es dir? Warum bist du hier? Wer ist das?", fragte meine Mutter.

Ich zögerte. „*Wo warst du all die Monate?* Lange Geschichte. *Was ist passiert?* Ebenfalls eine lange Geschichte. *Wie geht es dir?* Hängt ganz von euch ab. *Warum bist du hier?* Eure Schuld. *Wer ist das?* Das ist Miro, mein Freund."

Miro rang sich ein Lächeln ab und reichte meinen Eltern nacheinander die Hand.

Dann trat meine Mutter einen Schritt zurück und musterte mich, als sähe sie mich zum ersten Mal. „Rose, ihr tragt ja die traditionelle Rebellenkleidung! Kannst du mir das erklären?"

„Ich…" Ich holte tief Luft. „Wir *sind* Rebellen. Miro, und ich auch."

„Dann würde ich jetzt gerne eine deiner langen Geschichten hören", erklärte mein Vater spitz.

„Also gut – ich versuche, mich kurz zu fassen." Ich holte erneut tief Luft. „An meinem vierzehnten Geburtstag habe ich die ganze Welt angelogen. Ich bin weder Mozarts *Kleine Nachtmusik*, noch bin ich eine Prinzessin. Ich bin *Know Me* von *The Ferrochromes*."

Meine Eltern tauschten erschrockene Blicke, obwohl sie das Lied wahrscheinlich nicht mal kannten.

„Ich wollte euch nicht in Gefahr bringen", fuhr ich fort. „Ich wollte euch vor dem Skandal schützen – die Prinzessin, eine Rebellin! Also bin ich abgehauen, auf ein Rebelleninternat. In der Zeit von November bis heute bin ich bereits vor *Extremen* geflüchtet, nach Island gereist, habe mit Miro zusammen seine Eltern gefunden, bin nochmal geflüchtet, von *Extremen* gefangen genommen worden, schon mehrmals beinahe umgebracht worden... und na ja, jetzt stehe ich hier. Das ist die stark gekürzte Version."

„Du sagst, du seiest von hier abgehauen", wiederholte mein Vater nach einer kurzen Pause. „Aber... du wurdest entführt. Du versuchst nur, deine Entführer zu schützen. Das nennt man Stockholm-Syndrom – sich nach längerer Zeit in Gefangenschaft zu seinen Entführern hingezogen fühlen."

„Hör auf mit der Scheiße!", schrie ich. „Ich – bin – nicht – entführt – worden, verdammt!"

„Nicht in diesem Ton, Rose! Und außerdem kannst du ruhig die Wahrheit sagen. Du musst niemanden schützen!"

„Doch, verdammt, und deswegen sage ich ja die Wahrheit", fauchte ich, riss den Zettel mit meinem Seelenlied aus meiner Hosentasche und zündete ihn mit einem Blitzschlag an. Erst als das Feuer wieder erlosch und ich meinem Vater den unversehrten Zettel unter die Nase hielt, wurde mir klar, dass ich besser ein Feuerzeug genommen hätte – aber es war meinen Eltern zum Glück nicht aufgefallen, dass ich Magie genutzt hatte.

„So, und jetzt hört ihr mir mal zu!"

Meine Eltern waren jetzt still und nickten langsam.

„Ich weiß genau, wen ihr im Verdacht habt, mich entführt zu haben." Ich holte tief Luft. „Aber es ist falsch. Niemand hat mich entführt. Und deswegen ist die wichtigste Frage: Leben Sophy und Evander Tomić noch?"

Meine Eltern tauschten einen verwirrten Blick.

„Hör zu, Rose, Süße… Ich verstehe nicht ganz, warum du das wissen willst", begann meine Mutter ernst. „Ich meine, sie sind Hochverräter…"

„Sag schon, verdammt!"

Meine Eltern tauschten erneut einen Blick.

Dann deutete meine Mutter ein Nicken an.

Kapitel 20 ✶ „Schuldig"

Mir fiel eine ganze CD-Sammlung vom Herzen und Miro fiel mir um den Hals, lachend und weinend zugleich.

„Sie leben noch", wisperte er mir ins Ohr, dann wiederholte er es lauter und küsste mich vor Freude auf die Wange, bis meine Mutter sich schließlich räusperte.

„Ich hätte gerne eine Erklärung, Rose."

„Das ist alles ein Missverständnis", erklärte ich und schob Miro sanft von mir weg.

„Ein Missverständnis?", fragte mein Vater spitz. „Du fragst nach zwei Hochverrätern, deren Prozess prinzipiell nur mit der Todesstrafe enden kann, und sagst uns dann, dass das alles nur ein Missverständnis ist?"

Ich nickte. „Ganz genau."

„Der Prozess ist auf nächste Woche angesetzt, weil wir bis jetzt mit den *Extremen* genug Probleme hatten – du glaubst gar nicht, was da draußen gerade alles läuft. Wenn du das wünschst, können wir den Prozess auch jetzt durchführen, aber wenn ihr keine guten Argumente habt, bedeutet das nur einen schnelleren Tod der Angeklagten."

„Einverstanden." Ich nickte entschlossen und ignorierte Miros entsetztes Kopfschütteln.

„Wir werden die Angeklagten holen lassen", erläuterte mein Vater. „Der Prozess wird in einer Viertelstunde hier im Saal beginnen."

174

„Dürfen wir noch eine Zeugin holen?", fragte ich.

Meine Mutter nickte und ich griff nach Miros Hand und zog ihn sanft nach draußen.

℘ ✶ ℘

Einige Minuten darauf kamen wir mit Lucille Irvin zusammen zurück ins Schloss. Die Tische im Saal waren in der Zwischenzeit zu einem U gestellt worden – am Kopfende saß ein Richter, rechts meine Eltern und links Miss Tomić und Evander!

Miro blieb wie eingefroren stehen, dann rannte er zu den beiden.

„Miro!" Miss Tomić hob den Kopf und umarmte ihn, ohne aufzustehen.

Die beiden Sicherheitsbeamten hinter den Angeklagten hoben ihre Schusswaffen, ließen sie dann aber wieder sinken. Langsam wurde mir bewusst, dass Hochverrat nicht nur ein Wort war. Es war der Begriff dafür, dass sich jemand aktiv gegen das Königshaus gestellt hatte, und demnach entsprechend behandelt wurde – im Kerker gefangen gehalten und mit schweren Waffen bewacht werden musste. Und irgendwann sterben musste.

„Bitte, Miro, was machst du hier?" Sophy Tomićs Stimme klang heiser und erschöpft. „Und du, Jona – ihr hättet niemals herkommen dürfen! Ihr bringt euch in unglaubliche Gefahr! Was habt ihr euch nur dabei gedacht?"

„Wir werden euch retten. Das haben wir uns gedacht."
Miro löste sich vorsichtig aus ihrer Umarmung und ließ sich von seinem Vater in die Arme schließen.

„Soph?" Lucille trat zu ihrer Schwester. „Du lebst noch."

„Noch." Miss Tomić griff nach den Händen ihrer Schwester. „Aber… danke für alles, Luci. Es tut mir so leid. Ich- ich bereue so viel. Wenn ich die Wahl hätte, ich würde so vieles ändern."

Eine Träne lief über ihre Wange.

„Sophy, alles wird gut, wir holen euch hier raus", flüsterte Lucille und griff nach ihrer Hand.

Ihre Schwester schwieg und senkte den Kopf.

„Plätze einnehmen!" Der Richter schlug mit seinem Hammer auf den Tisch und Miro, Lucille und ich nahmen neben Miss Tomić und Evander Platz.

„Der Prozess um die Angeklagten Sophy und Evander Tomić beginnt jetzt", verkündete der Richter. „Anwesend sind zu meiner Linken die Kläger Königin Franca Moore und König David Moore, und zu meiner Rechten die Angeklagten Evander und Sophy Tomić, wobei letztere auch unter dem falschen Nachnamen Campbell bekannt ist. Außerdem als Zeugen Lucille Irvin, Miran Tomić – auch als Miran Walker bekannt, was der falsche Nachname seiner Ziehmutter ist – und Prinzessin Rose Moore, die die letzten Monate unter dem falschen Namen Jona Farc gelebt hat."

Es war totenstill im Saal geworden.

„Beginnen wir mit der Wiederaufnahme des Falls um Herrn Evander Tomić." Der Richter klappte seinen Laptop auf, sah kurz auf das Display und fuhr fort: „Ein Anklagepunkt. Bedrohen eines Mitgliedes des Königshauses mit einer Schusswaffe. Ist besagtes Mitglied des Königshauses anwesend?"

Mein Vater schüttelte den Kopf. „Abwesend. Ich übernehme die Anklage."

„David, was gibt dir das Recht, über mich zu richten?", fragte Evander leise und verletzt.

Warum duzt er meinen Vater?!

„Die Krone, Evander", entgegnete mein Vater harsch. „*Meine* Krone, die mich an die Spitze der *EMGER* setzt."

„Wer hat dich zum König gemacht, wer hat dir die Krone übergeben?", fragte Evander weiter und obwohl es vermutlich eine rhetorische Frage war, hatte mein Vater eine Antwort.

„Meine Blutlinie. Ich stamme direkt, die Betonung liegt auf *direkt*, vom ersten König des Landes ab. Mein royales Blut berechtigt mich, die Krone zu tragen."

„Du willst also mit mir über *Blut* reden, David?" Evander lachte kurz und bitter. „Ich habe schon in jungen Jahren für dieses Königreich gekämpft und mein Blut für es gegeben. Und jetzt willst *du* mit mir über Blut reden – du, der sich höchstens mal an den Akten schneidet?!"

„Du behauptest also, die Krone sei rechtmäßig deine, Evander Tomić? Bist du eifersüchtig? Nur, weil deine

Familie damals von hier weggegangen ist, an den Rand des Königreichs, und du jetzt wieder ins Zentrum zurückgekehrt bist? Nur, weil du gerne an meiner Stelle wärest? Oh, Evander, pass bloß auf. Mach dich nicht auch noch zum Hochverräter an *mir*. Dann hättest du keine höhergestellten Kontakte mehr, um deine Todesstrafe auf eine Gefängnisstrafe zu reduzieren."

„Du bist grausam, David." Evander seufzte tief.

„Ich weiß. Ich muss grausam sein. Einmal im falschen Moment zu nett, und schon macht jeder im Reich, was er will."

„Wie du meinst. Sei dir nur bewusst, dass du deine Macht gegen einen Familienvater nutzt, dessen Sohn schon viel zu lange ohne ihn auskommen musste. Was bedeutet dir Familie, David? Was bedeutet dir deine Tochter? Offensichtlich nichts. Und nein, ich erhebe keinen Anspruch auf deine Krone. Sie läge zu schwer auf meiner Freiheit. Ich will dir nur klarmachen, dass viele Menschen in der *EMGER* mehr für das Königreich getan haben als du selbst, und dass du diese Leute mehr wertschätzen solltest. Denk darüber nach, ob du wirklich derjenige bist, der über mich richten kann und soll, und wenn du weiterhin dieser Meinung bist, dann tu es." Er legte seine Unterarme auf den Tisch, an den Handgelenken hatte er tiefe Abdrücke von Fesseln, und der tätowierte Drache schimmerte nur blass.

„Ich werde mich nicht wehren. Töte mich, aber sei dir sicher, dass die Last deiner Schuld dich auf ewig erdrücken wird."

„Wer du bist und was du für mein Königreich getan haben willst, oder meinetwegen auch tatsächlich getan hast, ändert nichts an deinem Hochverrat. Ich werde dich kein zweites Mal retten, Evander. Du hast deine Chance soeben verspielt." Mein Vater gab dem Richter ein Zeichen, fortzufahren.

„Ich brauche deine Gnade nicht", entgegnete Evander ernst.

„Nein", murmelte Miss Tomić verzweifelt, aber niemand achtete auf sie.

„Als Beweismittel liegt Videomaterial vor, das bereits bei der ersten Durchführung dieses Prozesses vor etwa dreizehneinhalb Jahren als unverfälscht bestätigt wurde. Haben Sie also etwas zu Ihrer Verteidigung zu sagen?", fragte der Richter Evander.

„Nein." Evander sprach mit dem Richter, sah aber meinem Vater in die Augen.

„Schuldig", erklärte der Richter.

„Einspruch!", rief Lucille sofort und als der Richter ihr mit einer Handbewegung das Wort erteilte, erläuterte sie: „In Ihrer Akte stehen nicht die gesamten Begebenheiten, Euer Ehren!"

Sie zog eine Zeitung aus ihrer Umhängetasche, in der ein Artikel mit pinkem Textmarker angestrichen war. Schlagartig wurde mir klar, was sie vorhatte.

„Wir sollten mit offenen Karten spielen", erklärte sie. „Der Grund, warum der Angeklagte besagtes Mitglied des Königshauses bedroht hat, ist nicht etwa simple Bosheit oder Ähnliches." Sie schob dem Richter die Zeitung zu. „Es ging ihm um den Schutz einer fast ausgestorbenen Spezies, deren Aufnahme auf Video – beziehungsweise die Veröffentlichung dieses Videos – womöglich ihren Tod bedeutet hätte, da diese Spezies empfindlich gegenüber großen Menschenmengen, sprich Touristen und Schaulustigen, ist."

„Lucille, nein!", rief Evander dazwischen. „Jahrelange Geheimhaltung, und jetzt kommst du und-"

„Dein Leben steht auf dem Spiel, Idiot!" Lucille verdrehte die Augen in seine Richtung und wandte sich wieder dem Richter zu. „Euer Ehren, Evander Tomić war zum Zeitpunkt der Straftat im Besitz mehrerer Drachen. Echter Drachen, lebendiger Fabelwesen. Ein seit hundert Jahren verborgenes Rebellengeheimnis. Und Sie können sich sicher vorstellen, wie es geendet hätte, wenn man diese Wesen in einer Dokumentation gesehen hätte – tausende Schaulustige und Forscher hätten das Internat gestürmt, und wie bereits gesagt – zu viel Aufmerksamkeit und wissenschaftliche Untersuchungen sind nicht gut für die Drachen. Außerdem konnte Evander zu besagtem Zeitpunkt nicht davon ausgehen, dass das Mitglied des Königshauses Stillschweigen über die Drachen bewahren würde, falls er ihn nur höflich gebeten hätte."

„Verstehe." Der Richter überflog den Artikel und gab ihr die Zeitung zurück. „Sie plädieren also auf Strafminderung aufgrund bestimmter Umstände zum Zeitpunkt des Verbrechens?"

Lucille nickte.

„Also gut, wir werden später noch einmal darauf zurückkommen." Der Richter nickte ihr zu. „Wenden wir uns jetzt der Angeklagten Sophy Tomić zu."

Als sie ihren Namen hörte, zuckte sie zusammen und hob den Kopf. Ihr Blick war trüb und sie schien den Kampf aufgegeben zu haben. Unter den Augen hatte sie dunkle Ringe und ihre Haut war schmutzig, genau wie ihre rotschwarzen Haare, die strähnig auf ihre Schultern fielen.

„Anklagepunkt eins", begann der Richter und sie senkte den Kopf wieder, während er weitersprach: „Entführung eines Mitglieds des Königshauses. Datiert auf den 31. Oktober 2114."

„Schuldig." Man verstand Miss Tomić kaum. Sie hielt den Kopf weiter gesenkt und sprach leise und ergeben.

„Einspruch!", riefen Miro, Lucille, Evander und ich gleichzeitig und ich fügte hinzu: „Bitte versuchen Sie nicht, mich irgendwie zu schützen! Es geht um Sie, Miss Tomić! Je weniger Anklagepunkte Sie haben, desto größer ist die Chance, dass Sie eine geringere Strafe bekommen!"

„Danke, Jona", murmelte sie weiterhin kaum hörbar. „Aber Hochverrat ist Hochverrat, und Todesstrafe ist Todesstrafe. Es ist egal, wie *oft*."

„Sie dürfen nicht aufgeben, verdammt! Aufgeben ist was für Schwächlinge!"

„Vielleicht bin ich schwächer, als du glaubst. Ich habe euch einen Brief hinterlassen, anstatt mit euch zu reden, weil ich mir selbst die Wahrheit nie eingestehen wollte. Ich bin nicht geflüchtet, weil ich mir eingeredet habe, das Internat würde mich brauchen. Ich habe mir eingeredet, Evander wäre nicht in Gefahr, und jetzt sitzen wir beide hier. Ich bin stolz, Jona, und mein Stolz macht mich schwach. Ich bin nicht das Vorbild, das du vielleicht in mir siehst. Ich bin nur eine gebrochene Frau, die nicht mal ihre Familie beschützen kann. Vielleicht habe ich das hier nicht verdient, aber ich werde es auf mich nehmen, um euch zu schützen – ansonsten werdet ihr die Angeklagten."

„Miss Tomić, ich sage es nochmal, es geht um *Sie*, nicht um uns! Sie müssen kämpfen! Für sich selbst! Für das Internat! Für Ihre Familie!"

Da, endlich, hob sie den Kopf, strich sich entschlossen die Haare aus dem Gesicht und setzte sich gerade hin. „Du hast verdammt noch mal Recht! Herr Richter, ich bin unschuldig!"

„Dann erzählen Sie Ihre Version der Straftat!", befahl der Richter.

„Es gibt keine Straftat." Ein waches Funkeln erfüllte ihre Augen. „Ich habe nichts mit Jonas – Roses – Flucht zu tun. Sie ist auf mein Internat geflüchtet, weil sie durch ihr Seelenlied nicht länger hierbleiben konnte und wollte."

„Stimmt das?" Der Richter meinte mich.

„Genauso war es. Ich wollte meine Eltern nicht in Gefahr bringen, beziehungsweise in die Schlagzeiten der Klatschpresse."

„Und außerdem, woher sollte Sophy wissen, dass J-Rose eine Rebellin ist?", mischte sich Lucille ein.

„Sie sind nicht dran!", würgte der Richter sie ab.

„Aber sie hat Recht!" Miss Tomić sprang auf.

Der Sicherheitsbeamte hinter ihr zückte mit einer fließenden Bewegung seine Waffe und drückte sie ihr in den Rücken. „Keine weitere Bewegung!"

Aber sie hatte sowieso nicht genug Kraft zum Stehen und fiel zurück auf den Stuhl, und er senkte die Waffe wieder.

„Sie hat Recht", wiederholte Miss Tomić leise. „Woher hätte ich wissen sollen, welches Seelenlied sie hat?"

„Ein guter Punkt." Der Richter machte einen Vermerk auf seinem Laptop.

„Außerdem", mischte sich Lucille wieder ein, „hat Sophy ein Alibi. Sie war den Großteil des Abends auf dem Halloween-Ball. Das kann so gut wie jeder am Internat bezeugen."

„Ich lasse das sofort überprüfen." Der Richter machte sich eine weitere Notiz auf dem Laptop und gab einem der Sicherheitsbeamten ein Zeichen. Dieser zückte ein Smartphone und trat ein paar Schritte zur Seite, um zu telefonieren.

Der Richter hob den Kopf. „Kommen wir nun zu Anklagepunkt Nummer 2. Befreiung eines Gefangenen aus dem Hochsicherheitsgefängnis."

„Unschuldig", unterbrach Evander, noch bevor seine Frau etwas sagen konnte. „Ich gestehe meinen Ausbruch, aber Sophy trägt keine Schuld. Ich war es ganz alleine."

„Haben Sie Zeugen?"

„Vermutlich alle anderen Gefangenen? Keine Ahnung. Und außerdem hat Sophy den ganzen Tag lang unterrichtet. Es war ein Donnerstag, der 22. November."

„Ja", bestätigte diese leise. „Richtig. Es war ein Donnerstag. Morgens habe ich unterrichtet. Nachmittags habe ich einen Fall von Giftmissbrauch aufgeklärt. Einige Schüler und die Internatsärztin können das bestätigen."

Ich hatte noch nie jemanden von Miss Nicolson als „Internatsärztin" sprechen hören, aber es klang wohl professioneller als „Krankenschwester".

„Stimmt das?" Der Richter winkte dem telefonierenden Sicherheitstypen, der kurz darauf nickte.

Der Richter machte sich eine Notiz. „Also wird der Ausbruch Ihnen, Herrn Tomić, zur Last gelegt."

„Evander, nein-", flüsterte Miss Tomić und griff nach seiner Hand. Evander strich ihr über die Wange. „Mach dir keine Sorgen um mich, ja?"

„Anklagepunkt Nummer drei", fuhr der Richter ungerührt fort. „Anstiftung Minderjähriger zu Straftaten."

Miss Tomić senkte den Kopf. „Schuldig."

Wir schwiegen bedrückt. Es war einfach nicht abzustreiten, dass sie Miro und mir den Auftrag gegeben hatte, ins Schloss einzubrechen.

Der Richter nickte und tippte wieder etwas, dann las er den letzten Punkt vor. „Beihilfe zur Befreiung einer Gefangenen aus dem Hochsicherheitsgefängnis."

„Unschuldig!", riefen Miro und ich sofort.

Miss Tomić runzelte unsicher die Stirn und der Richter bat: „Erzählt eure Version."

„Unser Auftrag war nur, die Liste der Gefangenen zu fotografieren", erklärte ich hastig. „Von einer Befreiung war nie die Rede. Das war unsere Idee, Miss Tomić trifft keine Schuld!"

„Stimmt das?", wandte der Richter sich an sie.

„Ihr bringt euch in unglaubliche Schwierigkeiten", murmelte Miss Tomić uns zu, dann nickte sie. „Es stimmt."

„Gut." Der Richter klappte den Laptop zu und sah zu den beiden Angeklagten. „Herr Evander Tomić, Ihr Urteil: In zwei Punkten schuldig. Ihre Strafe haben Sie allerdings, unter Miteinbeziehung der Strafminderung, in den letzten dreizehneinhalb Jahren bereits abgesessen. Möglicherweise kommt eine Entschädigung in Form eines Schmerzensgeldes auf Sie zu, dies werde ich aber noch abklären."

Evander rang sich ein erschöpftes Lächeln ab.

Der Richter fuhr fort: „Frau Sophy Tomić, Ihr Urteil: In einem Punkt schuldig. Herzlichen Glückwunsch, Ihre Zeugen haben Sie vor der Todesstrafe gerettet. Auch Sie haben ihre Strafe in den letzten Wochen bereits abgesessen."

Sie hatte jetzt Tränen in den Augen und fiel Evander um den Hals.

„Das Anstiften Minderjähriger zu Straftaten ist kein Hochverrat", erläuterte der Richter und zögerte dann, mit Blick zu Miro und mir. „Das Befreien Gefangener aus dem Hochsicherheitsgefängnis allerdings schon. Prinzessin Rose Moore, Herr Miran Tomić, in einem Punkt schuldig. Das Urteil ist bekannt."

Es war totenstill im Saal.

„Sie sind minderjährig, Euer Ehren!", rief Miss Tomić dazwischen.

„Ab vierzehn ist man strafmündig", erklärte der Richter.

Ich brach in hysterisches Lachen aus. Das konnte nicht sein Ernst sein, das konnte er doch nicht ernst meinen, das-

„Franca, das wirst du doch nicht zulassen", schrie Sophy Tomić meine Mutter an. „Sie sind uns so ähnlich!

Zusammen aufgewachsen und durch die Fesseln des Adels getrennt worden! Nur war deine Tochter tausendmal mutiger als du! Sie hat sich gewehrt! Du bist doch nicht wirklich bereit, das hier durchzuziehen – deine Tochter ermorden zu lassen, nur, um deinem Status gerecht zu werden?"

„Setzen Sie sich oder ich werde Sie höchstpersönlich anklagen, weil Sie ein Gerichtsurteil stören!", ging der Richter dazwischen.

„Nein! Auf keinen Fall! Lasst die beiden gehen!", rief Sophy Tomić und sprang auf, und dann fiel ein Schuss und ich riss die Augen auf.

Miss Tomić lag am Boden. Evander kniete neben ihr. Und alle Sicherheitsangestellten hatten ihre Waffen auf das Paar gerichtet.

Miss Tomić rappelte sich auf. „Wagen Sie es nicht, noch einen einzigen Schuss abzugeben!"

„Das war ein Warnschuss." Die tiefe Stimme eines Bewaffneten hallte durch den Saal. „Der nächste trifft."

Für einen Moment war es still.

„Bitte", sagte meine Mutter dann leise. „Senken Sie die Waffen. Sämtliche Angeklagten in diesem Raum sind komplett unschuldig und frei, verstanden?"

„Aber…", begann der Richter.

„Sämtliche…?", begann mein Vater.

„Kein Aber. Ich mache von meinem Recht als Königin Gebrauch, Anklagepunkte aufzuheben." Meine Mutter lächelte leicht und dann begann wir alle zu weinen.

Kapitel 21 ✶ „Verzeih mir"

Wir standen alle um Miss Tomićs Bett in der Krankenstation. Miss Nicolson, Mr Fuhrmann und Lucille, Maddie, Evander, Miro und ich.

Gestern nach dem Prozess hatte Miss Tomić einen Schwächeanfall erlitten, deswegen waren wir direkt nach dem Freispruch ins Internat zurückgekehrt.

Das war auch der Grund, warum ich mit meinen Eltern kein einziges Wort mehr gewechselt hatte – und mal ehrlich, ich würde auch noch viel Zeit brauchen, bis ich wieder normal mit ihnen reden können würde.

Letztendlich waren wir aber alle einfach nur noch froh, dass niemandem etwas Schlimmeres passiert war. Wären wir auch nur eine Woche später gewesen – nein, ich wollte gar nicht daran denken.

„Ich bin euch allen zu so großem Dank verpflichtet", flüsterte Miss Tomić und reichte Miro und mir je eine eiskalte Hand. „Ihr habt mir das Leben gerettet – im wahrsten Sinne des Wortes, und dabei hättet ihr beinahe mit eurem bezahlt. Ich stehe für immer unendlich tief in eurer Schuld." Sie warf uns ein schwaches Lächeln zu, dann sah sie zu ihrer Schwester. „Luci, danke. Danke für alles, was du jemals für mich getan hast. Es tut mir unendlich leid, dass ich dir solche Sorgen bereiten musste. Verzeih mir."

„Natürlich, Soph." Die beiden lächelten sich an.

Und in diesem Moment verstand ich es. Was immer mir passieren würde – *hier* war mein Zuhause. Hier war ich sicherer als überall sonst auf der Welt.

In Sicherheit, oder?

Kapitel 22 ✶ „Rose!"

Es war kurz vor Mitternacht, und ich war alleine. Tara hatte sich eine schwere Erkältung eingefangen und war auf der Krankenstation.

Aber ich konnte nicht schlafen. Ich hatte mich noch nicht getraut, irgendjemandem außer Miro von den seltsamen Melodien zu erzählen, und langsam machten sie mir Angst. Sie tauchten immer wieder auf, wenn ich nicht damit rechnete (und auch dann, *wenn* ich mit ihnen rechnete), aber außer mir schien sie niemand zu hören. Sie waren fast wie Filmmusik – mal dramatisch, mal ruhig, mal verspielt, mal gruselig. Es war wie ein Fluch, und es wurde langsam verdammt beunruhigend.

Der Wind rüttelte an meinen Rollläden. Das war nichts Besonderes, nur der Grund, warum ich mein Bett an den Schrank geschoben hatte. In letzter Zeit war es ziemlich stürmisch geworden und ich konnte bei dem Krach nicht schlafen. Solange mein Bett aber am Schrank stand, hörte ich es zumindest nicht direkt neben meinem Ohr.

Durch den Spalt zwischen Rollladen und Fensterrahmen fiel ein breiter Streifen Licht auf den Fußboden, der dann von einer vogelartigen Silhouette verdunkelt wurde, die immer größer wurde.

Ein Raubvogel schrie, dann war da das Geräusch von etwas, das am Rollladen kratzte – und das war sicher nicht der Wind!

Ich setzte mich auf und tastete nach dem Lichtschalter. Das helle Licht flutete den Raum, aber das Wesen kratzte bloß weiter am Rollladen, als wolle es ihn abreißen. Dann gellte wieder ein Vogelschrei durch die Nacht. Es klang wie ein menschlicher Schrei voller Angst und Schmerz.

Deine Fantasie geht mit dir durch, Jona.

Aber irgendwas stimmte hier überhaupt nicht! Mein Magen verknotete sich. Früher hatte ich nie an Geister und Dämonen geglaubt, aber seit mir klargeworden war, dass es Drachen und magische Fähigkeiten gab, war ich mir auch mit den anderen übernatürlichen Phänomenen nicht mehr so sicher.

Ein Schauer nach dem anderen jagte über meinen Rücken und ich schlug meine Decke zurück und tappte barfuß zum Fenster, um das Wesen zu verscheuchen. War es der kalte Boden oder die Schreie des Vogels, die mir Gänsehaut verursachten? Ich wusste es nicht.

In diesem Moment flackerte die Lampe zweimal und ging dann aus. Es war stockfinster im Raum, nur der helle Streifen Mondlicht auf dem Fußboden war geblieben.

Ich machte einen großen Satz zurück in mein Bett, zog die Decke hoch und presste meinen Rücken gegen die Schrankwand. Die Dunkelheit schien mich zu ersticken. Ich hatte nie Angst im Dunkeln gehabt, aber-

Etwas raschelte unter meinem Bett.

Ich gab ein erschrockenes Quieken von mir und tastete nach meinem Handy, um die Taschenlampe zu nutzen. Der Lichtkegel war beruhigend, weil es jetzt nicht mehr komplett schwarz im Raum war. Vorsichtig beugte ich mich über die Bettkante – und zuckte zurück, als Krallen auf dem Parkett klackerten. Krallen?! Wollte ich überhaupt so genau wissen, was da unter meinem Bett saß?! Ich holte tief Luft und beugte mich erneut nach vorne, und dann sprang mir ein schwarzer Schatten entgegen. Mit einem Schrei warf ich mein Handy weg – es fiel mit dem Display nach unten auf mein Bett und die Taschenlampe blendete mich. Krallen und Fell trafen auf mein Gesicht. Ein stechender Schmerz in der Wange. Ich krallte meine Finger um das Wesen und zog es weg. Mit einer Hand hielt ich es am Nackenfell auf Abstand, mit der anderen tastete ich nach meinem Handy und drehte die Taschenlampe auf-

„Mann, Freya, du-" Ich fluchte und ließ meine Katze los. Fauchend landete sie auf allen vieren und verkroch sich wieder unter mein Bett.

Ich betastete meine Wange. Warmes Blut lief über meine Fingerkuppen. „Na danke auch!"

Ich wollte gerade ins Bad gehen und die Wunde waschen, da rüttelte wieder etwas am Rollladen und jemand rief etwas. „Rose!" *Rose! Rose!* Das Echo hallte durch den Raum. Echo?!

„Das ist nicht mein Name", entgegnete ich laut. *Warum zur Hölle spreche ich mit einem Echo?!*

194

„Natürlich nicht, nein", säuselte die Stimme, als spräche sie mit einem Kleinkind. *Nein, nein*, rief das Echo. Es war unmöglich zu sagen, woher die Stimme kam und wem sie gehörte.

„Tief in dir drin bist du noch eine Prinzessin!" *Prinzessin, Prinzessin!*

„Bin ich nicht!", entgegnete ich. „Mein Seelenlied ist Metal. Ich bin eine Rebellin."

„Du denkst das, aber wer akzeptiert dich als Rebellin? Bist du sicher, dass die anderen dir nicht nur vorspielen, dich zu mögen?" *Mögen, mögen.*

„Unsinn! Wer bist du, dass du so etwas behaupten kannst?!"

„Unwichtig. Aber denk nach, Rose – du wirst von den einen verfolgt, weil du eine Prinzessin bist, und von den anderen, weil du eine Rebellin bist. Du stehst zwischen zwei Seiten, ohne wirklich zu einer dazuzugehören. Wer bist du wirklich? Ein Niemand." *Niemand, niemand.*

„Meine Eltern verfolgen mich nicht!", rief ich. „Und die meisten Rebellen auch nicht! Und nenn mich verdammt noch mal nicht Rose!"

„Du warst wegen Hochverrats angeklagt, stimmt's, *Rose*? Du hast sie verraten. Also, wo gehörst du hin?" *Hin? Hin?*

„Lass mich in Ruhe!", schrie ich.

„Gerade jetzt, wo es anfängt, Spaß zu machen? Ganz sicher nicht!" *Sicher nicht! Sicher nicht!*

In diesem Moment klopfte es.

Ich zuckte zusammen. Mein Herz klopfte bis zum Hals und ich brauchte einen Moment, um zu verstehen, dass das Geräusch von der Tür kam und nicht vom Rollladen. Es klopfte erneut – diesmal energischer.

„Wer ist da?", fragte ich leise und mit zitternder Stimme.

„Die Polizei, dein Freund und Helfer." Ich konnte förmlich sehen, wie die Person die Augen verdrehte – es war Lucille, und ich atmete auf.

„Ich bin's, Lucille Irvin! Mann, Jona, was ist denn mit dir los? Kann ich reinkommen?"

„Klar." Ich holte tief Luft, um mich wieder zu beruhigen.

Sie betrat den Raum, drückte ein paar Mal auf den Lichtschalter, seufzte und schnippte mit den Fingern. Der Teppich begann zu brennen. „Keine Sorge, das ist harmlos. Nichts wird verbrennen. Wir brauchen nur Licht." Sie musterte mich. „Was ist denn los? Warum so verängstigt?"

„Es ist mitten in der Nacht", entgegnete ich. „Ich will eigentlich nur schlafen, stattdessen hat meine Katze mich gerade überfallen, ein Vogel meinen Rollladen vermöbelt, und außerdem war da gerade so eine gruselige Stimme."

„Stimme?" Lucille setzte sich auf den Teppich, nahe ans Feuer. „Schieß los. Also, falls du reden willst."

Ich zögerte, dann erzählte ich ihr kurz von dem Vogel und der Stimme.

„Seltsam", entgegnete sie. „Dahinter können doch eigentlich nur die *Extremen* stecken, oder?"

Ich nickte vorsichtig. „Aber... es ist doch eine Lüge, dass ihr alle mir etwas vorspielt, oder? Ich meine – ihr nehmt mich doch ernst als Rebellin, oder... oder lästert ihr hinter meinem Rücken?"

„Natürlich nicht. Jona, wir alle hier akzeptieren dich als Rebellin. Du bist hier, weil du eine Rebellin bist. Das Seelenliederfeuer irrt sich nie. Prinzessin allerdings ist nur ein Titel, den du ablegen kannst, wenn du willst. Die *Extremen* wissen das, aber sie hassen dich, weil es ihren Standards widerspricht. Sie versuchen, uns auseinanderzubringen, damit wir eine leichtere Beute sind. Aber solange wir uns das nicht zu Herzen nehmen, sind wir hier sicher. Hör nicht auf die, die du hasst, sondern hör auf die, die du liebst. Deren Meinung über dich ist alles, was zählt."

„Danke." Ich rang mir ein müdes Lächeln ab.

„Aber eigentlich", warf sie dann ein, „wollte ich dich etwas ganz Anderes fragen. Ich meine, du hast dich sicher gewundert, warum ich mitten in der Nacht bei dir im Zimmer auftauche, oder?"

„Nein, nicht wirklich. Tut mir leid, dass der Überraschungseffekt misslungen ist." Ganz ehrlich, in den letzten Monaten war so viel Abgefahrenes passiert, dass Lucilles nächtlicher Besuch geradezu normal wirkte.

„Es geht um LaserJump."

„Was?!" Okay, das wunderte mich jetzt schon eher – sie tauchte mitten in der Nacht in meinem Zimmer auf, um mit mir über *LaserJump* zu reden?

„Die Jugendmeisterschaften", erläuterte Lucille lächelnd. „Sie finden jetzt im März statt. Und würden wir dort teilnehmen, und bestenfalls gewinnen, könnten wir den Ruhm und die Reichweite nutzen. Wir können die Unterschiede zwischen Rebellen und *Extremen* neu definieren und verbreiten, und vor den *Extremen* warnen. Weißt du,… wenn die Leute an Rebellen denken, denken sie an die *Extremen*, weil diese durch ihre negative Publicity bekannter sind. Dass die viel größere Gruppe die friedliche ist, wissen sie nicht. Wenn wir nichts tun, werden die *Extremen* eines Tages erreichen, dass die Gewöhnlichen auch vor uns normalen Rebellen Angst haben…"

„Das müssen wir verhindern", entgegnete ich erschrocken.

„Eben. Also, melden wir uns an?"

„Einen Versuch ist es wert."

„Okay." Sie sah auf ihr Handy. „Anmeldeschluss ist in fünf Minuten, deswegen bin ich hier. Ich sollte mich besser beeilen." Sie tippte hastig auf dem Display herum und ich konnte mir ein Grinsen nicht verkneifen. Typisch.

„Teamname?", fragte sie.

„Keine Ahnung…?"

„*Willow Wolves?*", schlug sie vor. „Willowgrave ist der Name des Dorfes, das aber von allen nur *das Dorf* genannt wird, und *Wolves* passt wegen der Alliteration."

Ich nickte und nahm mir vor, den *Professor* demnächst mal zu fragen, was eine Alliteration war.

„In letzter Sekunde angemeldet!" Lucille lachte und steckte ihr Handy wieder weg.

„Glückwunsch." Ich grinste, dann holte ich tief Luft. „Lucille, kann ich… dich noch was fragen?"

„Klar, immer doch!" Sie nickte mir aufmunternd zu.

„Also… Ich höre Melodien", erklärte ich.

Sie sah mich fragend an und schien darauf zu warten, dass ich mehr erläutern würde. Also fuhr ich fort.

„Angefangen hat es in Valleytown, an dem Morgen, als wir von den *Extremen* überfallen wurden. Ich wurde von einer dramatischen Musik wach, dachte aber später, ich hätte nur geträumt. Dann, als wir vor Las Vegas gezeltet haben, war da eine ruhige, melancholische Melodie, aber Miro hat sie nicht gehört, und ich konnte auch nicht sagen, woher sie kam! Und dann, als Alodia uns in der Wüste überfallen war, war es die gleiche wie in Valleytown, und als mich ein Mädchen aus dem Kerker geholt hat, war da erst eine dramatische Melodie, bevor sie reinkam, und eine… irgendwie vertrauensvolle, als sie mich mitgenommen hat. Und später noch dutzende mehr, die ich gar nicht alle aufzählen kann…"

Während ich erzählt hatte, hatte Lucille mir aus dem Bad ein nasses Tuch geholt. Ich bedankte mich und wischte das Blut von meiner Wange, während Lucille sich wieder am Feuer niederließ und kurz überlegte. „Du warst nie alleine, wenn du diese Melodien gehört hast, oder?"

„Nein. Oder zumindest waren immer andere Leute in der Nähe."

„Und es waren immer… emotionale Momente?"

„Sozusagen, ja."

„Okay. Wir treffen uns morgen in der zweiten Stunde bei mir im Büro. Ich habe da so eine Vermutung. Lass mich gleich noch ein paar Sachen überprüfen, dann kann ich dir morgen vielleicht ein endgültiges Ergebnis sagen."

Kapitel 23 ✦ „Vertrau mir"

Pünktlich zum Klingeln der zweiten Stunde stand ich im Flur vor Lucilles Büro. Sie öffnete die Tür, noch bevor ich klopfen konnte

„Da bist du ja." Lucille sah kurz links und rechts den Flur hinunter, dann schob sie mich nach drinnen und schloss energisch die Tür.

Ich nickte und ließ mich auf dem Sessel vor dem Sekretär nieder. „Freistunde. Zum Glück fallen Mathe und Französisch ja momentan aus."

„Ja, in diesen seltsam hektischen Zeiten ist das nicht schlecht." Lucille nickte langsam. „Kaffee?"

„Ja, bitte."

Mein Blick wanderte durch den Raum und ich musste wieder daran denken, wie ich dieses Büro zum ersten Mal betreten hatte. Wie Miss Tomić – damals noch Campbell – und Lucille – damals noch Miss Irvin – mich zuvor über Magie ausgefragt hatten, wie vertraut sie gewirkt hatten. Wie Lucille Irvin mir mit ihren verschiedenfarbigen Augen verschwörerisch zugezwinkert hatte, als sie gesagt hatte, dass sie meine wahre Identität vom ersten Augenblick an gekannt hatte. Wie beeindruckt ich von diesem Raum gewesen war, den vielen Büchern und Pflanzen überall, und wie sie mir von den Anfängen der *EMGER* erzählt hatte. Wie sie mir die Blutprobe für das Buch abgenommen hatte, zum ersten Mal für mich Kaffee gekocht hatte und mir dann alles über meine magische Kraft erklärt hatte.

Und seitdem war so viel passiert.

„Alles in Ordnung?", fragte Lucille in diesem Moment. „Du siehst so nachdenklich aus."

„Bin ich auch. Es ist so viel passiert in den letzten Monaten…"

„Denk immer daran, es war nicht nur Schlechtes. Du hast Miro wiedergetroffen. Du hast in Tara, Paulie, Tanisha, Leyhana und hoffentlich auch ein bisschen in Sophy und mir neue Freunde gefunden. Und du hast mitgeholfen, Miro mit uns als seiner Familie wieder zu vereinen."

„Ja, aber-" Ich seufzte. „Es gab ja auch Schlechtes, und davon so viel! Die royale Armee, Alodia und ihre Truppe, Flucht, Flucht, nochmal Flucht, Wüste, gefangen genommen werden, und dann der bescheuerte Prozess…"

„Mach dir nicht so viele Sorgen." Lucille lächelte sanft und stellte zwei Kaffeetassen auf den Tisch, dann setzte sie sich mir gegenüber. „Möchtest du über etwas Bestimmtes reden?"

Ich überlegte kurz. „Ja, mehrere Sachen. Eins ist eine Frage – Warum hat Evander meinen Vater geduzt?"

„Warum fragst du ihn nicht selbst?", entgegnete Lucille und ich hob überrascht den Blick. „Weil… weil ich mir nicht sicher bin, was er von mir hält. Ob er mit mir reden will. Ich bin schließlich die Tochter des Königs, und gerade für ihn muss das unglaublich schwierig sein – nach allem, was damals und in den letzten Wochen passiert ist."

„Oh, Jona!" Lucille lachte bitter. „Du denkst doch nicht wirklich, Evander wäre der Einzige, der oft über die Ähnlichkeiten zwischen dir und deinen Eltern nachdenkt, und ob er dich für all das hassen sollte!"

„... Miss Tomić auch?", mutmaßte ich.

„Ja. Und auch nicht nur sie. Vielleicht die ganze Schule. *Ich auch.* Weißt du, man darf nachdenken. Man muss nur zum richtigen Schluss kommen, und du kannst mir ruhig glauben, wenn ich dir sage, dass Evander und Sophy und auch ich zum richtigen Schluss gekommen sind. Du hast vielleicht Dinge mit deinen Eltern gemeinsam, aber du bist eine Rebellin. Du trägst keine Verantwortung für ihr Handeln, für den Verlauf des Prozesses oder was auch immer. Und du darfst auch nicht vergessen, dass deine Eltern nicht *schlecht* oder *böse* sind. Sie sind das Königspaar, und sie müssen gewisse Dinge tun, um den Erwartungen des Volkes gerecht zu werden. Vertrau mir, Jona."

Ihre brutale Ehrlichkeit trieb mir die Tränen in die Augen und ich wusste nicht so wirklich, was ich sagen sollte.

„Und bezüglich der Sache zwischen Evander und deinem Vater: Bitte frag Evander selbst", fuhr sie fort. „Ich weiß, was sie verbindet, aber ich sehe mich nicht verantwortlich oder berechtigt, dir und Miro das alles zu erklären. Ich bin mir sicher, es hat einen guten Grund, dass Evander es euch nicht verrät – und wenn er irgendwann meint, dass es an der Zeit ist, dann soll er es euch selbst sagen."

„Okay." Ich holte tief Luft. „Kommen wir dann zu meinem zweiten Punkt. In Island haben Miro und ich ein Mädchen kennengelernt – Katla."

„Du hast von ihr erzählt. Sie hat einen Waschbären, und ihre Eltern sind *Extreme*, deswegen ist sie nach Island durchgebrannt, richtig?"

Ich nickte, von Lucilles Gedächtnis beeindruckt. „Und vor ein paar Wochen sind in der ganzen *EMGER* Graffiti gegen *Extreme* aufgetaucht."

„Auch davon habe ich gehört."

„Miro und ich vermuten, dass Katla dahintersteckt. Der *Tag* – also das Kürzel unter den gesprayten Bildern – ist immer 2st1, und Miro denkt, das sei eine Anspielung auf Katlas Waschbären Einstein."

„Jona, ich bin hauptberuflich Kunstlehrerin. Du brauchst mir nicht zu erklären, was ein *Graffititag* ist!" Lucille grinste kurz, dann seufzte sie. „Aber die Anspielung... da ist was dran, ja. Man sucht sie sicher schon, oder?"

„Im Hauptquartier der *Extremen* wurden letzte Woche Bilder von einer Überwachungskamera ausgewertet und... die *Extremen* wissen zumindest schon, dass der Sprayer weiblich ist und noch ziemlich jung. Aber zum Glück trägt sie eine Waschbärenmaske."

Lucille nickte. „Wir behalten die Sache im Blick, ja?"

„Ja." Ich zögerte. „Und noch was… Miro hat mir erzählt, bei Alodias Überfall in der Wüste sei seine Kraft auf einmal weggewesen! Er wollte die Zeit anhalten und es hat nicht funktioniert, aber später ging es wieder!"

„Wie seltsam." Lucille schüttelte den Kopf. „Dem sollte man nachgehen. Ich werde in den nächsten Tagen mal mit ihm sprechen, wenn er das will. Aber wenn es dich nicht stört, würde ich jetzt gerne das Thema wechseln und zu deinen Melodien kommen."

„Du hast etwas rausgefunden?"

Sie lächelte. „Natürlich." Mit einem gezielten Griff zog sie den Wälzer aus dem Regal, mit dem sie damals meine Magie bestimmt hatte. Ich zog unwillkürlich die Finger zurück.

„Keine Sorge, das brauchen wir diesmal nicht." Sie lachte und schlug das Buch auf. Ohne im Inhaltsverzeichnis zu suchen, blätterte sie gezielt zu einer Seite und drehte das Buch dann zu mir.

„*Seelenmusik*", las ich die Überschrift. „*Auch als „Gefühle hören" bezeichnet. Mächtige Kraft. Die Betroffenen können die Gefühle anderer Menschen in Form von Melodien wahrnehmen.*" Ich sah auf. „Du meinst…?"

„Ja." Lucille lächelte kurz. „Du wirst mich jetzt sicher fragen, warum du zwei Kräfte hast. Ich weiß es leider nicht, beziehungsweise habe ich eine Vermutung, die ich gerne bestätigt hätte. Ich komme in den nächsten Tagen nochmal darauf zurück. Aber… hast du dich in letzter Zeit besonders mit Musik beschäftigt? Gibt es irgendwas, das diese Magie ausgelöst haben könnte?"

Ich nickte zögerlich. „In Valleytown habe ich jemanden kennengelernt, der Lieder schreibt, und… na ja, seitdem schreibe ich auch."

„Das ist illegal." Lucille grinste. „Das brauche ich dir wohl nicht zu sagen."

„Nein." Ich grinste auch. „Aber könnte das der Grund sein?"

„Vielleicht."

„Aber… meine andere Kraft wird doch nicht verschwinden, oder?"

„Nein", entgegnete Lucille ernst. „Sie ist fest in dir drin verankert. Wenn du eine Magie einmal hast, wirst du sie dein Leben lang nicht mehr los."

Aber wir dachten wohl in diesem Moment beide an Miro.

🙰 ✶ ☙

Es war Donnerstag, die dritte Stunde. Unter dem Baum an der LaserJump-Halle saß der Sportkurs von Lucille Irvin und wartete auf eben diese.

Außer mir schien sie noch niemandem etwas von den Meisterschaften gesagt zu haben, und ich wollte auch nicht diejenige sein, die etwas verriet – allein schon, weil ich niemanden darauf eifersüchtig machen wollte, dass Lucille nur mich eingeweiht hatte. Besonders Tara, die ja eigentlich eine gute Verbindung mit Lucille hatte,

206

wurde schnell eifersüchtig. Also hielt ich mich in den Gesprächen zurück, um mich nicht versehentlich zu verplappern.

Wenigstens war Tara inzwischen wieder gesund – sie würde die Meisterschaften lieben, dessen war ich mir sicher.

Schließlich – zehn Minuten zu spät, wie so oft – kam Lucille aus der Halle und hielt uns die Tür auf. „Kommt rein, wir müssen reden."

Wie immer waren die Laser an der Decke bereits an, als wir aus den Umkleiden kamen, und so saßen wir im Kreis auf dem Boden, unter den bunten Lichtern, und Lucille Irvin begann zu erklären. „Als wir mit dieser Sporteinheit angefangen haben, habe ich euch ja von den LaserJump-Jugendmeisterschaften erzählt. Ich habe Neuigkeiten. Wir sind angemeldet."

Die anderen tauschten zurückhaltende Blicke.

„Ist das gut?", fragte Miro vorsichtig.

„Ja." Lucille nickte entschlossen. „Und wir werden gewinnen."

„Sicher doch." Cliff lachte sarkastisch. „Aber es klingt trotzdem gut."

„Es geht am Sonntag los", warf Lucille ein. „Wir müssen am Samstag anreisen. Die Mails an eure Erziehungsberechtigten sind eben rausgegangen. Jetzt müssen wir ein Stammteam aus sechs Spielern zusammenstellen." Sie klopfte mit einem Kuli auf ihr Klemmbrett. „Vorschläge?"

„Jona", sagte Miro.

„Miro", sagte ich.

„Schlagt euch nicht gegenseitig vor, nur, weil ihr ein Pärchen seid!", warf Cliff sofort ein. „Ihr müsst *gut* sein!"

„Die beiden *sind* gut", verteidigte Tara uns direkt. „Du magst es vielleicht verpasst haben, aber letztes Jahr am Tag der Rebellenprüfungen hat Jona Miss Irvins Rekord geknackt!"

Lucille sah mich gespielt erschrocken an. „Du hast… was?"

Ich grinste. „Trefferquote von 96% auf 550 Schuss."

„Herzlichen Glückwunsch." Lucille lachte. „Ich schreib euch beide dann auf, ja?"

Wir nickten.

ഔ✳︎ങ

Schließlich hatten wir Miro, Tara, Cliff, Rufus, Leyhana und mich als Stammspieler festgelegt. Alison und Grace waren zwar nicht gerade schlecht, aber sie wollten nicht ins Rampenlicht – und Jacob *war* einfach schlecht, da konnte man sagen, was man wollte. Zum Glück nahm er sich selbst aber nicht so ernst.

„Treffpunkt ist am Samstag um halb elf hier an der Turnhalle", verkündete Lucille zum Abschluss. „Von hier fliegen wir rüber nach Mistyville, wo die Meisterschaft stattfinden wird. Wir treten übrigens unter dem Namen *Willow Wolves* an."

Kapitel 24 ✶ „Die *Willow Wolves*"

Fast den ganzen Freitag hatten wir in der Trainingshalle verbracht, trainiert und Taktiken ausgetüftelt, sowie einheitliche Teamkleidung gestaltet.

Jetzt warteten wir mal wieder auf Lucille – sie und Leonhard Fuhrmann, der schon hier war, würden unsere Trainer und Begleiter sein.

„Jona", murmelte Miro plötzlich und piekte mich mit seinem Finger in die Seite. „Meinst du, wir hätten uns nochmal bei Kayleen und Ted melden sollen? Ich meine, sie haben seit über einem Monat nichts mehr von uns gehört!"

Ich zögerte. „Ich glaube, du hast Recht. Was soll schon schiefgehen? Es wird sowieso jeder wissen, wo wir sind, weil die Meisterschaften groß im Fernsehen übertragen werden… Ich schreibe Kayleen schnell, dass es uns gut geht und dass wir in Sicherheit sind, ja?"

Miro nickte und als ich die Nachricht gerade abgeschickt hatte, tauchte endlich Lucille auf und gab erst dem ganzen Team ein High Five und dann ihrem Freund einen schnellen Kuss.

„Kommt, wir nehmen die Drachen."

🕮 ✶ 🕮

Gegen Abend kamen wir in Mistyville an, sandten die Drachen selbstständig wieder zurück zum Internat – ein neues Kunststück, das Evander ihnen beigebracht hatte und das angeblich perfekt funktionierte – und liefen dann quer durch die Stadt zum Hotel. Mistyville war eine mittelgroße Stadt mit den üblichen durchschnittlichen Sehenswürdigkeiten. Es gab eine alte Kirche, eine Statue – die des Stadtgründers Albert Misty – und eine klassische Altstadt. Sofort war uns allen klar, dass wir viel Zeit in der LaserJump-Halle unseres Hotels verbringen würden.

Vor dem Hotel hielt Lucille uns an und bat uns mit einer Handbewegung um Ruhe. „Morgen wird das Eröffnungsspiel stattfinden. Wir sind kein Teil davon, aber wir müssen beim Einmarsch aller Mannschaften dabei sein. Unser erstes Spiel ist am Montag – ein Gruppenspiel gegen die *Trier Tigers*, dann am Dienstag gegen die *London Lasers* und am Mittwoch gegen die *Barcelona Bulls*. Wenn wir weiterkommen, werden wir im Viertel-, Halb- und großen Finale spielen." Sie lächelte. „Zweifelt einer von euch daran, dass wir gewinnen?"

Keiner antwortete – allein schon, um die Stimmung nicht zu zerstören.

„Gut, dann kann ich ja die Zimmerschlüssel holen." Sie lächelte erneut und verschwand im Hotel.

৪৩ ✦ ೞ

Tara und ich saßen uns auf unseren Betten gegenüber. Wir teilten uns ein Zimmer, wie im Internat, und ich fand, es wäre jetzt an der Zeit, ihr ein paar Dinge zu erzählen.

„Wir müssen reden", begann ich.

210

„Ach?" Sie verschränkte die Arme und ließ sich nach hinten auf die Bettdecke fallen. „Jetzt auf einmal?"

„Komm schon, es tut mir leid, dass du bei den spannenden Sachen nie dabei warst!" Ich holte tief Luft. „Nein. Eigentlich tut es mir nicht leid. Eigentlich kannst du froh sein, dass du nicht dabei warst."

„Schon gut. Es wird wohl in den nächsten Wochen noch mehr passieren." Sie seufzte. „Was wolltest du erzählen?"

„Ich habe eine zweite Magie."

„Was?!" Tara setzte sich ruckartig auf.

„Ich habe eine zweite Magie."

„Wie… wie kann das sein?" Tara blinzelte ungläubig. „Niemand hat zwei magische Kräfte!"

„Doch." Ich zögerte. „Evander Tomić hat auch zwei Kräfte."

„Stimmt!" Tara zögerte. „Und wieso?"

„Wenn ich das bloß wüsste… Lucille Irvin hat eine Vermutung, will mir aber nicht mehr sagen."

„Und… was ist deine zweite Kraft?" Tara stützte die Ellenbogen auf die Knie und beugte sich neugierig vor.

„Ich kann Gefühle hören", erklärte ich. „Ich höre Melodien, wenn mein Gegenüber starke Emotionen spürt. Jetzt zum Beispiel kann ich hören, dass du…" Ich lauschte den leisen Geigen. „Dass du verwirrt und überrascht bist."

„Wie gruselig!" Tara zuckte zurück

„Jetzt bist du erschrocken. Es sind übrigens Geigen."
Ich überlegte kurz. „Unterschiedliche Gefühle werden meistens von unterschiedlichen Instrumente dargestellt."

„Gruselig." Tara schüttelte den Kopf. „Und das kam wirklich aus dem Nichts?"

„Ja. Also, mehr oder weniger. Ich… ich schreibe Lieder. Lucille Irvin meint, es käme vielleicht daher."

„*Tausend dramatische Drumsolos*", flüsterte Tara und grinste. „Jona, welche Gesetze willst du denn noch alle brechen?"

ଽ✶ଌ

Miro und ich liefen durch die Straßen von Mistyville. Obwohl es schon ziemlich spät war, hatte Miro nochmal rausgehen wollen und ich hatte eingewilligt, da ich auch ihm noch von den Melodien erzählen wollte. Wir setzten uns in ein kleines, gemütliches Café in einer Seitengasse und bestellten Kaffee und Kuchen.

„Es ist so viel passiert", murmelte Miro. „All das… es fühlt sich so unrealistisch an, aber… es ist wahr und…" Er schwieg.

„Ich habe herausgefunden, woher die Melodien kommen", versuchte ich ihn abzulenken. „Oder besser gesagt, Lucille hat es rausgefunden. Es ist eine neue Kraft."

„Wie seltsam", entgegnete Miro. „Warum hast du zwei Kräfte? … Oder ist die andere weg?"

In seinen Augen lag der Hoffnungsschimmer, dass das Verschwinden seiner Kraft nur bedeutete, dass er eine neue bekommen würde.

Ich schüttelte den Kopf. „Lucille sagt, eine Kraft verschwindet nie wieder."

„Und bei mir damals?", hakte er enttäuscht nach. „Meinst du, ich habe mich nur zu wenig konzentriert?"

„Wahrscheinlich." Ich glaubte es nicht wirklich, aber ich wollte nicht pessimistisch sein.

„Und wie funktioniert deine Kraft?", fragte er weiter.

„Es wird als Seelenhören bezeichnet – ich nenne es aber *Gefühle hören*. Ich kann hören, wenn jemand starke Emotionen hat." Ich zögerte. „Aber dein Vater… er hat doch auch zwei Kräfte! Eis, und dieses Ding mit dem Alter verändern!"

„Soll ich ihn fragen, warum?"

„Kannst du machen… Ich glaube aber, dass er es auch nicht weiß. Und wir müssen ihn dringend fragen, warum-" In diesem Moment klingelte mein Handy. Es war Kayleen, und ich nahm den Anruf an.

„Hey, Jona, schön, dass es euch gut geht", erklang Kayleens Stimme aus dem Lautsprecher, aber sie klang nicht so fröhlich wie sonst.

„Wie… wie geht es euch?", fragte ich vorsichtig.

„Beschissen, ehrlich gesagt", entgegnete Kayleen mit belegter Stimme. „Alle aus unserer Truppe haben von der Schießerei mit Alodias Leuten Wunden davongetragen. Körperliche und seelische."

Wir schwiegen.

„Theoretisch könntet ihr zurückkommen", schlug Kayleen dann vor.

„Nein", unterbrach ich sofort. „Wir werden euch nicht nochmal in Gefahr bringen!"

„Alles klar." Kayleen zögerte. „Und, wie läuft das... Songwriting?"

„Gut. Es hat mir sogar eine neue Kraft eingebracht."

„Das ist selten."

„Ja."

„Du, Jona, wir kommen übrigens demnächst in eure Nähe, nach Mistyville. Kennst du den Ort? Da finden die weltweit ersten LaserJump-Jugendmeisterschaften statt, und ich wollte schon immer mal zu einem Match. Und außerdem muss ich mal von Dustin weg. Er lästert immer noch – aber außer Schussweite." Sie lachte bitter. „Na ja, vielleicht können wir uns ja mal treffen...?"

„Werden wir sicher." Ich musste grinsen. „Wir sind gerade in Mistyville, weil wir mit der Schulmannschaft an den Meisterschaften teilnehmen."

„Wow!" Kayleen klang begeistert. „Ich war früher auch mal in einer Mannschaft, aber damals gab es die Meisterschaften eben noch nicht... und jetzt bin ich zu alt. Und für die Erwachsenenmeisterschaften bin ich zu jung."

„Echt? Ich dachte, man kann bis zwanzig teilnehmen!"

„Und selbst wenn, hätte ich keine Mannschaft. Sorry, Jona, ich muss auflegen. Es gibt Stress in den Bergen. Wir sehen uns die Tage mal, ja?“

„Ja. Viel Glück.“

⁂

Sonntag.

Wir marschierten in unseren einheitlichen Shirts und schwarzen Leggins zur großen Arena mitten in der Stadt.

Wir hatten ein eigenes Logo entworfen, einen Schneewolf im bunten Laserlicht. Das hatten wir mit dem Drucker in der Schule nicht nur auf die schwarzen Shirts gedruckt, sondern auch auf eine große Fahne, die Leyhana an der Spitze der Truppe schwenkte.

Außerdem trugen wir einen Streifen schwarzes Make-Up quer durchs Gesicht – wie das Fell eines Waschbären. Diese versteckte Nachricht an Katla war Lucilles Idee gewesen.

Außer uns waren noch fünfzehn andere Teams in der Meisterschaft. Pro Gruppe waren das vier Teams, die nacheinander gegeneinander spielen mussten, und die zwei besten pro Gruppe kamen ins Viertelfinale.

„Ob wir wohl viele Fans haben werden?“, fragte ich. „Ich meine- wer kennt uns denn? Nur Leute vom Internat, oder?“

„Sophy und Evander kommen auf jeden Fall“, entgegnete Lucille. „Und Tanisha und Paulie sicher auch. Sophy hat den Unterricht für alle Klassen gekürzt, weil sie unsere Spiele live in der Aula übertragen lassen will, und zu manchen will sie sogar das ganze Internat ins Stadion einladen... Außerdem ist es ja offiziell eine Schulmeisterschaft, und soweit ich weiß, sind wir die einzige teilnehmende Rebellenschule. Vielleicht werden sich also andere Rebellen noch auf unsere Seite stellen? Macht euch keine Sorgen, wir werden definitiv nicht ganz alleine dastehen."

„Es ist eine Ehre, dabei zu sein, oder?", warf Leyhana ein. „Ich meine, es haben sich nicht mal so viele Teams angemeldet, dass eine Qualifikationsrunde nötig wäre, aber trotzdem wird es alles ganz groß gefeiert..." Sie deutete mit der Fahnenstange auf einen großen Bildschirm an einer Hochhausfassade. *Sehen Sie die Stars von morgen live! Die ersten LaserJump-Meisterschaften der Welt starten diese Woche!*

„Natürlich ist es eine Ehre." Lucille nickte. „Es ist ein groß gefeiertes Event. Experten schätzen LaserJump als den zukünftigen Nationalsport der *EMGER* ein!" Sie zögerte. „Ich habe sogar gehört, dass das Königspaar anreisen wird."

Alle Blicke ruhten jetzt auf mir.

Guckt doch nicht so, hätte ich am liebsten gesagt. Stattdessen war ich wie eingefroren. Das war dann wohl das Ende meiner Konzentration. Wie zur Hölle sollte ich spielen, wenn die Leute anwesend waren, die mich erzogen und dann so hart verstoßen hatten... und beinahe Menschen hatten töten lassen hatten, die mir fast wichtiger waren als sie selbst? *Und mich selbst.*

„Los, weiter", forderte Mr Fuhrmann uns auf. „Die Eröffnungsfeier wird in wenigen Minuten beginnen!"

ഇ✶ଔ

„Es ist mir eine große Ehre, die weltweit ersten Jugendmeisterschaften im LaserJump hier in Mistyville eröffnen zu dürfen!", dröhnte die laute Stimme meines Vaters auf Englisch durch das volle Stadion.

Wir standen noch im Flur vor den Umkleiden und warteten zusammen mit den anderen Teams darauf, aufgerufen zu werden.

Mein Herz schlug schneller. So viele Leute da draußen…

Miro griff nach meiner Hand und wollte gerade etwas sagen, da erklang eine verhasste Stimme hinter uns – und die dazu passende Melodie.

„Na, ihr Hosenscheißer? Dass ihr hier seid – ich hätte es mir denken müssen!"

Ich drehte mich erst gar nicht um, weil ich wusste, dass es Alodia war.

„Was willst du denn hier?!", rief Miro in dem Moment überrascht, und ich drehte mich jetzt doch um.

„Wohl dasselbe wie ihr!" Alodia lachte bitter. „Gewinnen! Nur, dass mein Team das im Gegensatz zu eurem auch schaffen wird!"

„Das glaubst auch nur du", fauchte ich und meine Gedanken rasten. Was sollten wir tun?!

„Gruppe A", verlas mein Vater in diesem Moment. „Team eins: Die *Extreme Eagles*, ein gemischtes Team

217

bestehend aus Spielern der Adquimer Gesamtschule und einigen Gastspielern!"

Alodia winkte uns kurz zu, dann verließ sie mit ihrem Team die Kabine.

Mein Vater fuhr fort, die Teams zu verlesen, aber ich hörte nicht mehr zu. Langsam drehte ich mich zurück zu Miro. „Was machen sie hier…?"

„Vor allem – *Extreme Eagles*?!" Miro lachte ungläubig. „Haben sie jetzt endgültig den Verstand verloren?!"

„Scheinbar." Ich schüttelte den Kopf. *Verdammt. Das macht alles schwieriger und gefährlicher.*

„Habe ich richtig gesehen?" Lucille kam zu uns. „War das Alodia?!"

Ich nickte. „Ja. Sie nimmt mit ihrem Team von *extremen Adlern* teil. Sie hat sich sogar mit der Gesamtschule in Adquim zusammengetan, um teilnehmen zu können!"

„Wir können nur noch hoffen, dass sie schnell rausfliegen", murmelte Lucille. „Ich will nicht, dass wir gegen sie antreten müssen…"

„Rausfliegen? Die Adler?" Ich grinste. „Klingt gut."

„Ist aber unwahrscheinlich", fügte Miro hinzu. „Wenn sie sich ein Ziel gesetzt haben, werden sie es um jeden Preis erreichen wollen."

Lucille wollte gerade etwas entgegnen, aber da las mein Vater auch schon unseren Namen vor. „Gruppe C. Team Eins: Die *Willow Wolves* vom *Teach 'em all*-Internat in Willowgrave!"

„Los!" Lucille sortierte uns hastig in Zweierreihen und gab Leyhana das Zeichen, mit der Fahne loszugehen, und wir alle folgten ihr nach drinnen.

„Team Zwei: Die *Trier Tigers* vom Sportgymnasium Trier", las mein Vater weiter, aber der ohrenbetäubende Jubel in der Arena übertönte ihn fast.

Sie jubelten nicht für uns, zumindest nicht alle – sie jubelten für alle Teams. Hunderte Menschen saßen und standen und hüpften auf den Rängen und Tribünen und schrien und kreischten, und irgendwer hielt ein riesiges Banner hoch, auf dem groß *Willow Wolves* stand. Es waren Sophy und Evander Tomić, Paulie und Tanisha und noch ein paar andere aus unserer Klasse und vom Internat.

Eine warme Welle des Glücks durchströmte mich. So viele Menschen, die uns alle spielen sehen wollten! Nicht nur mich, natürlich, und auch nicht nur die *Wolves*, sondern alle Teams, aber ich war ein Teil des Ganzen, und es fühlte sich unglaublich gut an, hier auf der Ebene zu stehen, wo später das Spielfeld aufgebaut werden würde, und von allen bejubelt zu werden.

ഇ✦ൠ

„Es ist wirklich eine große Katastrophe", erklärte Miss Tomić und schlug schwungvoll die Speisekarte zu.

„Katastrophe, das ist gar kein Ausdruck dafür", stimmte Lucille ihr zu und nahm einen Schluck Cola.

219

„Jetzt malt mal nicht den Teufel an die Wand, ja?",
mahnte Evander. „Die *Extremen* werden schon
niemanden während des Spiels umbringen, oder?"

„Nein, natürlich nicht. Genauso wenig, wie sie
unschuldige Minderjährige jagen und Unbeteiligte
erschießen." Lucille stützte die Unterarme auf den Tisch.
„Evander, vielleicht ist so einiges in der Zeit im Kerker
an dir vorbeigegangen, aber du solltest inzwischen
gemerkt haben, dass die *Extremen* für jedes ihrer Ziele
über Leichen gehen würden. Egal, wer ihnen zusieht. Sie
sehen es sogar als Machtstärkung, vor Publikum zu
morden."

Evander sah sie zögerlich an. „Vielleicht hast du Recht,
aber… können wir sie nicht einfach disqualifizieren
lassen?"

„Wenn du zu David gehen willst und ihn darum bitten
willst, gerne." Lucille schüttelte den Kopf. „Das geht
nicht so einfach. Du denkst, die *Extremen* würden
einfach alle Gesetze ignorieren, aber da irrst du dich. Sie
halten sich an alles und nutzen Lücken,
Formulierungsfehler und all das aus, sodass es uns
unmöglich ist, sie offiziell anzuklagen. Beispielsweise
haben sie Jona und Miro in Amerika entführt – da haben
unsere Richter in der *EMGER* keine Chance."

Evander schwieg und senkte betreten den Kopf.

„Aber wir geben doch nicht auf, oder?", warf ich ein.
„Wir werden doch nicht aufgeben! Wir werden ihnen
doch nicht ihren Willen geben!"

„Wir werden bis zum Ende kämpfen und den Kampf gewinnen!", fügte Miro hinzu, und es war jedem am Restauranttisch klar, dass es nicht nur um die Meisterschaften ging.

Kapitel 25 ✦ „Die Taktik"

Meine Eltern saßen direkt hinter Miros Eltern.

Das war das erste, was ich sah, als wir die Arena für unser erstes Match betraten.

Sie hatten sich nie ausgesprochen oder so, den Prozess betreffend, und jetzt saßen sie da einfach hintereinander?! Wie konnten sie…?

Lucilles hektische Handbewegungen lenkten mich ab. „Ihr müsst euch da auf das Podest stellen", wies sie uns an, „weil gleich um euch herum die Wände und Hindernisse aus dem Boden fahren. Ich muss jetzt los, in die Trainerloge, aber ihr schafft das schon! Ich glaube an euch!" Sie hielt kurz ihre Hände hoch – beide Daumen fest gedrückt – und verschwand dann.

Wie in Trance folgte ich den anderem zum besagten Podest, von wo aus ich auch die Gegnermannschaft sehen konnte. Es waren sechs muskulöse Jungen und Mädchen mit schwarz-orange gestreiften Sporttops und Hosen, die alle sehr selbstbewusst wirkten.

Ein Mann in weißen Klamotten mit Schiedsrichter-Aufschrift kam zu uns. „Die Wände und Hindernisse werden gleich aus dem Boden fahren und von oben wird sich eine Holzdecke darauf senken, damit keiner über die Wände klettern kann. Ihr habt dann noch eine Minute bis Spielbeginn, in der ihr euch beispielsweise in der Arena verteilen könnt. Erst zu Spielbeginn werden die Lichter an euren Westen und Waffen angehen."

„Und wie können die Zuschauer uns dann sehen, wenn doch alles zu ist?", fragte Rufus.

„Auf die Holzdecke wird ein dreidimensionales Hologramm des Spielfeldes projiziert, auf dem ihr dank tausender im echten Spielfeld versteckter Sensoren und Kameras sehr gut zu erkennen sein werdet." Er nickte uns kurz zu und verschwand dann am Rand des Spielfeldes.

„Jetzt wird's ernst", flüsterte Tara mir zu.

Das Licht im ganzen Stadion ging aus. Ein leises Summen erfüllte die Luft, als die Hydraulikelemente im Boden die Wände und Hindernisse des Spielfeldes aufsteigen ließen. Für ein paar Sekunden geschah nichts, dann flackerten tausende Laserpunkte auf und mit einem Zischen füllte sich die Arena mit Nebel, sodass man die Strahlen besser sehen konnte.

An der Decke lief ein Countdown von 60 im Sekundentakt abwärts.

„Ihr kennt die Taktik?" Ich nickte den anderen zu und sie nickten zurück, und dann teilten wir uns auf.

Keine Magie und keine Tierverwandlung, echote die wichtigste Regeln in meinem Unterbewusstsein. *Die Mehrheit der Zuschauer sind Gewöhnliche.*

Und was, wenn ich sie doch benutze?, dachte ich dann. *Ich kann die Melodien nicht ignorieren, nicht einfach abschalten. Ich werde jeden einzelnen Spieler in meiner Nähe hören. Und Miro könnte einfach die Zeit anhalten.*

Tara könnte ihre Gewichtsveränderung nutzen, um auf Hindernisse zu schweben.

Also, warum sollten wir sie eigentlich nicht nutzen? Es würde doch niemandem auffallen…

Weil wir fair gewinnen wollen, fiel mir dann ein.

Während eine Stimme unsere Spielernamen vorlas – *Maid Of Orleans, Unforgiven Outlaw, Felis Silvestris Silvestris, Phantom Lady, Lyrix, Wolfshund* – hastete ich durch die Räume und suchte nach einem guten Versteck. Der Kasten da – Ich nahm Anlauf und sprang hoch. Zum Glück war mir noch keiner der Gegner, deren Namen gerade verlesen wurden, begegnet.

Vom Kasten aus sah ich mich um. Von irgendwoher kamen leise Stimmen und Melodien – die Gegner hatten also eine andere Taktik. Ich presse mich gegen die Wand und hoffte, dass vor Spielbeginn keiner mehr vorbeikommen würde.

Und tatsächlich wurde ich verschont.

Zehn. Neun. Acht.

Ich tastete nach der Waffe.

Sieben. Sechs. Fünf.

Löste sie aus der Halterung.

Vier. Drei. Zwei.

Legte meine Finger um den Abzug und hob die Waffe.

Eins. Null.

Der Angriff kam aus dem Nichts. Hunderte rote Laserstrahlen prasselten auf mich ein, noch bevor die Lampen an Weste und Waffe blau aufleuchteten.

„*You were hit*", meldete eine Computerstimme über den Knopf in meinem Ohr, der mit der Ausrüstung verbunden war. Obwohl meine Waffe nach den Treffern erstmal gesperrt war, schoss ich auf die roten Lichter, die sich hastig entfernten – in der Hoffnung, sie würde sich schneller wieder entsperren. Doch es war zu spät, die Gegner waren bereits verschwunden. Ich sprang vom Kasten und spähte in den angrenzenden Raum. Leise Melodien drangen zu mir und die roten Lichter der Westen oder Waffen der Gegner huschten vorbei. Ich hob die Laserpistole und schoss. Dreimal hintereinander erklang das Signal, jemanden getroffen zu haben, in meinem Ohr, und ich hastete weiter.

Laserstrahlen zischten an mir vorbei und ich schlug Haken. *Die Flucht vor Alodia und ihren Leuten hat sich ausgezahlt,* dachte ich und wirbelte herum, um zurückzuschießen. Der Knopf in meinem Ohr verkündete zwei Treffer und dann einen Gegentreffer und ich fluchte und hastete weiter.

₭✶⌛

Die Viertelstunde Spielzeit verging unglaublich schnell und ehe ich mich's versah, stand ich schweißnass und atemlos mit den anderen auf der Plattform des Teams und sah zu, wie die Decke sich langsam nach oben bewegte und die Wände im Boden versanken. Wie in Trance bekam ich mit, wie der Stadionsprecher unseren haushohen Sieg verkündete. Es fühlte sich an wie ein Traum, wie wir uns in die Arme fielen und das ganze

Stadion uns zujubelte, wie die Journalisten von Kameras begleitet auf uns zukamen und jeder uns zuerst eine Frage stellen wollte.

„Wie fühlt es sich an, zu gewinnen?", rief einer und wedelte mit einem flauschigen Mikrofon vor Miros Gesicht hin und her.

„Überwältigend", schrie Miro über den Jubel der Zuschauer. „Einfach unglaublich!"

Ein anderes Mikrofon senkte sich an einem langen Stab vor mein Gesicht und ich suchte verwirrt nach dem dazugehörigen Journalisten. Es war eine junge Frau, und sie winkte mich zu sich.

„Ich höre gerade, du hast einen sehr großen Anteil am Sieg deines Teams. Was denkst du selbst darüber?"

Ich habe *was?!* Hastig suchte ich nach Worten. „Nur als Team können wir stark sein. Klar, es ist wichtig, starke Spieler zu haben, aber alleine können auch die nichts ausrichten. Das ist wie mit Freundschaft – jeder hat Stärken und Schwächen, und nur gemeinsam hat man eine Chance."

Ich wusste nicht, wo ich diese Worte jetzt hergeholt hatte, aber es waren genau die richtigen. Das Publikum jubelte, Miro legte einen Arm um mich und für den Moment war alles perfekt.

⁗✶⁖

„Deine Eltern waren da, Jona."

So empfing Miss Tomić mich in der Hotellobby, und wir ließen uns ein Stück zurückfallen, während die anderen in die Bar gingen, um unseren Sieg zu feiern.

„Ich weiß." Ich zögerte. „Sie saßen hinter Ihnen und Evander."

„Ja." Miss Tomić nickte ernst. „Ich… ich weiß, worauf du hinauswillst, aber mir geht es gut. Wirklich. Weißt du, deine Mutter und ich waren mal gute Freundinnen…"

„Das haben Sie schon mal am Rand erwähnt, ja. Beim Prozess."

„Ja. Sie war schwächer als du. Sie hat auf ihre Eltern gehört, obwohl sie das Potenzial hatte, eine Rebellin zu werden und abzuhauen. Deswegen…" Sie holte tief Luft. „Ich hatte Angst, du wärst genauso. Miro hat mir damals erzählt, er wolle zur Seelenlied-Zeremonie einer Freundin, und aus einer Laune heraus habe ich gefragt, ob es nicht um die Prinzessin ginge… und als er dann ja gesagt hat- ich habe gespürt, dass er dich wirklich mochte, und ich hatte unglaubliche Angst, du würdest ihm das Herz genauso brechen wie deine Mutter mir damals. Freundschaftlich, meine ich."

„Sie waren also Freundinnen. Dann muss dieser ganze Prozess doch umso schrecklicher für Sie gewesen sein, oder?"

„Nein." Miss Tomić sah mich ernst an. „Ich habe nicht geglaubt, dass sie mich retten würde. Als Evander damals- ich meine, als sein erster Prozess war, habe ich sie angefleht, ihn freizulassen, aber sie hat- hat mir tatsächlich gedroht-" Ihre Stimme versagte und sie wischte sich übers Gesicht. „Sie hat mir gedroht, mich ebenfalls lebenslänglich einzusperren."

„Nein!"

„Doch. Als sie deinen Vater geheiratet hat, hat sie sich völlig verändert. Ich habe das Gefühl, sie erinnert sich nicht mal mehr an unsere gemeinsame Zeit damals, obwohl das noch gar nicht so lange her ist."

„Aber ist sie nicht viel älter als Sie?"

„Ja, ein paar Jahre. Aber wir haben uns noch einige Zeit nach ihrer Zeremonie immer mal wieder verabredet. Bis sie irgendwann dann eben deinen Vater getroffen hat."

„Unglaublich." Ich hatte Gänsehaut. Miss Tomić hatte mir einen ganz anderen Blick auf meine Eltern gegeben.

„Ich habe sie reden gehört, eben im Stadion", fügte sie dann unvermittelt hinzu. „Sie haben darüber geredet, warum sie da waren."

„Weil sie ihre Pflicht tun wollten", schätzte ich. „Die Presse sieht es gerne, wenn sie bei Großereignissen dabei sind, und sie lieben es, ihren Ruf aufzubessern."

„Nein, Jona." Miss Tomić lächelte leicht. „Deine Eltern waren da, weil sie dich spielen sehen wollten."

„Was?!" Ich sah sie ungläubig an. „Nein, das glaube ich nicht. Sie sehen mich als Verräterin."

„Nein." Miss Tomić legte mir die Hand auf die Schulter. „Oder vielleicht doch, ich weiß es nicht. Aber in erster Linie bist du ihre Tochter, verstehst du? Sie waren nur dort, um *dich* spielen zu sehen."

„Aber..."

„Du solltest nicht so viele Vorurteile haben", fügte sie hinzu. „Sie hassen dich nicht, bloß, weil ihr verschiedenen Gesellschaftsgruppen angehört. Du bist ihre Tochter, und das ist das Wichtigste. Genauso solltest du das aber auch sehen. Sie sind deine Eltern, nicht deine Herrscher, kapiert?" Sie lächelte mir kurz zu, dann lief sie voran in die Bar und ich folgte ihr langsam. Sie hatte wohl Recht, und das brachte ihr noch mehr Respekt meinerseits ein. Sie war eine beeindruckende Frau – ehrlich, verständnisvoll, verantwortungsbewusst und klug, stolz, und von allem manchmal ein bisschen zu viel. Aber das war es, das sie zu der Miss Tomić machte, die sie war. Mit Stärken und Schwächen.

Ich trat zu ihr an die Bar, bestellte ein kleines Glas Sekt wie alle anderen, und flüsterte ihr zu: „Danke."

Kapitel 26 ✦ „Ein Messer pro Person"

Die Gruppenphase war unglaublich schnell vergangen. Am Dienstag und Mittwoch hatten wir auch die beiden anderen Spiele gewonnen, und jetzt standen wir als Erstplatzierte der Gruppe C im Viertelfinale gegen die *Paris Panthers* aus Gruppe D. Obwohl die in ihrer Gruppe nur den zweiten Platz belegt hatten, war ich wahnsinnig aufgeregt. Wir waren in der K.O.-Phase – jeder Fehler würde uns teuer zu stehen kommen.

Zu unserem Pech hatten die *Extreme Eagles* nicht nur den Sprung ins Viertelfinale geschafft, sondern waren sogar ebenfalls auf den ersten Platz ihrer Gruppe gekommen. Demnach würden sie gegen die Zweitplatzierten der Gruppe B spielen, was ihre Chancen auf einen Sieg wesentlich erhöhte –und sie wären nicht die *Extremen*, wenn sie das Spiel nicht so oder so gewinnen würden.

Leyhana hatte anhand des Spielplans berechnet, dass unser Team den *Extremen* frühestens im Finale gegenüberstehen würden, was zuerst unwahrscheinlich schien. Wieso sollten ausgerechnet wir als wettkampfunerprobtes Team es ins Finale schaffen?

Nur, als wir an diesem Nachmittag das Viertelfinalspiel haushoch gewonnen hatten und im Halbfinale standen, erschien uns ein Finale gegen die *Extremen* plötzlich gar nicht mehr so abwegig.

℅ ✱ ℅

„Leute, wir haben ein Problem." Lucille Irvin lief unruhig in der Lobby auf und ab, wo wir uns an diesem Abend zur Krisensitzung versammelt hatten. „Wir stehen im Halbfinale, die *Extremen* auch. Angenommen, keiner von uns fliegt raus, dann spielen wir im Finale gegen Alodias Truppe! Was haltet ihr davon?!"

„Es scheint mir sehr wahrscheinlich", warf Leyhana ein, die im Schneidersitz in einem riesigen Sessel saß. „Ich würde den *Extremen* sogar zutrauen, nicht nur ihre eigenen, sondern auch *unsere* Gegner zu manipulieren, damit dieses Finalspiel zwischen uns stattfindet. Wetten, die legen es darauf an, gegen uns zu spielen und uns irgendwie zu blamieren?"

„Du meinst, sie wollen einen Showdown?!", hakte ihr Bruder Cliff nach.

„Leyhana hat Recht, das traue ich Alodias Truppe definitiv zu", entgegnete Rufus. „Obwohl ich sie nicht so gut kenne. Aber ich habe mir ein paar Aufzeichnungen ihrer Spiele angesehen, und glaubt mir – die sind unglaublich gut trainiert!"

„Ich möchte nicht, dass einem von euch etwas zustößt", unterbrach Lucille entschlossen die Diskussion.

„Sie wollen, dass wir aufgeben?!", hakte Tara nach. „Miss Irvin, das können wir nicht!"

„Ich als eure Erziehungsberechtige", warf Miss Tomić ein, die lässig die Beine über die Armlehne ihres Sessels geschwungen hatte, „müsste jetzt wohl sagen, dass ihr aufgeben solltet, aber…"

„Mach dir keine Sorgen", unterbrach Miro. „Du bist von niemandem hier wirklich die Erziehungsberechtigte, nur die Lehrerin! Meine Erziehungsberechtigte ist weiterhin Maddie, und sie würde definitiv wollen, dass wir kämpfen. Soll ich sie anrufen und um Erlaubnis fragen?"

„Nicht nötig." Miss Tomić lächelte sanft, aber besorgt. „Wenn ihr alle das so wollt…"

„Dann stellen wir uns dem Showdown", ergänzte ich. „Meiner Meinung nach ist das die einzige Möglichkeit, den *Extremen* zu beweisen, wer wir wirklich sind. Dass wir nicht nur auf dem Spielfeld unschlagbar sind, sondern auch als Freunde. Und dass wir Kämpfer sind. Dass wir *Rebellen* sind."

Es war für einen Moment still, dann begann Evander zu lachen. „Rebellen gegen die Unterdrückung durch die *Extremen* anstatt gegen die Gesetze des Königshauses? Nicht schlecht, Jona!"

Ich wusste nicht genau, warum, aber seine Zustimmung löste ein warmes Gefühl in mir aus. Ein Gefühl der Zugehörigkeit. Ein Gefühl, von ihm akzeptiert zu werden, obwohl ich die Tochter des Königspaars war.

හ ✴ ශ

Nach dem Sieg des Halbfinales am Sonntag trug uns das Publikum wortwörtlich auf den Händen aus dem Stadion zum Hotel.

Der glorreiche Moment war allerdings schnell vorbei, denn als wir wieder festen Boden unter den Füßen hatten, kam uns Miss Tomić bereits aus der Lobby entgegengelaufen. „Die *Extreme Eagles* liegen schon vorne!"

Das zweite Halbfinale hatte direkt begonnen, nachdem unseres beendet war, und durch den langen Weg zurück war gut die Hälfte des Spiels schon vorbei. Miss Tomić wiederum hatte die Menschenmassen gemieden und war nach dem Spiel schnellstmöglich in die Lobby gerannt, wo ein Fernseher hing und das zweite Halbfinale übertragen wurde.

Wir folgten ihr nach drinnen, ließen dann vom Hotelbesitzer die Haupttür abschließen – verdammt, hatten wir in den paar Tagen viele Fans gewonnen! – und sanken dann auf die Sessel.

Die letzten Minuten liefen, und mit schweißnassen Händen verfolgte ich, wie die *Extremen* ihren Vorsprung ausbauten und ebenso haushoch gewannen wie wir eben. Das Glücksgefühl war inzwischen verschwunden und der Angst gewichen – und der Vorfreude. Ich konnte nicht leugnen, dass ich mich ein wenig freute, denn ich zweifelte kein bisschen daran, dass wir eine ernsthafte Chance gegen die *Extremen* hatten, solange sie fair spielten – und da kam eben die Angst ins Spiel.

„Bitte, überlegt euch das nochmal gut", bat Miss Tomić. „Ich will euch das nicht verbieten, aber es ist ein großes Risiko…"

„Wir müssen antreten", entgegnete ich. „Es gibt keine andere Wahl."

„Aber ihr geht da nicht unbewaffnet rein", forderte sie. „Ein Messer pro Person ist das Mindeste! Die *Extremen* werden einen zweiten Platz nicht auf sich sitzen lassen. Sie wollen den Sieg, und wir wollen auch den Sieg. Aber sie würden dafür über Leichen gehen, und wir eben nicht."

„Soph, das kling ja, als würdest du uns mit ihnen gleichstellen, bis auf diesen einen Punkt!", erwiderte Lucille mit gerunzelter Stirn.

„Na ja, im Grunde sind sie ja auch einfache Rebellen." Miss Tomić seufzte. „Die einzigen Unterschiede zwischen uns und ihnen sind ihre Ziele und deren Umsetzung. Dass sie sich nicht vor Gewalt scheuen, dass sie die Regierung *ersetzen* wollen anstatt sie durch Hilfen zu verbessern, und dass sie die Weltherrschaft wollen und dafür über Leichen gehen."

„Das ist gut", bemerkte ich.

„Bitte was?!" Die beiden Schwestern drehten sich verwirrt zu mir um.

„Na ja, nicht der Inhalt, aber die Parole. War es nicht unser Ziel, zu gewinnen, um die Unterschiede klarzustellen?"

Lucille nickte. „Wobei wir nicht zwingend gewinnen müssen – ins große Interview am Ende kommen wir auch als Zweitplatzierte. Ein Sieg würde nur unsere Position noch verstärken."

Kapitel 27 ✶ „Zweisteins"

„Sieh mal da!" Ich deutete auf eine Wand nahe dem Stadion.

Miro hob den Blick. „Ein neues Graffito? Das würde ja heißen-"

„Pst!", unterbrach ich ihn schnell. „Pass auf, was du sagst! Jeder hier kann ein Spion der *Extremen* sein – jeder noch so harmlose Spaziergänger!"

„Aber das heißt ja", fuhr Miro leiser fort, „sie wollte nicht zum Internat, sondern zu den Meisterschaften!"

„Klar, das macht Sinn!", entgegnete ich genauso leise. „Hier kann sie am besten ihre politischen Statements verbreiten! Umso besser, dass die *Extremen* im Finale sind – da können wir direkt darauf eingehen, wenn wir im Interview sind!"

„Apropos politische Statements", warf Miro ein. „Ist dir aufgefallen, dass man bis jetzt nirgendwo von der deiner wahren Identität gehört hat? In keiner Zeitung, in keiner Fernsehsendung, noch nicht mal auf Social Media – außer auf den internen Servern der *Extremen*, laut Ted und Kayleen. Also weiß von den normalen Menschen niemand, wer du bist!"

„Richtig." Ich holte tief Luft. „Scheinbar heben die *Extremen* sich das für das große Interview nach dem Finale auf. Je nachdem, wie es ausgeht, drehen sie sich die Wahrheit, wie sie ihnen passt. *Unsere Finalgegner haben übrigens eine Verräterin in ihrem Team gehabt,*

235

deshalb haben sie gewonnen – oder wahlweise *verloren*! Egal, wie es ausgeht, sie haben dabei die Aufmerksamkeit auf ihrer Seite…"

„Und was willst du dagegen machen?"

„Ihnen zuvorkommen, irgendwie. In dem Interview… muss ich einfach als ersten Satz sagen, wer ich bin. Dann weiß es jeder, aber die *Extremen* bekommen nichts von der Aufmerksamkeit."

„Das wird in einer Katastrophe enden."

„Natürlich, aber das wird es so oder so."

Für einen Moment standen wir schweigend da und sahen auf das Graffito.

Da spürte ich auf einmal etwas an meinem Bein. Es war flauschig weich und-

„Einstein!" Ich strich dem Waschbären übers Fell und nahm ihn auf den Arm.

In diesem Moment pfiff uns ein Mädchen aus einer Seitengasse zu. Es hatte lange, schneeweiße Haare und war über einen Kopf größer als ich. Außerdem trug es eine Waschbärenmaske und hatte eine große Tasche über die Schulter gehängt. Miro und ich überquerten die Straße und betraten die Seitengasse.

„Hey, *Zweisteins*!" Miro nickte dem Mädchen zur Begrüßung zu.

Es lachte. „Er ist Einstein, ich auch, zusammen sind wir zwei Einsteins, also Zweisteins. Nenn mich ruhig weiter Katla."

„Schön, dich wiederzusehen." Ich lächelte, etwas verwirrt von ihren Erklärungsversuchen.

„Die Freude ist ganz meinerseits." Sie deutete eine übertriebene Verbeugung an. „Und, was ist bei euch so passiert, seit Dezember?"

„Eine Menge." Miro seufzte tief. „Gehen wir in ein Café? Ich lade dich ein, das ist das Mindeste. Schließlich hast du uns damals ja auch Geld geschenkt!"

„Ach komm, ich brauch kein Geld, echt nicht! Also gut, eigentlich wollte ich noch irgendwo sprayen gehen, aber das kann ich auch später noch. Ich müsste nur den ganzen Kram hier noch loswerden." Katla klopfte auf ihre Tasche. „In einer Viertelstunde beim Café im Königsforst?"

ৰ✶ৰ

Das Café im Königsforst war das gleiche, in dem wir auch am Tag unserer Ankunft gewesen waren. Wir bekamen einen Tisch in einer Ecke zugewiesen, mit Couch und Sesseln, und nach ein paar Minuten gesellten sich auch Katla und Einstein zu uns. Wir bestellten Kaffee und Kuchen und dann begannen Miro und ich zu erzählen.

ৰ✶ৰ

„Wie krass!" Katla lachte. „Im Gegensatz zu dem, was euch alles passiert ist, sind meine Erlebnisse ein Spaziergang im Sonnenschein!"

„Erzähl!", forderten Miro und ich im Chor und ich piekte mit der Gabel ein Stück Kuchen vom Teller.

Sie zögerte. „Wie ihr wisst, habe ich angefangen zu sprayen. Mein Ziel war von Anfang an, hierher zu kommen – zur Meisterschaft. Politische Symbole und so."

„Du bist berühmt geworden", unterbrach Miro. „Dein Foto ist überall zu sehen gewesen! In Zeitungen, im Fernsehen, auf Social Media… Die *Extremen* haben es unglaublich schnell verbreitet!"

„Ich weiß." Sie lachte wieder. „Das war Absicht. Wenn ich einfach immer weiter gesprayt hätte, wäre es irgendwann für die Medien uninteressant geworden, also habe ich einfach mal eine Überwachungskamera unberührt gelassen und abgewartet, was passieren wird. Es hat funktioniert."

„Das war unglaublich riskant und gefährlich!", entgegnete ich. „Was, wenn jemand zufällig in diesem Moment auf den Überwachungsbildschirm der Bahnstrecke geschaut hätte und direkt vorbeigekommen wäre?!"

„Ach, dann hätte ich mich einfach in Luft aufgelöst und die Leute suchen lassen." Katla legte lässig die Beine auf den gegenüberstehenden Sessel. „Wäre auch ganz lustig gewesen, oder?"

„Und vor allem gefährlich", entschied Miro. „Du hättest damit sämtliche Rebellen und ihre magischen Kräfte verraten können! Wer wäre nicht skeptisch geworden, wenn sich plötzlich ein Mädchen vor seinen Augen in einen Luftzug verwandelt hätte?!"

„Schon gut, es ist ja nichts passiert." Katla winkte ab und wechselte das Thema. „Und ihr? Ihr habt vor, die Meisterschaften zu gewinnen?"

„Natürlich. Wir müssen einfach gewinnen! Wir können einfach nicht zulassen, dass die *Extremen* den Sieg holen!"

„Und außerdem geht es um die Botschaft dahinter", fügte Miro hinzu. „Wenn wir gewinnen, zeigen wir, dass wir stärker sind als sie."

„Natürlich." Katla nickte. „Dann wünsche ich euch viel Glück."

„Danke. Und was hast du jetzt vor?", fragte ich. „Weitersprayen?"

„Na ja…" Katla schaute für einen Moment aus dem Fenster in die Ferne. „Ein paar Tage noch, bis kurz nach dem Finale. Danach… danach werde ich mich bei den *Extremen* einschleusen und ein bisschen spionieren."

„Spinnst du?!" Ich ließ die Gabel fallen. Kuchenkrümel flogen durch die Gegend. „Es ist ja auch *total* unauffällig, wenn da ein *Kind* hingeht!"

„Ich bin vor zwei Wochen sechzehn geworden", entgegnete Katla ruhig. „Alodia ist auch erst sechzehn. Mach dir keine Sorgen."

„Ich…" Ich seufzte. „Herzlichen Glückwunsch nachträglich. Wir können dich nicht davon abhalten, oder?"

„Natürlich nicht. Aber pass mal auf, ich habe einen Plan. Wenn man an mir zweifelt, spiele ich einfach das reuige Mädchen, das zu ihren Eltern zurückkehrt. Sie werden mich nach all den Jahren nicht mehr gut genug kennen, um meine Finte zu erkennen. Aber... wir bleiben in Kontakt, oder?"

„Über WhatsApp", nickte ich.

„So lange wie möglich", fügte Miro hinzu. „Aber pass bloß auf dich auf und verschwinde, wenn es zu gefährlich wird, ja?"

„Ja, klar. Macht euch keine Sorgen." Sie lächelte und fütterte Einstein mit den Resten ihres Kuchens.

„Wenn das so einfach wäre!", entgegnete ich. „Im Moment muss man sich um so viele Leute Sorgen machen..."

„Allein schon um unsere gesamte LaserJump-Mannschaft", ergänzte Miro. „Jeder, der sich irgendwie gegen die *Extremen* stellt – und wenn es nur in einem solchen Sportevent ist – muss damit rechnen, sich in Lebensgefahr zu begeben."

„Dazu noch alle, die mit uns auf andere Art in Verbindung stehen – wegen uns ist jemand *ermordet worden*, verdammt!" Ein Schauer lief über meinen Rücken. „Und jetzt bist du auch noch in Gefahr."

Katla seufzte tief. „Dann vergesst einfach, dass wir uns getroffen haben. Vergesst Einstein und mich einfach. Wenn es euch das erleichtern würde... könnte ich das mit meiner Kraft vielleicht hinbekommen. Wir wären dann nur noch ein Windhauch in eurer Erinnerung."

Ich schauderte wieder. „Nein, danke. Aber… jedenfalls wünsche ich euch viel Glück."

Miro räusperte sich. „Ich auch."

Katla lächelte leicht „Einstein und ich wünschen euch auch viel Glück, ihr beiden. Ihr könnt es gebrauchen."

Kapitel 28 ✦ „Straßenkind"

„Ihr seid gut!" Lucille klatschte in die Hände und sah das Team aufmunternd an. „Wenn ihr morgen genauso gut spielt wie gerade, haben die *Extremen* keine Chance!"

Das war eine Lüge. Natürlich. Klar, das Training gerade war relativ gut gelaufen, aber die *Extremen* würden über Leichen gehen, um zu gewinnen. Und dann hätten wir keine Chance.

„Geht jetzt hoch, duscht und dann treffen wir uns zum Essen wieder hier." Mr Fuhrmann sah uns der Reihe nach eindringlich an. „Und morgen geht ihr da rein und spielt, dass den *Extremen* Hören und Sehen vergeht!"

Wir alle nickten zustimmend, aber es sah wohl jeder von uns, dass sein Mut nur gespielt war. Er hatte genauso viel Angst wie wir alle.

Als ich an der Tür meines und Taras Zimmers ankam, klebte ein zusammengefalteter Zettel daran. Ich riss ihn ab und schob ihn in die Hosentasche. Es stand groß mein Name darauf, also würde ich ihn gleich alleine lesen.

Zwei Minuten nach mir kam auch Tara dazu, verabschiedete sich mit einem unglaublich ausdauernden Kuss von Paulie, der in sein Hotel in einem anderen Stadtviertel zurückgehen musste, und knallte die Tür ins Schloss. „Ich geh zuerst duschen, ja?"

Ich nickte nur. Umso besser. Mein Gefühl sagte mir, ich solle den Zettel alleine lesen. Ganz alleine.

Als aus dem Bad das Rauschen der Dusche erklang, faltete ich endlich das Papier auseinander.

Deine Mutter ist verschwunden! Komm schnellstmöglich ins Sutoia-Hotel!

Ich starrte auf den Brief. Das… das war anscheinend von meinem Vater! Ich erkannte zwar die Schrift nicht, aber andererseits konnte ich mich auch nicht erinnern, jemals etwas Handgeschriebenes von ihm gesehen zu haben. Er schrieb nur am Computer, und auch das nur, wenn es sein musste.

Ich zögerte. Ich musste sofort los, oder?! Nur – morgen war das Match! Wie lange konnte ich wegbleiben, ohne morgen unausgeschlafen zu sein? Andererseits – solange es nur *ich* war, die nicht ganz bei der Sache war, und solange der Rest des Teams spielte wie immer… Meine Eltern waren gerade wichtiger.

Ja, es überraschte mich selbst, wie viel sie mir trotz allem bedeuteten – aber vielleicht lag es auch nur daran, dass niemand es verdiente, in den Fängen der *Extremen* zu sein. Denn wer sonst sollte meine Mutter entführt haben? Sie würde niemals einfach so weglaufen.

Hastig warf ich mir meine Rebellenklamotten über und suchte die Adresse des Hotels auf meinem Handy heraus, dann verließ ich mein Zimmer und begann zu rennen.

Völlig außer Atem erreichte ich das Sutoia-Hotel. Es war ein großer, beeindruckender Bau mit gepflegter Parkanlage und einem bunten, sehr akkuraten Garten.

Während ich versuchte, wieder zu Atem zu kommen, betrat ich die prunkvolle Lobby. Das Hotel war ganz anders als unserer – nicht so gemütlich und tausendmal größer, reinlicher, ordentlicher und extravaganter, also genau das Richtige für meine royalen Eltern.

„Ey, du, Straßenkind! Raus hier!", blökte der Portier und ich brauchte einen Moment, um zu erkennen, dass er mich meinte. „Du hast hier nichts zu suchen! Bettel woanders!"

„Sie scheinen nicht zu wissen, wer ich bin", entgegnete ich und trat an den Tresen. Er schien nicht besonders viel über Rebellen zu wissen – normale Menschen zumindest erkannten uns direkt an unserer Kleidung. *Normale* Menschen, die nicht so arrogant waren, dass sie vor lauter Hochnäsigkeit den Boden nicht mehr sehen konnten.

„Es interessiert mich auch nicht, wer du bist. Arme Leute und deinesgleichen haben hier nichts zu suchen!"

„Und unhöfliche Leute haben in Hotels nichts zu suchen!" Ich verschränkte die Arme. „Wo finde ich das Zimmer des Königspaars?"

„Was interessiert dich das, Lumpenpack?" Der Mann lachte rau und eine leise Melodie wie die einer Telefonwarteschleife drang an mein Ohr. Das war eindeutig seine Seele. Nervig, aber völlig harmlos.

„Melden Sie mich jetzt endlich oben im Zimmer des Königspaars an", forderte ich. „Mein Name ist Jona Farc."

„Sag das doch gleich", murrte der Mann und griff unter den Tresen. „Du willst wahrscheinlich das hier haben?" Er reichte mir einen Brief, auf der in derselben Handschrift wie auf dem ersten mein Name stand.

„Äh, scheint so." Ich nahm den Brief entgegen, konnte mir aber einen schwachen Stromschlag in Richtung des nervigen Portiers nicht verkneifen. Er zuckte zurück, ließ sich aber sonst nichts anmerken.

„Auf Wiedersehen", bemerkte er hochnäsig und scheuchte mich mit einer Handbewegung nach draußen.

Lieber nicht. Ich verließ das Hotel, ließ mich draußen auf eine Bank fallen und zog den Brief aus dem Umschlag.

Jona, es tut mir leid, dass wir nicht auf dich warten konnten. Wir vermuten deine Mutter auf einem stillgelegten Biobauernhof, entführt von Extremen. Ich habe dir einen kleinen Plan gezeichnet. Bis bald.

Ich seufzte und stand auf. Der mit einem kleinen X markierte Ort – vermutlich der besagte Biobauernhof – war nicht weit von hier, nur eine Straße hinunter und quer über einen Friedhof, und ich lief los. Inzwischen war es stockfinster geworden und der Friedhof war komplett unbeleuchtet. Ich schwenkte also meine Handytaschenlampe über das Friedhofstor, bis ich die

Klinke fand. Das Tor quietschte leise, als ich es öffnete und hinter mir wieder zuschob.

Ich trat auf den Weg. Unter meinen Füßen knirschte der Kies, und mein leiser Atem formte Wolken in der kalten Luft.

Seit der Horrornacht vor vier Wochen war ich mir nicht mehr sicher, ob Geister und Dämonen wirklich nur eine Erfindung waren. Ich fühlte mich nicht mehr wohl alleine, und außerdem stimmte hier etwas nicht. Ich beschleunigte meine Schritte. Warum nur hatte mein Vater ausgerechnet *diesen* Weg aufgemalt, und warum nur war der Friedhof so groß, dass der schnellste Weg direkt hindurchführte und man ewig bräuchte, würde man außenherum laufen wollen?

Ich seufzte. Noch ein paar Meter bis zu dem auf der Karte eingezeichneten, in der Hecke versteckten Tor. Und weiterhin fühlte ich mich beobachtet. Und dann kam mir ein Gedanke. *Was, wenn es nicht die Geister und Dämonen sind, die ich fürchten muss? Was, wenn das wahre Böse die Menschen sind?*

Aber da war niemand. Ich hörte keine Melodien. Aber, hatten Geister Melodien? Ein Schauer jagte über meinen Rücke, als ich an all die hier vergrabenen Toten dachte. Das schwache Licht meines Handys und meine lebendige Fantasie verwandelten die Grabsteine in nebelumwobene Berggipfel und die Blumen auf den Gräbern in Schattengestalten, die ihre Klauen nach mir ausstreckten. Etwas streifte meinen Arm und ich schrie auf. Eine Fledermaus!

Ich spürte mein Herz bis in die Fingerspitzen pulsieren. *Niemals hätte ich gedacht, dass diese Klischee-Filmszenen auch in echt so gruselig sein können!*

Zwischen den Gräbern regte sich etwas. Sicher wieder die Fledermaus, oder? Ich blieb stocksteif stehen. Ein kleiner Vogel hüpfte auf den Weg. Eine Drossel.

Langsam, aber sicher schlich ein dumpfes Gefühl der Unsicherheit an mich heran. Die Drossel hüpfte auf mich zu und dann machte es *klick* bei mir und ich begann zu schreien.

Kapitel 29 ✶ „Wo ist Jona?"

„Wo ist Jona?" Miro ließ sich auf seinen Stuhl im Hotelrestaurant fallen.

Tara zuckte mit den Schultern. „Ich dachte, sie wäre bei dir...?"

„Nein." Miro schluckte. „Aber..."

„Ich habe sie auch seit dem Training nicht mehr gesehen", fügte Leyhana von der gegenüberliegenden Tischseite ein. „Aber sie ist doch mit dir ins Zimmer gegangen, Tara, oder?"

„Ja. Und dann bin ich duschen gegangen, und danach war sie weg. Ich dachte, sie wäre einfach nochmal zu einem von euch gegangen!"

„Meint ihr, sie ist zu aufgeregt?", mischte sich Rufus ein. „Ich meine, das Finale und so... vielleicht hat sie Lampenfieber."

„Quatsch!" Miro schüttelte entschlossen den Kopf. „Sie würde niemals wegen Lampenfieber abhauen!"

„Nein, das passt nicht zu ihr", bestätigte auch Tara besorgt. „Und was machen wir jetzt? Ich meine, es kann ja irgendeinen normalen Grund haben, aber es kann auch eine Katastrophe passiert sein!"

Lucille, die bis dahin still zugehört hatte, sah jetzt alle der Reihe nach an. „Tara, Miro, Leyhana, ihr kennt Jona am besten. Lasst uns überlegen, ob sie einen Grund haben könnte, wegzulaufen, und

248

versucht, sie anzurufen. Wir können einen normalen Grund wohl ausschließen, sonst hätte sie sich bei uns abgemeldet. Eine Entführung ist auch auszuschließen. Es ist unmöglich, sie unbemerkt aus dem Hotel zu entführen. Demnach ist sie also freiwillig gegangen. Aber warum und wohin? Das müssen wir herausfinden. Rufus, Jacob, Cliff, Alison und Grace, ihr solltet euch keine Sorgen machen oder so. Verhaltet euch ganz normal. Wir brauchen euch morgen ausgeschlafen und wach. Ich melde mich, falls wir eure Hilfe doch brauchen sollten."

Miro schluckte. Lucilles Worte beunruhigten ihn. Warum zur Hölle war Jona weggelaufen?! Irgendwas musste doch passiert sein!

Er erhob sich von seinem Stuhl, schnappte sich im Vorbeigehen ein belegtes Brot vom Buffet und folgte Tara, Leyhana und seiner Tante nach oben, in Jonas Zimmer.

ജ✶ര

„Hör auf zu schreien. Es bringt dir eh nichts mehr."

Mein Blick zuckte vom Lauf der auf mich gerichteten Waffe zu Alodias schönem und doch unglaublich düsterem Gesicht. Wieder und wieder verfluchte ich mich selbst. Ich war so leichtgläubig gewesen. Wie hatte Kayleen mir damals gesagt? *Du vertraust schnell, vielleicht zu schnell. Das kann dir noch große Probleme machen.*

Und so war es gewesen. Ich war auf alle billigen Tricks reingefallen.

Der Brief. Seit wann sprach mein Vater mich mit Jona an?!

Der Weg. Mein abergläubischer Vater würde mich auf keinen Fall quer über einen Friedhof schicken.

Die Drossel. Wie hatte ich so blind sein können? Alodia konnte sich in eine Drossel verwandeln, das hatte ich doch gewusst! Und hätte ich es nur fünf Sekunden früher kapiert, hätte ich noch eine Chance gehabt, Abstand zwischen mich und sie zu bringen und zu rennen. Aber jetzt war es zu spät. Die Waffe war weiterhin auf mich gerichtet.

Aber ich konnte ja – langsam hob ich die Hand, doch eine Millisekunde, bevor der Blitz einschlug, trat Alodia einen Schritt zur Seite und er traf nur den Boden. Kies spritzte auf den Boden und in mein Gesicht und ich riss schützend die Arme hoch. Dann war es ruhig.

Ich senkte die Arme. Alodia stand weiterhin dort und sah mich ernst und abschätzig an. „Tut mir leid, aber ich habe jetzt keine Zeit für unsere Spielchen. Ich werde mich nach dem Finale mit dir befassen." Sie griff in ihre Manteltasche und warf etwas vor mir auf den Boden. Rauch wirbelte auf und ich sah durch die Schwaden, wie Alodia sich ein Tuch vor Mund und Nase hielt. Bevor ich es ihr gleichtun konnte, verschwamm meine Sicht und es wurde schwarz um mich herum.

ৡ০ ✴ ৫৪

„Sie geht nicht ran! Fuck!" Tara feuerte verzweifelt ihr Handy auf Jonas Bett.

„Ihre Rebellenklamotten fehlen", stellte Miro ebenso beunruhigt fest.

„Was ist das für ein Zettel?" Leyhana deutete auf ein Stück Papier, das auf dem Bett neben Taras Smartphone lag.

„Guck nach", forderte Miro sofort.

Auch seine Tante, die bis dahin besorgt aus den Fenster auf dem Hof geschaut hatte, lehnte jetzt ihren Rücken gegen das Fensterbrett und sah zu Leyhana, die jetzt den Zettel auffaltete und las: *„Deine Mutter ist verschwunden! Komm schnellstmöglich ins Sutoia-Hotel!"*

„Dann ist es klar, warum sie abgehauen ist." Miro zögerte. Etwas war seltsam, und er brauchte nur eine Sekunde, um zu erkennen, was es war. „Warum... warum spricht ihr Vater, oder wer auch immer den Zettel geschrieben hat, sie mit Jona an?!"

„Gute Frage." Tara schluckte und sah in die Runde. „Leute, ich werde das Gefühl nicht los, dass hier was nicht stimmt. Ich werde jetzt Paulie anrufen. Er soll aus seinem Hotel herkommen und den Zettel überprüfen."

„Gute Idee!" Miro nickte und fühlte sich sofort besser. Auf den *Professor* und seine Magie war Verlass.

୫୦✶ଓଽ

Wo bin ich?

Oh, diese Kopfschmerzen und diese unerträgliche Müdigkeit! Und dieser steinharte Boden! Und was ist dieser komische Geruch?! Wo bin ich, und wie zur Hölle bin ich hergekommen?!

Jede Bewegung tut weh. Vielleicht sollte ich noch ein bisschen schlafen. Ja, und vielleicht kommt dann auch meine Erinnerung wieder.

ᔕ✶ᘓ

„Dieser Zettel." Paulie schloss die Augen und seine Finger tasteten über das Papier. Miro konnte seine Anspannung förmlich fühlen.

„Der Zettel wurde definitiv nicht von Jonas Vater geschrieben. Es war kein Mann. Eine Frau, eine *junge* Frau."

„Jonas Schwester?", fragte Miro nervös und ging in Gedanken sämtliche ihm bekannten Frauen auf dem Schloss durch. „Oder eine Angestellte?"

„Nein. Keine Familie." Paulie schwieg für eine unendlich lange Zeit, aber Miro traute sich nicht, ihn zu drängen.

„Definitiv keine Familie", fuhr Paulie dann fort. „Eine Rebellin. Sechzehn Jahre alt. Nein, nicht nur eine Rebellin. Es- es war eine *Extreme!*" Er riss die Augen auf und zerknüllte vor Aufregung den Zettel in seiner Faust. „Es war Alodia Combs!"

„Verdammt!" Miro fiel erschöpft auf Jonas Bett und vergrub den Kopf in den Händen. Nur schwer konnte er die Tränen zurückhalten und seine Stimme klang erstickt. „Eine Falle, und sie ist voll darauf reingefallen!"

„Und sie ist allein!" Tara lief nervös auf und ab und kaute auf ihren Fingernägeln herum. „Sie wollte uns wohl nicht in Schwierigkeiten bringen!"

„Verdammt!" Lucille begann ebenfalls, auf und ab zu laufen. „Wir müssen sofort... wir, ich, wir... Verdammt! Es gibt keine Lösung!" Sie stützte die Ellenbogen auf die Fensterbank und lehnte die Stirn gegen das kalte Fenster. „Kann jemand von euch Jonas Handy orten?"

„Sie hat sämtliche geeigneten Apps schon kurz nach dem Schulbeginn gelöscht – damals, als die royale Armee sie gesucht hat." In diesem Moment schien diese Situation so weit entfernt – er und Jona unter Sophys Schreibtisch, komplett ahnungslos, was sie noch erwarten würde.

„Wir sollten zu dem Hotel gehen", schlug Lucille vor und seufzte tief. „Vielleicht hat sie dort jemand gesehen – falls sie bis dorthin gekommen ist und nicht vorher gekidnappt wurde."

„Besser als Nichtstun." Miro schloss für eine Sekunde die Augen, dann stand er auf und streckte sich. „Lasst uns gehen."

Schweigend machten sie sich auf den Weg nach draußen, durch die Straßen. Ein Wolf, ein Marder, ein Schneeleopard und zwei Wildkatzen. Es war ihnen egal, dass sie gesehen werden konnten.

Dann verwandelten sie sich zurück und betraten das Hotel.

„Guten Abend. Haben Sie dieses Mädchen gesehen?" Lucille trat an die Rezeption und hielt dem Portier ein Handyfoto unter die Nase.

„Ich darf nichts verraten." Der Portier verschränkte die Arme und lehnte sich auf seinem Bürostuhl zurück.

„Es geht um einen Kriminalfall, Sir." Lucille steckte das Foto weg.

„Ich möchte nicht, dass dieses Hotel in Kriminalfälle verwickelt wird. Das ist negative Publicity."

„Sie werden eine Menge negative Publicity bekommen, wenn Sie uns nicht helfen!" Tara trat neben Lucille. „War Jona hier oder nicht?"

„War sie. Und, zufrieden?" Unter den Achseln des makellosen Portiersanzugs breiteten sich dunkle Schweißflecken aus, als auch die anderen Kinder dazu traten – alle in nachtschwarzer Rebellenkleidung.

„Wo ist sie hin?", fragte Tara weiter.

„Keine Ahnung." Der Portier tupfte sich mit dem Einstecktuch über die Stirn.

„Ist das Königspaar da?"

„Darf ich nicht sagen." Langsam schien er wieder sicherer zu werden.

„Dann ersticken Sie doch an Ihrem Stolz. Sie sollten nur wissen, dass Sie mitschuldig sein könnten, wenn ein Mädchen stirbt." Lucille schüttelte den Kopf und verließ energisch das Hotel.

Miro und die anderen folgten ihr unsicher.

„Was machen wir jetzt?", fragte er.

„Wir überprüfen, ob Jonas Eltern da sind oder ob sie ebenfalls entführt wurden, um die Falle perfekt zu machen." Lucille dachte kurz nach. „Rufus kann an Wänden hochklettern, das ist seine magische Kraft. Er soll nachsehen, ob sie da sind oder ob es vielleicht Kampfspuren gibt."

Sie zückte ihr Smartphone.

෫ ✦ ౧

Wo bin ich hier?

Ich spürte mein linkes Bein nicht mehr – und als ich es bewegte, kribbelte es wie verrückt. Kein Wunder – so verdreht, wie ich hier auf dem Boden lag! Und wo zur Hölle war ich eigentlich?!

Ein leichter Geruch nach Plastik lag in der Luft und helle Neonröhren warfen ihr flimmerndes Licht auf mich. Überall an der Decke waren Metallverstrebungen und als ich mich aufsetzte, sah ich all die Kisten an den Wänden. Eine alte Fabrikhalle also.

Die *Extremen* schienen Spaß daran zu haben, mich in alte Fabriken zu sperren – mit dem Unterschied, dass diese im Gegensatz zu der letzten Halle nur winzige Fenster auf Deckenhöhe hatte und es keinen Ausweg gab, weder als Mensch noch als Wolf. Zumindest ging ich davon aus, dass die Haupttür abgeschlossen war, ... oder? Ich taumelte zum Eingang. Noch immer lag ein leichter Schleier über meinen Gedanken und mein Bein tat weiterhin weh. Und wie erwartet war die Tür abgeschlossen.

Ich zog mein Handy aus der Hosentasche. Kein Empfang, und es war schon Mitternacht. Verdammt.

ℬ✶ℛ

„Im Buchungsheft habe ich gesehen, dass Jonas Eltern Zimmer 215 haben." Lucille legte dem gerade angekommenen Rufus eine Hand auf die Schulter und deutete mit der anderen zu einem Fenster im zweiten Stock. „Es müsste das dort sein. Das große Licht ist aus, aber von hier aus können wir nicht erkennen, ob sie zum Beispiel einen Fernseher anhaben." Sie zögerte. „Bitte pass auf dich auf und meide Fenster mit Licht, ja?"

„Schon klar." Rufus nickte und Miro beobachtete erstaunt, wie der Junge die Hände an die Hotelwand legte, dann die Fußsohlen aufsetzte und dann geradewegs an der Wand hoch krabbelte. Seine Hände und Füße scheinen eine Art magische Magnete zu sein.

Nach wenigen Sekunden hatte Rufus das besagte Fenster erreicht. Er spähte nach drinnen, nickte vielsagend und machte sich auf den Rückweg. Auf halber Strecke schien er es sich aber anders zu überlegen. Er löste seine Füße von der Wand und hing für einen Moment nur an den Händen.

„Nicht springen!", schrie Lucille, aber da hatte er schon losgelassen und landete unsanft auf dem Rasen.

Fluchend versuchte er, aufzustehen, und blieb dann aber einfach sitzen. Durch zusammengebissene Zähne murmelte er etwas, das mit viel Fantasie klang wie: „Sie sitzen auf dem Sofa und gucken eine Seifenoper."

„Gut gemacht, Idiot. Was ist mit deinem Bein?" Lucille schüttelte missbilligend den Kopf.

Rufus hob den Kopf und grinste schwach. „Haben Sie mich gerade einen Idioten genannt?"

„Zu Recht, oder?" Lucille kniete sich neben ihn. „Ich ruf dir einen Krankenwagen."

„Ja, zu Recht." Rufus seufzte. „Und ein Krankenwagen wäre gut. Es tut scheiße weh. Das war so dumm von mir... Ich gefährde die gesamte Sache hier, oder?"

„Alles gut." Lucille zückte ihr Handy. „Bis Leonhard hier ist, dauert es eh noch ewig. Der Krankenwagen wird schneller sein."

„Leonhard? Leonhard Fuhrmann?", mischte Tara sich ein. „Wieso?"

„Weil er sehen kann, was vor einem bestimmten Zeitpunkt an seinem aktuellen Standort passiert ist." Lucille tippte eine Nummer in ihr Handy. „Er nutzt die Magie allerdings nicht gerne, weil er dadurch unglaublich viel Privates mitbekommt. Gespräche über verlorene Liebe, über Geheimnisse, persönliche und vertrauliche Probleme, Geldgeschäfte... Aber es ist unsere letzte Hoffnung." Sie trat zur Seite, um den Anruf in Ruhe führen zu können.

Miro seufzte tief. *Noch jemand mit einer Zeitenmagie, der sie nicht gerne nutzt.*

ଛ ✶ ଓ

Ich saß in der Fabrikhalle und versuchte verzweifelt, mich an die vergangenen Stunden zu erinnern.

Das Training... zurück zu den Zimmern... der Brief... Der Brief! Genau! Der verfluchte Brief! Dann war ich abgehauen, zu diesem Hotel. Der unfreundliche Portier. Der nächste Brief, der Friedhof, der Nebel und die Dunkelheit, die Drossel, Alodia, das Betäubungsmittel, Ende.

Kapitel 30 ✶ „Iver"

„Verdammt, Lucille! Warum haust du einfach ab, ohne mir Bescheid zu sagen?!" Der Rotmilan auf der Mauer verwandelte sich in Sophy Tomić.

„Ich habe doch Leonhard angerufen", entgegnete Lucille.

„Und Paulie, und danach Rufus." Sophy lehnte sich gegen die Mauer und verschränkte die Arme.

„Ich dachte, einer von denen hätte dir Bescheid gesagt." Lucille massierte sich gestresst die Schläfen. „Wo bleibt Leonhard denn?!"

„Müsste jeden Moment ankommen." Sophys Stimme klang scharf und Lucille zuckte zusammen. Bevor sie etwas erwidern konnte, hüpfte ein Eichhörnchen auf die Mauer neben Sophy und verwandelte sich in Mr. Fuhrmann.

„Siehst du, da ist er schon." Lucilles Schwester seufzte. „Ich wünschte, du hättest mich früher angerufen. Ich hätte einfach hochfliegen können und das dort wäre nicht passiert." Sie deutete zum Krankenwagen, der Rufus gerade einlud.

„Du hast doch keine Ahnung, was hier alles passiert ist in den letzten Minuten!", fauchte Lucille genervt. „Wärst du so gestresst gewesen wie ich, hättest du auch nicht an die offensichtlichsten Dinge zuerst gedacht!" Ohne einen weiteren Blick zu ihrer

259

Schwester drehte sie sich um und lief zum Krankenwagen.

Sophy seufzte nur und Miro schluckte. Ein Streit zwischen den beiden?! Das war nicht gut.

ℰ✴℧

Ich zerrte ein paar leere Holzkisten an die Wand und stapelte sie wie Treppenstufen übereinander. Ich erwartete zwar nicht, aus dem winzigen Fenster klettern zu können, aber ich hoffte, zumindest etwas mehr über meinen Standort herauszufinden.

Langsam und vorsichtig kletterte ich Kiste für Kiste, Stufe für Stufe nach oben und klammerte mich dann am Fensterbrett fest. Durch das schmutzige Fenster konnte ich kaum etwas erkennen, und außerdem war es draußen stockfinster. Was hatte ich sonst erwartet, um Mitternacht?

Irgendetwas, woran ich festmachen könnte, wo ich bin. Zumindest ein Land!

Alodia mit ihrer Teleportierkraft konnte mich überall hin verschleppt haben!

Kurz entschlossen legte ich den Fenstergriff um und zog probehalber daran. Das Fenster klemmte. Kein Wunder, die Fabrik musste schon Jahre stillgelegt sein!

Ich lehnte mich mit meinem ganzen Gewicht nach hinten. Der Kistenstapel unter mir schwankte, und dann gab der Griff nach und ich fiel.

ℰ✴℧

Der Krankenwagen fuhr vom Hof. Im Hotel schien keiner etwas mitbekommen zu haben. Umso besser.

„Den Sanitätern habe ich gesagt, Rufus habe für LaserJump trainieren wollten und wäre dabei von einer Mauer abgerutscht." Lucille trat wieder zu den anderen. „Wahrscheinlich hat er sich den Fuß gebrochen."

„Apropos LaserJump", warf Leyhana ein. „Wir werden wohl einen Ersatz für ihn brauchen!"

Miro nickte nervös. „Aber können wir uns jetzt vielleicht erstmal um Jona kümmern?!" Der Krankenwageneinsatz hatte Minuten gekostet – Minuten, in denen Jona tausende Sachen zugestoßen sein konnten! Klar war es wichtig, dass es Rufus gut ging, aber Jona war nun mal auch wichtig! Und sie war in tausendmal größerer Gefahr!

„Was genau soll ich eigentlich jetzt hier?", fragte Leonhard Fuhrmann.

Lucille griff sanft nach seinen Händen und murmelte ihn etwas zu. Miro verstand nicht, was sie ihm erklärte, weil sie so leise sprach, aber es schien zu funktionieren, denn Mr Fuhrmann nickte ergeben und fügte hinzu: „Ausnahmsweise, für Jona. Aber lasst euch das bloß nicht zur Gewohnheit werden, ja?"

Lucille nickte. „Achtzehn Uhr."

Er schloss die Augen.

ଌ✶ଔ

Meine Rippen brannten, aber es war nichts gebrochen oder verstaucht, soweit ich das einschätzen konnte. Höchstens geprellt.

Erschöpft sah ich auf den halb zusammengefallenen Kistenturm, dann auf den abgebrochenen Griff in meiner Hand und dann zum offenen Fenster.

Rauskommen konnte ich auf keinen Fall, weder als Mensch noch als Wolf. Aber vielleicht hatte ich ja draußen Empfang? Ich musste das Risiko eingehen.

Hastig tippte ich eine Nachricht an Miro, schickte sie ab und hoffte, dass draußen keine Pflastersteine waren, während ich auf die Reste des Turms kletterte und mein Handy aus dem Fenster fallen ließ.

Es war kein Geräusch zu hören, kein Krachen, kein Klirren. Das war schon mal ein gutes Zeichen – hoffte ich zumindest. In diesem Moment grollte ein langer Donner durch die Nacht und ein Blitz erhellte das Fenster.

ଐ✴ଓ

„Also gut." Leonhard Fuhrmann öffnete die Augen wieder. „Jona war hier. Sie ist in das Hotel gegangen, und zwei Minuten später wieder nach draußen gekommen. Auf der Bank da hat sie sich einen Zettel angeguckt und ist dann weitergelaufen."

„Was stand auf dem Zettel?", fragte Miro aufgeregt. *Das ist sie, die gesuchte Spur!*

„Tut mir leid, das konnte ich von hier aus nicht erkennen." Der Lehrer zögerte. „Aber sie ist in Richtung des Friedhofs dort gegangen."

„Zum *Friedhof*?!" Tara runzelte die Stirn.

„Scheint so." Mr Fuhrmann seufzte. „Lasst uns gehen. Und nebenbei schon mal überlegen, wer als Ersatzspieler für Rufus in Frage kommt."

„Na ja, wofür haben wir denn Ersatzspieler bestimmt?", fragte Sophy.

„Oh nein, das kommt nicht in Frage." Tara schüttelte entschieden den Kopf. „Verstehen Sie mich nicht falsch, aber das war nur Formsache. Wir haben doch nie erwartet, dass wir sie ernsthaft brauchen würden! Alison und Grace haben von Anfang an gesagt, dass sie mit dem Druck nicht klarkommen, und Jacob ist einfach zu schlecht. Sorry, aber er verrät sich immer, kommt nicht auf die Hindernisse rauf, und zielen kann er auch nicht."

Miro nickte zustimmend.

„Wer dann?" Sophy schob das quietschende Friedhofstor auf.

„Auf dem Feld sind Miro, Jona, Tara, Cliff und ich", überlegte Leyhana. „Das heißt, es fehlt einer. Oder zwei, wenn wir Jona nicht finden."

Miro schüttelte entsetzt den Kopf und ein ungutes Gefühl machte sich in seiner Magengegend breit. „Das darf nicht passieren!"

„Es kann aber passieren." Leyhana legte ihm die Hand auf die Schulter. „Du musst dich darauf einstellen. Wir werden alles tun, was in unserer Macht steht, aber das ist nicht besonders viel. Und die *Extremen* geben anscheinend alles, um das Finale zu sabotieren."

Es war still geworden auf dem Friedhof. Wie bei einem düsteren Ritual standen sie alle im Kreis.

„Leonhard?", sagte Sophy auffordernd.

„Ja." Er schloss die Augen.

Die Minuten vergingen und er wurde blasser und blasser. Schließlich schlug er die Augen wieder auf und sagte: „Wir haben ein Problem."

ഇ ✴ ൞

Nervös lief ich auf und ab.

Wenn meine Nachricht nicht ankommt, werde ich das Match verpassen. Und danach wird Alodia kommen und mit mir abrechnen.

Hoffentlich lag mein Handy einigermaßen im Trockenen. Draußen schüttete es wie aus Eimern.

Warum konnte ich Alodias Anwesenheit auf dem Friedhof nicht spüren?

Grübelnd lief ich weiter und rüttelte zum fünfzigsten Mal an der Türklinke, aber die Stahltür ging nicht auf.

Weil sie ein Vogel war. Ich kann offensichtlich keine Tierseelen hören.

Verdammt. Ich legte keinen großen Wert darauf, Alodia hier nochmal zu begegnet. Sie hatte gesagt, vor dem Match habe sie keine Zeit für mich. Also würde sie nach dem Finale zurückkommen.

Aber ohne Handy hatte ich keine Uhr und damit keine Ahnung, wann das Match anfangen würde. Ich hatte ja nicht mal eine Ahnung, wie spät es jetzt gerade war.

৪০ ✴ ৪

„Einfach weg?!" Miro starrte Mr Fuhrmann erschrocken an. „Sie haben sich *einfach in Luft aufgelöst*?!"

Er nickte. „Ja. Jetzt kann auch ich nichts mehr tun."

„Verdammt." Miro ließ sich in den Kies sinken.

Klack.

„Was war das?", fragte Tara und setzte sich neben ihn.

„Mein Handy. Es ist aus meiner Tasche gefallen." Mehr aus Gewohnheit schaltete er es an — und erstarrte. „Guckt mal..."

„Was?", fragte Tara.

Miro drehte das Display zu ihr und sie las die Nachricht von Jona laut vor. „*Macht euch keine Sorgen. Ich bin in Sicherheit, mehr oder weniger. Alodia hat mich in einer Fabrik eingesperrt, aber ich bin alleine. Gewinnt nur bitte das Finale. Ich komme schon klar. Ich liebe dich, Miro. Bis bald. J.*"

Miro holte tief Luft und wischte sich eine Träne aus dem Augenwinkel. „Paulie? Wenn Jona Empfang hat, könntest du sie dann nicht…?"

Der *Professor* nickte schon, bevor Miro seine Frage ausgesprochen hatte. „Gebt mir fünfzehn Minuten, vielleicht eine halbe Stunde, dann habe ich Jonas Handy geortet."

„Gute Idee." Lucille lächelte erleichtert. „Und alle anderen gehen jetzt schlafen. So gut es geht. Jona hat gesagt, wir sollen das Match gewinnen. Und dazu müssen wir alle ausgeschlafen sein. Ich kümmere mich in der Zwischenzeit um Ersatzspieler."

೨ ✶ ೦

Als alle anderen weg waren und nur noch Miro und Tara bei Paulie, Sophy und Lucille in der Hotellobby saßen, war es still. Man hörte nur das Klappern von Paulies Laptoptasten.

„Wollt ihr nicht doch schlafen gehen?", fragte Sophy zum tausendsten Mal.

„Wie könnten wir jetzt schlafen?", entgegnete Tara ebenso zum tausendsten Mal.

„Ich hab's!" Miro sprang auf. „Die Ersatzspieler!"

„Lass hören." Lucille sah von ihrem Notizblock auf, auf dem sie dutzende Namen aufgeschrieben und wieder durchgestrichen hatte.

„Kayleen und Ted. Die beiden Leiter der Rebellentruppe in Amerika. Kayleen hat letztens noch erzählt, dass sie gerne teilnehmen wollte!"

„Wie alt sind die beiden?", fragte Lucille.

„Neunzehn und einundzwanzig – oh, verdammt!" Miro sank wieder in den Sessel. „Ted ist zu alt, oder?"

Lucille nickte langsam. „Aber versuch mal, Kayleen zu erreichen."

Miro nickte und suchte die Nummer heraus. „Kayleen?"

„Hey, Miro. Tausend dramatische Drumsolos, was ist passiert?! Es ist mitten in der Nacht!"

„Seid ihr schon in Mistyville?", fragte Miro.

„Natürlich! Das Finale ist morgen, da müssen wir doch pünktlich anreisen. Leider haben wir es nicht zu euren anderen Spielen geschafft – zu viel Stress mit den Goldgräbern. Aber jetzt sag mal, was ist los?"

In wenigen Worten unterrichtete Miro sie von der Situation und musste dabei mehrmals die Tränen zurückhalten, die in seine Augen stiegen.

„Natürlich bin ich dabei!" Kayleen klang besorgt und stolz zugleich. „Treffen wir uns morgen um neun bei euch im Hotel?"

„Einverstanden." Miro zögerte. „Und... danke."

Er legte auf. „Sie ist dabei. Jetzt bleibt uns nur noch zu hoffen, dass Paulie Jona findet und-"

„Was ist ihr Handymodell?", unterbrach Paulie ihn in diesem Moment hastig.

Miro überlegte kurz und nannte den Namen.

„Wisst ihr was?", sagte Sophy plötzlich. „Wenn wir es nicht schaffen, Jona rechtzeitig zu retten, sollten wir sie auch nicht ersetzen. Es klingt vielleicht komisch, aber wir setzen damit ein Zeichen. Ich meine, jeder wird uns fragen, warum wir in der Unterzahl sind, und wir sagen einfach: Unsere beste Spielerin ist nicht ersetzbar. Und dann haben wir alle Aufmerksamkeit auf unserer Seite und können über unsere eigentlichen Ziele reden."

„Das ist zwar verrückt, aber logisch." Miro nickte langsam. „Und es bleibt immer noch die Hoffnung, dass-"

„Ich hab sie!", jubelte Paulie.

„... Paulie sie findet." Miro lächelte erleichtert. „Ich wusste, du würdest es schaffen!"

Paulie drehte den Laptop so, dass alle auf das Display gucken konnten. „Jona ist in einem alten Industriegebiet, gar nicht so weit vom Internat weg. Ungefähr zweihundert Kilometer von hier aus, allerdings."

„Du erklärst uns Pädagogen und Vorbildern lieber nicht, in welche FBI-Netzwerke du dich gehackt hast." Sophy grinste erleichtert.

„Ach, einfach gesagt läuft das übers Mobilfunknetz."
Paulie grinste ebenfalls. „Und dann habe ich alle
Handys mit Jonas Modell nach den Koordinaten
sortiert anzeigen lassen und die Mailadressen
ausgelesen, mit denen die SIM-Karten registriert
sind."

„Perfekt." Sophy zückte ihr Handy. „Dann werden
wir doch mal ein paar Leute am Internat wecken."

ഹ ✳ ഇ

Ich zerrte zum inzwischen bestimmt hundertsten Mal
verzweifelt an der Stahltür, als diese... plötzlich
aufging! Ich taumelte nach hinten.

„*Millionen magischer Metalbands*, was ist hier los?!"
Verwirrt fluchend rappelte ich mich auf. Es war niemand
zu sehen. Langsam trat ich nach draußen unter das
schmale, den Regen abschirmende Vordach, das sich um
die ganze Halle zog. Wer zur Hölle hatte die Tür
aufgeschlossen?!

„Hier, dein Handy."

Ich zuckte zusammen und wirbelte herum. „Wer...?"

Es war ein junges Mädchen, höchstens achtzehn, das
mir schüchtern mein Handy hinhielt. „Es lag in der
Wiese. Ich hab es aufgehoben. Weil es doch regnet."

Ich nahm es ihr aus der Hand. „Danke. Ich... ich kenne
dich irgendwoher."

„Ja." Sie lächelte leicht und eine mir sehr bekannte
Melodie erklang.

„Du... du bist das Mädchen aus dem Gefängnis im Hauptquartier der *Extremen*!" Ich stolperte zurück.

„Genau."

„Ich... Du hast gerade zum zweiten Mal mein Handy gerettet und mir geholfen!" Ich holte tief Luft. „Wer bist du und warum hilfst du mir?!"

„Ich bin Jennifer. Nenn mich Iver. Jenny ist zu sehr Standard." Sie lächelte wieder.

„Okay. Ich bin Jona."

„Ich weiß."

„Warum hilfst du mir?"

„In jeder guten Agentur gibt es irgendwo einen Verräter. Du solltest dich beeilen, zurück nach Mistyville zu kommen, bevor deine Freunde herkommen und ihre Zeit verschwenden."

„Warum sollten sie..."

„Welche guten Freunde würden nicht herkommen und dich befreien wollen, und dabei den Sieg der Meisterschaft aufs Spiel setzen?", entgegnete sie. „Paulie hat sicher schon ein Ortungsprogramm geschrieben und dein Handy gesucht, und Miro kann vor Sorge um dich nicht schlafen und kann es kaum erwarten, dich zu finden. Genauso wie Tara. Aber du solltest sie lieber anrufen und ihnen sagen, sie sollen in Mistyville bleiben, ansonsten verlieren sie zu viel wertvolle Zeit und verpassen womöglich den Beginn des Finales. Ich kann dich zum Internat bringen, das ist nicht weit von hier, und dann kannst du mit einem Drachen zurück nach Mistyville fliegen."

„Warum weißt du so viel über uns?!"

„Alle *Extremen* wissen so viel über euch, und noch viel mehr. Also, bist du dabei oder nicht?"

Ihre Melodie war weiterhin vertrauensvoll und so stimmte ich zu. Sie zerrte ein Motorrad aus dem Gebüsch. „Dann komm."

଼✶ଷ

„Sowohl Amalia Nicolson als auch Chelsea Combs sind schon hier in Mistyville!", fluchte Sophy. „Und von den anderen geht keiner ran! Wer soll Jona jetzt retten?!"

„Lass gut sein, Mum", unterbrach Miro hektisch. „Jona ruft mich gerade an!" Er nahm den Anruf an. „Ja?"

„Hier ist Jona." Etwas rauschte. Entweder war die Verbindung schlecht, oder es war Wind...? „Ich habe Hilfe bekommen und bin jetzt auf dem Weg zum Internat. Dann komme ich mit einem Drachen zu euch. Das kann aber noch eine Zeit dauern, vielleicht bis morgen Mittag. Tretet nur zum Finale an, egal, was passiert, ja?"

„Okay. Und pass auf dich auf."

„Na klaro. Hör zu, ich muss jetzt auflegen. Hab dich lieb."

„Ich dich auch." Miro legte auf und drehte sich wieder zu den anderen. „Sie ist in Sicherheit, und jetzt auf dem Weg zu uns. Das kann aber noch dauern, vielleicht bis morgen Mittag."

„Dann solltet ihr jetzt schlafen gehen." Lucille sah auf die Uhr. „Es ist schon fast fünf. Um zehn fängt das Match an."

Miro nickte widerstrebend und stand auf. „Paulie, du kannst bei mir, Rufus und Cliff im Zimmer schlafen. Ein Bett ist noch frei."

„Zwei. Rufus ist im Krankenhaus, schon vergessen?" Tara seufzte und plötzlich prasselten die Gefühle und Erinnerungen mit voller Wucht auf Miro ein. Er wollte jetzt nichts mehr als schlafen.

೧❋ಎ

„Vielen Dank nochmal, Iver." Ich lächelte der jungen Frau zu.

Sie fuhr sich schüchtern durch die dunkelbraunen, kurzen Haare und nickte. „Es war mir eine Ehre, Rebellenprinzessin Jona." Sie zögerte. „Ich- ich hoffe, der Name ist okay."

„Alles gut." Ich schob das Tor zum Drachenhaus auf. *Rebellenprinzessin, verdammt noch mal, das klingt perfekt! Ich kann beides sein, Rebellin und Prinzessin! Und ihr müsst das akzeptieren, ihr Extremen!*

„Bekommst du eigentlich keine Probleme, weil du mir geholfen hast?", fragte ich besorgt.

„Quatsch, das kommt schon nicht raus. Und wenn doch…" Sie holte tief Luft und zwang sich zu einem Lächeln. „Und wenn doch, dann war es das alles wert. Viel Glück, Jona."

„Danke für alles. Man sieht sich." Ich winkte ihr kurz zu, dann schnappte ich mir Svanas Zaumzeug und versuchte, es dem Drachenweibchen anzulegen. Ich hatte immer noch viel zu wenig Ahnung von Drachen, also wählte ich sie, mit der ich mich ja schon in Island relativ gut verstanden hatte.

Iver sah mir für einen Moment zu, dann hob sie zum Abschied die Hand, setzte ihren Helm auf und fuhr davon.

Svana hielt still, bis auch der letzte Riemen des Zaumzeugs an der richtigen Stelle saß. Erleichtert führte ich sie nach draußen, kletterte auf ihren Rücken und erklärte ihr das Ziel. Sie nahm kurz Anlauf und erhob sich dann in die Luft.

Kaum hatte ich mich auf ihrem Rücken ausgestreckt, war ich auch schon eingeschlafen.

ဆ ✷ Ꮳ

Ich wurde erst wieder wach, als sie sich selbstständig nach der vorgeschriebenen Pause wieder in die Luft erhob. Wir würden sicher noch über eine Stunde unterwegs sein – also wohl zu spät für das Match ankommen, aber die anderen würden das schon irgendwie schaffen.

Hoffte ich zumindest.

273

Kapitel 31 ✶ „Nein."

Es fühlt sich falsch an, hier ohne Jona zu stehen.

Miro dehnte seine Arme und Bein und wärmte sich auf, aber in Gedanken war er nur bei Jona.

Es war seltsam, von all den *Extremen* angestarrt zu werden, hier im Flur vor den Umkleiden. Aber am schlimmsten war Alodias mordlustiger Blick vom Ende der Reihe der *Extremen*.

Miro wusste, keiner der *Extremen* würde unbewaffnet sein, aber er selbst war es ja auch nicht. Er dachte an das lange Messer in seinem Schuh. Nur, würde das helfen? Wer wusste schon, welche Waffen die *Extremen* besaßen?

Für den Notfall gab es ja noch die Kameras und Sensoren, die die Livebilder auf die Decke übertrugen – da würde ja wohl irgendjemand eingreifen, wenn die *Extremen* die *Wolves* attackierten, oder?

„Es ist mir eine Ehre, die Finalgegner der LaserJump-Jugendmeisterschaften vorzustellen!", verkündete Jonas Vater auf English. „Team A, die *Willow Wolves*..."

Die *Wolves* verließen den Flur und liefen in die Arena, empfangen vom Jubel der Zuschauer.

Anscheinend war die Arena für das Finale nochmal umgestaltet worden, da die Plattformen der Teams an anderen Stellen waren als in den vorherigen Spielen.

„… und Team B, die *Extreme Eagles*!"

Alodia und ihr Team schritten zur Plattform. Sie waren alle komplett in Rot gekleidet.

„Die *Willow Wolves*", fuhr Jonas Vater fort, „sind heute freiwillig in der Unterzahl. Sie wollen damit ein Zeichen setzen, dass ihre beste Spielerin unersetzbar ist." Er klang ein bisschen stolz auf seine Tochter.

„Wie nett von euch. Aber man braucht mich nicht zu ersetzen, hier bin ich!"

Diese Stimme! Jona?! Miro riss den Kopf hoch. Da, am Ausgang des Flurs, da stand sie! In der Kampfkleidung und Brustpanzer der *Willow Wolves*. Sie lächelte in die Runde und winkte Alodia übertrieben freundlich zu, dann drückte sie einem Backstage-Typen das Mikrofon in die Hand, in das sie eben gesprochen hatte, und schritt zu ihrem Team.

„Also,… offensichtlich sind sie doch vollständig", korrigierte der König.

Miro schloss Jona kurz in die Arme, spürte ihre Körperwärme auf seiner Haut. Er hatte sie so vermisst in der kurzen Zeit!

Dann gab der König das Zeichen. „Lasset die Spiele beginnen!"

☙ ✴ ❧

Ich hatte es also wirklich geschafft, pünktlich zu sein! Und Alodias perplexer Blick, als ich auf einmal aufgetaucht war, war all das wert gewesen!

Während die Wände hochfuhren, erklärten Miro, Tara und Kayleen mir hastig, warum Kayleen auf dem Feld stand und was mit Rufus passiert war. Da sie alle durcheinanderredeten, verstand ich nur die Hälfte, konnte mir aber das meiste zusammenreimen.

Dann blinkte der Countdown über unseren Köpfen auf.

„Okay, es wird ernst. Und vergesst nicht: Lieber bleiben wir alle am Leben und verlieren das Spiel, als es zu gewinnen und Verletzte oder Tote zu haben!" Ich nickte in die Runde.

Wir umarmten uns kurz und verteilten uns dann in der Arena.

Der Bass der dramatischen Musik wummerte in meiner Magengrube und die Laser an den Wänden flackerten auf und blendeten meine Augen. Entweder waren durch die Gefahrensituation meine Sinne geschärft, oder die Veranstalter hatten alles nochmal krasser gemacht.

Außerdem hatten sie die Arena umgebaut, sodass ich komplett orientierungslos war. Dazu kam noch, dass ich verdammt müde und erschöpft war, aber ich durfte auf keinen Fall schlappmachen. Alodia würde die Chance sofort nutzen. Ich schauderte bei dem Gedanken und zog mich hastig auf einen hohen Pfeiler.

Während ich versuchte, die Bässe auszublenden, lauschte ich auf die Seelen der Gegner, damit ich nicht wieder wie im ersten Match überrumpelt wurde.

Momentan war niemand in meiner Nähe. Weder ein *Eagle* noch ein *Wolf*.

Dann sprang der Countdown auf null und das Spiel begann.

ಹೊ✶ಲ

Der Countdown an der Decke sprang von null auf 15:00 und lief dann im Sekundentakt abwärts. Eine Viertelstunde Spielzeit. Miro hockte in einem tunnelähnlichen Hindernis und betete, dass das Spiel schnell vorbeigehen würde. Je weniger Zeit die *Extremen* hatten, desto mehr würden sie für das tatsächliche Spiel verwenden und desto weniger würden sie versuchen, andere Leute umzubringen.

Miro machte sich Sorgen um Jona. Hoffentlich war sie nicht alleine, hoffentlich war einer der *Wolves* in ihrer Nähe, so wie Leyhana ein paar Hindernisse von Miro selbst entfernt in einer Ecke kauerte.

Von irgendwo erklangen Schritte und Miro umklammerte seine Laserwaffe. Es war nicht Alodia, sondern ein blonder Junge, aber Miro schoss vor Aufregung trotzdem dreimal daneben und der Junge wirbelte herum.

Hastig krabbelte Miro aus dem Tunnel, rappelte sich auf und begann zu rennen.

ಹೊ✶ಲ

Nachdem ein paar Sekunden lang niemand auch nur in meine Nähe gekommen war, entschied ich mich, vom Pfeiler zu springen und mich in der Arena umzusehen.

Dieses Finalspiel war einfach nur schrecklich. Es fühlte sich an, wie zur eigenen Beerdigung zu gehen. Niemand der Unbeteiligten wusste, dass die *Extremen* für den Sieg über Leichen gehen würden, und es hätte wohl auch nichts gebracht, wenn wir es jemandem gesagt hätten. Man hätte uns für paranoid erklärt, oder für bekloppt.

Ich war froh um die zwei Messer in meinem Stiefelschaft, aber Alodia würde wohl eine Pistole dabeihaben – was brachten mir da die Messer?

Ich ließ mich also vom Hindernis fallen und presste mich gegen die Wand. Weiterhin waren keine Melodien zu hören, und ich lief zum Durchgang in den nächsten Raum. Zwei Räume weiter hörte ich Kayleens Melodie – ich hatte sie zwar noch nie zuvor wahrgenommen, aber sie klang unglaublich vertraut – und drei fremde Seelen, demnach wohl *Extreme*.

Solange sich niemand verwandelt hatte, was unwahrscheinlich war, war der nächste Raum also leer.

Ich schlich weiter, immer dicht an Wände und Hindernisse gedrückt, und umklammerte die Laserwaffe mit schweißnassen Händen. Es ging um alles oder nichts. Sieger oder Verlierer, lebendig oder tot.

Am Übergang zu dem Raum mit Kayleen und den drei *Extremen* hielt ich inne und wischte meine schweißnassen Hände an der Hose trocken.

Ein in blaues Licht getauchter Schatten hockte, den Rücken zu mir gedreht, auf einer Art auf die Spitze gestelltem Würfel. Drei Frauen oder Mädchen mit roten

Lichtern an Waffen und Panzern schlichen sich aus drei Räumen an. Von der Person auf dem Würfel – Kayleen – sah man nur den Brustpanzer. Sie hatte sich wohl mithilfe ihrer Schattenmagie unsichtbar gemacht.

Langsam und so leise wie möglich hob ich meine eigene Waffe. Drei Schüsse, drei Treffer. Die *Extremen* wirbelten herum und Kayleen sprang vom Würfel, winkte mir kurz zu und verschwand in einem Nebenraum.

Für ein paar Sekunden sah ich die drei *Extremen* an, dann löste ich mich aus meiner Starre und begann zu rennen. Hinter mir fauchten ihre wieder freigeschalteten Waffen, und Laserstrahlen schossen links und rechts an mir vorbei.

You were hit, verkündete der Knopf in meinem Ohr und ich wirbelte herum. Die drei waren bereits verschwunden, und ich nahm sofort die Verfolgung auf.

Links, rechts, geradeaus, links. Rotes Licht. Ich riss die Waffe hoch und traf. Jetzt schnell sein, zurück! Ich blieb erschöpft hinter einem eckigen Hindernis stehen, das genauso gut auch in einem Museum für moderne Kunst hätte stehen können, und stützte die Hände auf die Knie. *Tief durchatmen. Noch bist du Alodia nicht begegnet. Spar dir deine Kräfte.*

Ein *Extremer* rannte geradewegs an mir vorbei und ich schoss ihn schnell ab und hastete weiter.

„Autsch!" Ich war hart mit jemandem zusammengestoßen, und trotz dem Brustpanzer – der diese Bezeichnung nicht verdient hatte, er bestand nur aus Stoff – hatte es wehgetan. Ich hob den Blick und begann eine Entschuldigung, dann schoss die Erkenntnis durch meine Gedanken und ich stoppte mitten im Satz.

Es war Alodia.

ဆ✶ဃ

Miro hatte schon den ein oder anderen *Extremen* abgeschossen und auch beobachtet, wie Leyhana sich mit Alodia duelliert hatte – aber nur mit Lasern. Hatten sie Alodia falsch eingeschätzt, oder hatte sie es nur nicht auf das gesamte Team abgesehen?

„Miro", wisperte eine Gestalt hinter ihm und zog ihn in den Schatten des hohen Turmhindernisses.

„Kayleen?", fragte Miro leise. „Hast du Jona schon gesehen? Geht es ihr gut?"

„Ja. Sie hat mich eben vor einer kleinen Gruppe Spieler gerettet. Keine Alodia in Sicht."

„Das ist gut." Miro lächelte erleichtert und erschöpft, aber dann fiel ihm ein, dass es nicht wirklich gut war. Es hieß nur, dass die beiden sich noch nicht getroffen hatten – aber das konnte ja noch passieren.

ဆ✶ဃ

Sophy Tomić beobachtete das Spiel von ihrem Tribünenplatz aus mit gemischten Gefühlen.

Sie war zwar froh, dass Jona nicht mehr in dieser Fabrik eingesperrt war, aber... war das hier besser?

280

Klar, das hier war ihre – Sophys – Chance, der ganzen Welt zu erklären, wer *Extreme* waren, was man gegen sie machen konnte und dass Rebellen vollkommen friedlich waren.

Dieser Sieg, wenn sie ihn denn erringen konnten, war eine Art persönliches Anliegen für Sophy, ein nachträglicher Beweis für ihre Unschuld in diesem verfluchten Prozess, der sie auch jetzt noch bis in ihre Albträume verfolgte. Jona war eine Rebellin, keine Prinzessin, demnach hatte sie nichts Unrechtes getan. Punkt.

Aber es war auch die größte Gefahr, die die *Willow Wolves* je auf sich genommen hatten – freiwillig.

Und sie selbst hatte ihr Wort, ihre Zustimmung gegeben. Jetzt saß sie da auf der Tribüne und verfluchte sich selbst.

In diesem Moment flackerte das projizierte Bild von einem der Räume, und erlosch dann ganz. Es war der Raum, in dem Jona eben noch gewesen war.

☙ ✶ ❧

„Lass mich in Ruhe." Ich hob meine Waffe mit zitternden Fingern und schoss Alodia ab.

Sie lachte nur. „Wie albern, dieses Spielchen!"

Ich griff so unauffällig wie möglich in meinen Stiefel und zog die zwei Messer aus dem Schaft, während sie plötzlich eine Pistole in den Händen hielt. Ganz offen. Nicht versteckt oder so. Hatte sie die Kameras ganz vergessen?

„Ich wäre soweit." Ihre Augen huschten von der Waffe zu mir, und wieder zurück. „Du auch?"

In diesem Moment wurde mir klar, dass sie noch nie zuvor jemanden getötet hatte, und dass sie sich in den Kopf gesetzt hatte, mich zu ihrem ersten Opfer zu machen.

Und überflüssigerweise wurde mir auch klar, dass ich natürlich nicht bereit war.

Meine schweißnassen Hände umklammerten die Messer. *Ich könnte sie werfen. Aber ich kann das nicht. Ich kann nicht auf sie zielen. Ich kann sie nicht töten. Kann man jemanden mit einem Messerwurf töten? Warum zur Hölle greift das Publikum nicht ein?!*

All das ging mir in wenigen Sekunden durch den Kopf, und jetzt entsicherte Alodia ihre Waffe. „Wie bist du überhaupt hergekommen?!"

„Durchs Fenster der Fabrik geklettert." Ich konnte ihr ja nicht die Wahrheit erzählen – ich konnte höchstens versuchen, mit einer schlechten Lügengeschichte Zeit zu schinden. *Warum tut keiner was? Die Kameras! Man müsste uns doch sehen!* „Das eine Fenster war auf, also habe ich mir aus den alten Kisten einen Turm gebaut und bin nach draußen geklettert. War ein bisschen eng, und ich bin auch auf der anderen Seite unsanft gelandet, aber es-"

„Erzähl keine Märchen!" Alodias Finger legte sich um den Abzug. „Es ist unmöglich, durch das Fenster zu klettern, selbst wenn man so eine Bohnenstange ist wie du! Ich habe extra ein dutzend *Extreme* deiner Statur durchklettern gelassen, und keiner hat es geschafft! Alle sind steckengeblieben!"

„Dann glaub mir halt nicht, aber es ist die Wahrheit." Ich zuckte lässig mit den Schultern und hoffte, sie würde weder meine zittrigen Finger noch die Messer darin sehen.

Verfluchtes Publikum, ihr seht uns doch! Tut etwas! So langsam wurde mir klar, dass es nicht stimmte. Sie sahen uns nicht. Alodia hatte die Kameras manipulieren lassen. Aber- das hieß auch, dass ich Magie benutzen konnte, ohne die Rebellen zu verraten!

Ein Blitz krachte.

Alodia starrte auf die Reste der Pistole, die am Boden lagen.

Dann hob sie den Kopf und funkelte mich an. „Also willst du Stress? Na gut!"

Sie löste sich in einer Aschewolke auf und ich spürte etwas Kaltes am Hals. *Ein Dolch! Sie steht hinter mir!*

Ich unterdrückte einen Schrei.

„Denk nicht, dass es so weniger schmerzhaft wird", knurrte sie mir ins Ohr und bewegte die Klinge leicht.

Ich überlegte nicht länger, umklammerte eins der Messer und stach verzweifelt zu. Alodia schrie auf und ich riss mich los und begann zu rennen. Jetzt hatte ich nur noch ein Messer, meine letzte Waffe, aber die würde ich doch nicht brauchen, oder? Hier in den Räumen mit funktionierenden Kameras würde sie doch nicht-

Aus dem Augenwinkel sah ich eine Drossel, die direkt hinter mir aus dem Durchgang auftauchte. Von ihrem rechten Bein tropfte Blut.

Sie setzt alles aufs Spiel. Alle Geheimnisse. Dann kann ich das auch.

Im Rennen verwandelte ich mich und sprang über einen Graben im Boden. Alodia flog über mich hinweg und ich bremste abrupt und hastete in die andere Richtung. Zurück über den Graben, schnell durch den Raum ohne Kameras, und in Richtung der Plattform unseres Teams. Wann war dieses Höllenspiel endlich vorbei? *Fünf Minuten.*

Meine Gedanken rasten. Alodia war bereit, sämtliche Rebellengeheimnisse zu verraten – also war sie auch noch zu tausend anderen Sachen bereit.

„Jona?!"

Miro. Ich stoppte, verwandelte mich zurück und sank an der Wand zu Boden. „Gib mir Deckung", stöhnte ich und holte ein paar Mal tief Luft.

Miros entgeisterter Blick traf meinen, als er sich vor mich stellte. „Was zur Hölle tust du hier?!"

„Alodia." Ich atmete tief ein und aus. „Sie ist zu allem bereit. Wie steht es?"

Miro tippte auf dem schmalen Display des Brustpanzers herum. „Die *Eagles* haben einen winzigen Vorsprung…"

„Wir müssen kämpfen", entgegnete ich. „Wir müssen gewinnen. Endgültig. Wir können uns nicht mit dem zweiten Platz zufriedengeben, nicht nach allem, was sie getan haben. Nach diesem *Verrat* an allen Rebellen!"

„Dann hör auf zu lamentieren und komm!" Miro streckte mir die Zunge raus und zog mich hoch.

Einen Raum weiter flog die Drossel vorbei und wir hielten für einen Moment inne, und dann liefen wir los – in die entgegengesetzte Richtung.

Drei Minuten.

„Sie hat uns verraten", murmelte Miro neben mir. „Aber ich verstehe es nicht! Sie hat ja nicht nur die Geheimnisse der *Rebellen*, sondern auch die der *Extremen* verraten!"

„Die Sache ist ihr eben unglaublich ernst", entgegnete ich. *Die Sache. Der Mord, vielmehr.*

Wir drückten uns an die Wand und schossen zwei vorbeihastende *Extreme* ab, dann liefen wir weiter.

Mit Miro an meiner Seite fühlte ich mich fast schon unbesiegbar. Wir liefen durch die Arena und landeten einen Treffer nach dem anderen, und dann landete die Drossel vor uns, verwandelte sich zurück, zückte einen Revolver und ich hatte nicht mal mehr Zeit zu schreien.

Der Timer über uns sprang auf null.

Sie riss die Waffe hoch, ein Schuss fiel, und dann war da nur noch ein dunkler Schatten von rechts und eine Aschewolke, und dann nichts mehr.

ഔ✶ര

Nein. Miro! Nein!

Du hast mich gerettet! Du hast den Schuss abgefangen!
Und jetzt bist du tot?!

Das darf nicht sein.

Die Durchsage. Das Spiel ist zu Ende.

Ich weiß nicht, wer gewonnen hat. Und es interessiert
mich auch nicht.

Nichts zählt mehr, wenn ich dich verloren habe.

Nichts.

Ein Arzt, du brauchst einen Arzt.

Vielleicht ist es noch nicht zu spät.

Das kann einfach nicht das Ende sein.

Kapitel 32 ✦ „Die Drachen sind echt"

Sonntag, 24. März 2115; Viertel nach 10

Unsere gemeinsame Zeit zog an mir vorbei, als ich da am Boden in der Arena hockte und das Laminat mit heißen Tränen flutete.

Ich wünschte, ich hätte die Erinnerungen detaillierter im Kopf. Ich wünschte, ich hätte die Zeit mehr genossen. Ich wünschte, ich hätte ihm tausendmal öfter gesagt, wie sehr ich ihn liebte.

Er würde für immer mein Held sein. Ich würde niemals wieder lieben können. Nichts konnte ihn wieder zurückbringen.

Ich hob nicht mal den Kopf, als helles Licht die Arena flutete und die Decke sich hob. Ich versuchte nur, ihn von den Kameras der Journalisten abzuschirmen, die gleich auf uns gerichtet sein würden.

Die Wände um mich herum ruckelten und versanken im Boden, und dann schloss sich eine warme Hand um meine.

Es ist nicht zu spät. Ein Arzt! Sofort!

Ich hatte keine Kraft zum Schreien, nicht mal mehr zum Flüstern.

„Jona? Warum weinst du?" Er setzte sich auf und grinste breit.

„Du verdammter Idiot", schluchzte ich und fiel ihm um den Hals. „Was zur Hölle machst du für Sachen?! Geht es dir gut? Brauchst du einen Arzt?"

Er schob mich ein Stück nach hinten und legte seine Hand an meine Wange. „Nein. Mir geht es gut. Ich... ich erkläre es dir später." Sanft wischte er ein paar Tränen von meiner Haut, und dann stand plötzlich jemand hinter uns. Ich hob den Kopf und verrenkte mich, um die Person zu sehen. Es war allerdings nicht nur eine, es waren hunderte. Tausende. *Hunderttausende.* Und allen voran Miss Tomić.

Später würde ich die Ereignisse nur noch stückchenweise in meiner Erinnerung haben, aber diese Stückchen würden für immer einige der glücklichsten Momente meines Lebens bleiben.

Die Leute jubelten, schrien und trugen uns auf ihren Händen über den Köpfen nach draußen und zurück ins Hotel, und langsam verstand ich, dass wir wohl gewonnen hatten.

ЕЗ✶ᏟᏰ

Am Nachmittag fand das große Interview statt, auf das wir die letzten Wochen hingearbeitet hatten.

Beide Finalmannschaften waren eingeladen – samt Ersatzspielern und Trainern.

Glücklicherweise wurden wir dieses Mal vor dem Betreten der Arena abgetastet und alles, was wir dabeihatten, auf Waffen kontrolliert, aber eigentlich war es umsonst. Alodia war nicht erschienen.

Wieder saßen die Ränge voller Schaulustiger und Fans, und in der Mitte der Halle waren zwei lange Moderationspulte aufgebaut worden, an die wir von

Backstage-Arbeitern geführt wurden. Wir – also unsere Mannschaft mit Miss Irvin und Miss Tomić – an das eine, auf dem der Pokal stand, und die *Extremen* mit einem Mann und Miss Combs an das andere.

Ein paar Minuten lang geschah nichts. Unruhig sah ich mich um. Die ganze Zeit über erwartete ich, dass Alodia aus dem Nichts auftauchen würde und ein Massaker starten würde, aber nichts geschah. Plötzlich war der ganze Raum voller Kameras und Mikrofone, und dann stand er am Rand der Arena. Der weltbekannte Moderator Dave Summers.

In der Talkshow-Welt war er wohl der größte Star, mit seinen unzähligen eigenen Shows, aber bekannt war er mit einer Sportnachrichtensendung geworden – genau die, in der wir gerade zu Gast waren.

„Ein ganz herzliches Willkommen, meine Damen und Herren!" Mit einem übertrieben fröhlichen Lachen sprang er zwischen die Moderationspulte und winkte in die einzige Kamera, an der gerade ein Licht blinkte.

„Wir befinden uns hier in der Moore-Arena, welche nach unserem ersten modernen König in 2024 benannt wurde und in welcher heute Morgen das große Finale der ersten LaserJump-Jugendmeisterschaften entschieden wurde. Die stolzen Sieger des Matches stehen zu meiner Linken – die *Willow Wolves* aus Willowgrave im Zentrum der *EMGER*...", hier deutete er mit einer weiten Armbewegung auf uns und Jubel brandete auf, „und zu meiner Rechten stehen die bis zum Ende starken

Extreme Eagles, die aus Adquim im Norden der *EMGER* kommen."

Der Jubel ließ nach und die *Extremen* funkelten uns mit verschränkten Armen an. Ein paar kannte ich sogar – war das nicht Dana? Die Dana, die letztes Jahr unsere Prüfungen gestört hatte, zusammen mit Alodia und zwei anderen?

„Also, lasst uns mit dem Interview beginnen." Summers strahlte in die Kamera und blickte dann auf das Tablet in seinen Händen, auf dem er wohl seine Moderationskarten gespeichert hatte. „Sie, verehrte Zuschauerinnen und Zuschauer, konnten – und können auch jetzt noch – über die Social Networks unserer Sendung Ihre Fragen an die Stars einsenden! Meine erste Frage, die wohl auch Sie so brennend interessiert, wie die erste Singleauskopplung eines neu angekündigten Albums, ist die folgende an zwei der *Willow Wolves*: Jona Farc und Miran Tomić, oder *Maid Of Orleans* und *Unforgiven Outlaw* – Gegen Ende des Matches ist euch etwas… nun ja, *Seltsames* passiert. Wir zeigen einen kurzen Ausschnitt…"

Auf einem großen Display im Pult konnte ich eine Aufzeichnung des Spiels sehen – wie ich vor Alodia flüchtete, sie zur Drossel wurde und ich als Wolf vor ihr davonrannte. Dann ein Schnitt, man sah Miro und mich durch die Arena streunen und dann erschien Alodia. Ich wandte mich ab. *Nicht nochmal, bitte nicht nochmal.*

Der Schuss hallte aus den Lautsprechern durch die Halle, und überall auf den riesigen Leinwänden in der Arena löste sich Alodia in Luft auf. Das Logo der Sendung erschien und Summers trat vor unser Pult. „Wir haben jetzt einen kleinen Überblick bekommen und mich – und alle anderen – würde jetzt interessieren, was es mit diesen Bildern auf sich hat." Er hielt mir das Mikrofon unter die Nase und ich holte tief Luft. Das war also der Moment, auf den ich so lange hingearbeitet hatte – und alle anderen mit mir.

„Das ist eine lange Geschichte", begann ich. „Eigentlich sogar zwei, aber wir sollten uns die persönlichere Geschichte für später aufheben. Jedenfalls werde ich Sie alle jetzt in Geheimnisse einweihen, die die Rebellen für fast hundert Jahre sorgsam gehütet haben und die heute Morgen von einer einzigen *Extremen* in wenigen Minuten zerstört wurden…"

Die Menschen in der Arena tuschelten verwirrt und die Rebellen unter ihnen riefen irgendetwas, das ich durch all den Krach nicht verstehen konnte.

„Zuallererst muss ich mich aber wohl bei allen Rebellen entschuldigen. Ich wollte das nie. Mir wäre es auch lieber gewesen, wir könnten unsere Geheimnisse für uns behalten, aber ich muss das jetzt tun. Wir müssen die Gewöhnlichen warnen, bevor die *Extremen* üble Attacken ausführen und keiner weiß, was hier eigentlich passiert."

Diejenigen im Publikum, die keine Ahnung von den Rebellengeheimnissen hatten, waren inzwischen ganz verstummt, aber auch die Rebellen hielten sich zurück. Manche jubelten, manche protestierten, aber die meisten schwiegen einfach, und so war die Atmosphäre in der Arena ruhig und doch zum Zerreißen gespannt.

„Ich schätze", sagte ich, „Sie alle haben von den angeblichen Drachen in Adquim gehört. Ich kann Ihnen die Wahrheit sagen. Die Drachen sind echt."

Ich sah zur Tür. Wo blieben Evander und Mr. Fuhrmann? Ah, da waren sie ja. Mit zwei Drachen.

Die beiden Männer führten Tacitus und Svana in die Mitte der Arena, vor all die Kameras, und das Publikum schnappte nach Luft.

„Somit", übernahm Miro, „haben Sie den Beweis für die Existenz von magischen Wesen. Mit diesem Wissen und mit dem Gedanken an das Seelenliederfeuer scheint es Ihnen vielleicht wahrscheinlicher, dass auch magische Kräfte existieren. Und meine Tante wird Ihnen jetzt die Geschichte erzählen, wie wir Rebellen vor vielen Jahren die Magie entdeckt haben…"

Lucille nahm ihm das Mikrofon aus der Hand. Sie hatte extra eine Kerze mitgebracht, und jemand dimmte das Licht.

Mit einer Hand hielt Lucille das Mikrofon fest, mit der anderen zündete sie die Kerze an und formte die Flamme zu einer Jahreszahl.

2024.

„Es ist schon lange her, fast hundert Jahre. Damals entschied man sich zu unserer heutigen Regierungsform, und jede heutige Einteilung der Gesellschaft kann auf ein damaliges Klischee zurückgeführt werden. Aber natürlich suchte man nach einer Methode, die Einteilung weniger offensichtlich zu machen. In die ganze Welt wurden die Botschafter ausgesandt, in der Hoffnung, eine von Vorurteilen unabhängige Möglichkeit zu finden. Vermutlich dachte man damals an eine Art Computerprogramm, das den Charakter eines Menschen analysierte und ein Lied heraussuchte, das textlich zu der Person passte, und nach dem Genre dieses Liedes jemanden einer Gesellschaftsform zuzuordnen. Im hohen Norden Islands allerdings fand man einen Einsiedler, der der Magie mächtig war."

Ein Einsiedler, in seiner Höhle.

„Er erklärte sich bereit, den Menschen das Seelenliederfeuer zu beschwören und zu überlassen. Der junge Botschafter allerdings, der ihn entdeckt hatte, war der vorherigen Klischee-Einteilung nach ein Rebell –ein Ausgestoßener. Rebellen waren damals weitaus mehr missachtet als heute. Er brachte das Feuer in die *EMGER* und kehrte zurück nach Island, um beim Einsiedler ebenfalls der Magie mächtig zu werden."

Die Flammenfigur des Rebellen trägt das Feuer in ihren Händen.

„Als der alte Einsiedler nach einigen Jahren verstarb, erbte sein einziger Freund – der junge Rebell – all seine

Bücher und magischen Gegenstände. Daraufhin kehrte er zurück in die *EMGER*, um dort eine Familie zu gründen – und alle Rebellen, *ausschließlich* Rebellen, sein Wissen zu lehren."

Der Rebell spricht zu einer Gruppe junger Menschen.

„Sowohl das Erbe der Magie, als auch das, sich in ein Tier verwandeln zu können, wurden, und werden auch heute noch, durch das Seelenliederfeuer weitergegeben. Nur wahre Rebellen sind heutzutage in der Lage, Magie und Verwandlung zu lernen."

Die Flamme erlischt.

Langsam wurden die Lichter in der Arena wieder heller. Während Lucilles Erzählung war es fast totenstill geworden, und alle – sowohl Rebellen als auch Normale und alle anderen, die anwesend waren – hatten andächtig gelauscht.

Es tat mir ein bisschen leid, das zu zerstören, aber es musste irgendwie weitergehen, also erklärte ich: „Das ist es, was man dort im Video gesehen hat. Alodia hat sich in eine Drossel verwandelt und ich mich in einen Wolf."

„Könntest du…" Dave Summers zögerte. „Könntest du das vielleicht vormachen? Ich habe mehrere Nachrichten von Zuschauern bekommen, die an eine Fotomontage glauben."

Ich nickte und tat, wie mir geheißen – gemeinsam mit dem Rest der Mannschaft. Zwei Wölfe, zwei Wildkatzen, ein Rotmilan, ein Jaguar, ein Igel und ein Wüstenfuchs. Der Igel war wohl Cliff…? *Alles klar.* Ich konnte mir ein Grinsen nicht verkneifen, wobei mir ein Knurren entwich. Hastig verwandelte ich mich wieder zurück und Summers zwinkerte mir unauffällig, aber vielsagend zu. War er etwa auch ein Rebell?

Bevor er weitersprechen konnte, winkte ich ihn zu mir. „Ich hätte da noch etwas in persönlicher Sache zu sagen. Unangenehm, aber besser so, als von den *Extremen* herumerzählt."

Miro – der wie der Rest des Teams wieder in menschlicher Form dastand – griff nach meiner Hand und schenkte mir ein aufmunterndes Lächeln. Er wusste, wie schwer mir das hier fiel.

Ich ließ mir einen Moment lang Zeit, legte mir die Worte zurecht und sah Evander und Mr Fuhrmann zu, wie sie die Drachen wieder nach draußen führten.

Aber als Dave Summers sich ungeduldig räusperte, wusste ich immer noch nicht, wie ich am besten anfangen sollte, also holte ich tief Luft und sagt das erste, das mir einfiel.

„Mein Name ist eigentlich nicht Jona Farc. Eigentlich heiße ich Prinzessin Rose Moore."

Kapitel 33 ✶ „Long live the revolution"

Ich hörte die Menschen nach Luft schnappen, tuscheln, schreien, klatschen, aber ich dachte nur eins.

Sie wissen es jetzt alle.

Es war eine große Last, tausende Steine, die von mir abfielen.

Sie wissen es jetzt alle, und was sie daraus machen, ist ihre Sache. Hauptsache, sie haben es nicht von den Extremen erfahren.

„Geht das vielleicht etwas genauer?" Summers hielt mir weiterhin das Mikrofon hin.

„Klar." Ich sah unwillkürlich zu Miro, der mir weiterhin aufmunternd zulächelte, während ich dem Moderator das Mikrofon abnahm.

„Ich bin Prinzessin Rose Moore, und ich bin eine Rebellin. Mein Seelenlief ist *Know Me* von *The Ferrochromes*. Ich bin aufs *Teach 'em All*-Internat geflohen, um meine Eltern zu schützen. Ich wusste nicht, welche Konsequenzen es für meine Eltern gehabt hätte, wenn öffentlich gemacht worden wäre, dass ihre Tochter eine Rebellin ist. Aber jetzt muss ich mein Geheimnis preisgeben, damit ihr versteht, was die *Extremen* mir in den letzten Monaten angetan haben. Mein Freund Miro wurde von *Extremen* vergiftet. Meine beste Freundin Tara und ich wurden bei den wichtigsten Prüfungen des Schuljahres von *Extremen* attackiert und wären deshalb fast durchgefallen. Miro und ich mussten erst nach Island und dann nach Amerika flüchten, wo wir dann schlussendlich doch von den *Extremen* gefangen genommen wurden. Und jetzt, bei den Meisterschaften, haben sie mich nicht nur erneut entführt, sondern zu ermorden versucht. In dieser Zeit war das Wichtigste für mich, meine Freunde an meiner Seite zu haben. In den Leuten, vor denen ich mein Leben lang gewarnt wurde, habe ich in den letzten Monaten die besten Freunde der Welt gefunden. Rebellen sind nicht *schlecht*!"

Und dann begann der ganze Saal zu klatschen und zu jubeln und mir wurde angenehm warm, als ich erkannte, dass sie mich ernst nahmen. Dass sie meine Aussage akzeptierten und verstanden.

„Ein solches Statement, das ja fast schon gegen die Ansichten der *EMGER* geht, braucht Mut", rief Summers über den Jubel. „Und ganz besonders in deiner Position, zwischen den Welten! Apropos zwei Welten, jetzt sollten wir noch hören, was deine Eltern dazu zu sagen haben!"

Da erst sah ich, dass sich die beiden gerade einen Weg von der Tribüne in die Arena bahnten. Ich griff wieder nach Miros Hand. Irgendwie hatte ich Angst vor dem, was sie sagen würden…

Summers deutete eine Verbeugung an. „Meine Verehrung, Hoheiten! König David, was haltet Ihr von der Entwicklung Eurer Tochter?"

„Ich bin stolz darauf, dass sie ihren Weg gefunden hat."
Mein Vater nickte mir zu, aber ich wusste nicht so recht,
ob ich ihm glauben sollte.

„Besser, sie ist eine glückliche Rebellin, als eine
unglückliche Prinzessin", übernahm meine Mutter und
bei ihr spürte ich sofort die Wärme, die in ihrer Stimme
lag. Erinnerte sie sich vielleicht doch an ihre Kindheit
mit Sophy Tomić?

„Königin Franca!" Summers warf einen kurzen Blick
auf sein Tablet. „Ein Zuschauer möchte wissen, ob Ihr
gerade erst davon erfahren habt oder schon länger von
der wahren Identität Eurer Tochter wusstet!"

„Ich habe es schon vor dem heutigen Tag erfahren." Ihr
Blick huschte zu Miss Tomić und zurück. „Aber es
waren unglückliche Umstände, die ich an dieser Stelle
ungern erläutern möchte."

„Ich bekomme hier eine sehr interessante Frage!", warf
Summer ein. „Jona, was meinst du mit ‚Rebellen sind
nicht *schlecht*'? Was sind Rebellen dann? Man kennt sie
doch aus den Medien nur als die Bösen, als Verräter!"

„Ach ja?" Ich lächelte erleichtert. Das war der Teil, auf
den ich mich lange und ausführlich vorbereitet hatte, in
Absprache mit Lucille und Miss Tomić.

„Dies ist die Revolution der Gedanken. *Long live the
revolution of our minds! Es lebe die Revolution der
Gedanken!* Rebellen sind nicht *schlecht*. Damit meine
ich, dass Rebellen eben *nicht* das sind, was die Medien
den Menschen weismachen wollen. Die Medien neigen

zu Übertreibungen, für Quoten. Um das zu erklären, nehme ich einen Vergleich mit den *Extremen* zur Hand."

Aus dem Augenwinkel sah ich, wie einige Stichworte meiner Rede digital auf eine Leinwand geschrieben wurden.

„*Extreme* versuchen, die Regierung zu verändern, zu ersetzen, komplett zu übernehmen. Rebellen hingegen stehen auf Ihrer Seite, meine Damen und Herren, auf der Seite des Volkes. Wir Rebellen beobachten Ihre Wünsche nach Veränderungen in der *EMGER*. Seien es zu hohe Preise für beispielsweise Lebensmittel, seien es bestimmte Gesetze oder Steuern. Kommt einer Ihrer Wünsche sehr häufig auf, bitten wir zunächst beim Königspaar um eine persönliche Audienz. Diese wird uns meistens nicht gewährt, weil sehr viele Leute Audienzen für ihre persönlichen Anliegen wollen. Auch unsere E-Mails – der nächste Schritt – gehen häufig in der königlichen Fanpost unter. Und dann gehen wir zum friedlichen Protest auf die Straßen. Viele Menschen wollen eine Audienz, viele Menschen schreiben Mails. Man fällt nur auf, wenn man etwas Besonderes oder Großes tut, deshalb unsere friedlichen Demos."

„Wir versuchen *nicht*", übernahm Miss Tomić überraschenderweise, „irgendjemanden zu ersetzen, irgendwelche Regierungsgebäude anzuzünden oder irgendwelche königlichen Abgesandten umzubringen, wie die *Extremen* es tun. Ich würde hingegen so weit gehen, zu sagen, dass wir als Rebellen sehr eng mit der

Regierung zusammenarbeiten, indem wir sie auf Wünsche nach Veränderung und Bitten um Hilfe vonseiten des Volkes hinweisen, damit kein Wunsch nach neuen Politikern aufkommt. *Long live the revolution of our minds!*"

Es war jetzt wirklich totenstill im Saal. Man hätte eine CD fallen hören können.

Nicht mal ich hatte gewusst, dass Sophy Tomić so dachte, aber irgendwie... machte es Sinn.

„Genauso sehen wir als Königspaar das auch." Meine Mutter lächelte Miss Tomić zu. „Die Rebellen sind Verbündete, keine Feinde. Es tut mir leid, falls es Missverständnisse gab." Und zögernd fügte sie hinzu: *„Long live the revolution of our minds."*

Selbstverständlich wusste keiner der Anwesenden im Publikum, wie persönlich das gemeint war, aber sie waren sowieso alle zu verblüfft, um irgendwas zu verstehen.

ଔ✶ଓ

„Vielleicht... vielleicht sollten wir jetzt mit dem Interview weitermachen." Summers tippte verwirrt auf dem Tablet herum. „Ich bekomme von vielen Leuten die Frage, wie es sich anfühlt, dass eine Person im Team beinahe einen der Gegner kaltblütig ermordet hätte." Er drehte sich zu den *Extremen.*

„Wir sind bekennende *Extreme*", entgegnete einer der Jungen aus Alodias Team. „Es ist wichtig, dass jeder sieht, was mit denen passiert, die sich gegen uns und unsere Ziele stellen."

„Das ist eine ziemlich… nun ja, *extreme* Einstellung." Dave Summers räusperte sich nervös, drehte sich zu uns und formte „Kann man die nicht als Gefahr für die Menschheit verhaften lassen?" mit den Lippen.

„Sinnlos, es sind zu viele", gab Miss Tomić leise zurück und er wandte sich wieder an die *Extremen*. „Aber ist das hier nicht ein sportlicher Wettkampf?"

„Nein." Der Junge verschränkte die Arme. „Vielleicht erscheint es für Unbeteiligte so, aber es ist nicht so. Es ist ein Kampf zwischen dem gesellschaftlichen Abschaum da und uns."

„Ihr werdet eure Ziele niemals durchsetzen können", fauchte Tara ungefragt. „Niemand will sich euch anschließen!"

„Niemand wird *gebeten*, sich uns anzuschließen", entgegnete Sally Combs. „Sie kommen freiwillig, oder sie werden gezwungen. Und ihr werdet noch sehen, was ihr von eurem Widerstand habt!"

„Freiheit!", stellte Lucille klar.

Im Hintergrund hörte ich die Menschen verwirrt und schockiert tuscheln, und mir wurde klar, dass das hier wohl der erste öffentliche Auftritt der *Extremen* war, in denen sie sich so klar positioniert und ausgedrückt hatten. Und dass sie bereits beunruhigend viel Macht hatten – andernfalls hätten sie sich wohl nicht getraut, solche Reden zu schwingen!

„Okay, okay, kommt mal wieder runter", beruhige Summers beide Parteien. „Das hier soll ja keine politische Runde werden. Wir wollen doch über Sport reden!"

„Soll ich denen mal sportlich meine Meinung sagen?!" Dana hob die Fäuste.

„Kannst du gerne haben!" Tara trat vor das Pult und schob herausfordernd ihre Ärmel hoch.

„Hey, hey, halt!" Summers schob sie sofort wieder nach hinten. „Keine Chance. Geboxt wird nicht. Und auch nicht getreten, geschlagen oder an den Haaren gezogen. Beruhigt euch."

୫ ✻ ଓ

The Rebels Are Allies, Not Enemies!
Long live the revolution of our minds!
Dieses Graffito war das erste, was ich sah, als ich die Halle verließ. Es war auf eine Wand gegenüber der Arena gesprayt worden und mit 2st1 unterschrieben.

„Du warst einzigartig!" Miro hakte sich bei mir unter und hauchte mir einen Kuss auf die Wange. „Ganz schön aufgerüttelt hast du die Leute, aber echt!"

„Danke, ihr auch." Ich schirmte das helle Sonnenlicht mit der Hand ab und sah mich nach Katla und Einstein um, aber sie waren nirgends zu sehen. Die Gassen waren relativ leer – die Zuschauer würden erst ein paar Minuten nach uns herausgelassen werden, um Tumulte zu vermeiden.

In meinem Kopf lief noch immer der Film ab, den Summers relativ am Anfang des Interviews zeigen lassen hatte, und mir wurde etwas bewusst. „Miro, wir müssen reden."

„Schon klar." Miro warf einen hastigen Blick nach rechts und links, aber der Rest des Teams unterhielt sich ebenfalls und achtete nicht auf uns.

„Nicht jetzt, okay? Ich will nicht, dass andere es vor dir erfahren. Lass uns gleich gegen Ende der Party unauffällig abhauen – wir treffen uns auf der Dachterrasse, okay?"

Ich nickte. Und ich liebte ihn dafür, dass er mich als Erste in das Geheimnis einweihen wollte, warum er Alodias Attacke überlebt hatte – und dafür, dass er, genauso wie ich, zuerst die Feier ein bisschen genießen wollte.

ജ ✱ ൙

Im Hotel war die Party schon im vollen Gange – oder eher *noch* von heute Morgen? Ich wusste es nicht. Und mehr und mehr Leute aus der Arena kamen hinter uns in die Lobby geströmt.

Schnell hatte ich Miro und die anderen *Wolves* im Gedränge verloren.

Von unzähligen Lautsprechern schallte laute Partymusik der 1980er und 1990er durch die Lobby und die große Hotelhalle, die Leute schrien, lachten und schwatzten und eine Frau in einem engen und unglaublich kurzen roten Kleid versuchte, mir ein Glas Sekt anzudrehen.

Ich lehnte dankend ab – warum eigentlich? Na ja, später vielleicht – und sah mich staunend um. So viele Menschen, und sie waren alle für uns gekommen. Sie waren *Fans* von uns, und das fühlte sich richtig gut an.

Im großen Saal, der sonst als Restaurant genutzt wurde, waren noch mehr Leute als in der Lobby, und der Geräuschpegel stieg und stieg.

„Ein Autogramm bitte!", schrie mir jemand ins Ohr und hielt mir einen Block und einen Stift vors Gesicht. Im ersten Moment dachte ich, er wäre betrunken, aber dann erkannte ich, dass er nur geschrien hatte, um den Lärm zu übertönen, und dass er ernsthaft ein Autogramm wollte.

Ich kritzelte schnell meinen Namen hin, und dann war ich plötzlich von allen Seiten von Blöcken und Stiften umgeben – und ich wettete, den anderen *Willow Wolves* ging es nicht anders.

★

Bis auf die Dachterrasse waren die Fans zum Glück nicht gekommen. Völlig erschöpft von all den Menschenmassen lief ich mit einem halb leeren Glas Sekt in der Hand – es war tatsächlich nicht das erste für heute – die letzten Stufen nach oben. Der Bewegungsmelder blinkte, die Glastür vor mir öffnete sich surrend, und für einen Moment blieb ich einfach dort stehen und sah auf die Lichter der Stadt hinab.

Am Himmel funkelten Millionen kleiner Sterne und der Mond warf sein mystisches Licht auf mich. Ein leichter Wind fuhr durch meine Haare und ließ die Blätter der tausenden Topfpflanzen rascheln. Es fühlte sich an wie ein Traum, oder wie einer dieser übertrieben romantischen Abenteuerfilme.

Der flauschige Teppich verschluckte den Klang meiner Schritte, als ich zu der kleinen Sitzgruppe lief, wo Miro schon auf einem Sofa auf mich wartete.

Ich stellte das jetzt leere Glas auf den Tisch neben Miros Glas und eine angefangene Flasche Sekt, und setzte mich zu meinem Freund.

Ein paar Minuten lang blieben wir einfach schweigend dort sitzen und genossen den Moment.

Wir hatten gewonnen.

Die ganze Welt wusste Bescheid.

Wir waren am Leben.

Alles war gut.

Noch.

„Was willst du wissen?", fragte Miro schließlich.

„Alles", entgegnete ich. „Du hast mir das Leben gerettet und deins riskiert."

„Ich weiß." Miro lächelte. „Und ich hätte dir auch das Leben gerettet, wenn ich nicht gewusst hätte, ob ich überleben würde. Ich hoffe, das weißt du."

„Ja, leider. Ich könnte niemals ohne dich leben, das sollte dir doch klar sein!"

„Und umgekehrt. Ich schätze, deswegen sind wir in dieser Zwickmühle gelandet, dass wir uns beide füreinander opfern würden." Miro grinste schief und schüttete uns beiden nochmal ein Glas Sekt.

Ich war mir nicht sicher, ob das die beste Idee war, aber ich nahm noch einen Schluck. Wenn nicht heute, wann dann?

„Sekunde mal." Ich hob den Kopf und stellte das Glas wieder ab. „Du wusstest, dass du überleben würdest? Oder eher, *wieder* leben würdest? Woher? Wieso?"

Miro holte tief Luft und griff nach meinen Händen. „Ich bin vorgestern beim Training umgeknickt. Richtig heftig. Für ein paar Sekunden konnte ich gar nicht laufen, und eine halbe Minute später hat es überhaupt nicht mehr wehgetan. Also habe ich ein paar... Experimente gemacht und etwas herausgefunden." Er sah mir ernst in die Augen. „Jona, ich habe die Kraft meiner Mutter geerbt."

Mein müder und angetrunkener Verstand brauchte ein paar Sekunden, um zu verstehen. „Also hast du auch zwei Kräfte?"

Miro nickte.

„Aber... Selbstheilung hilft doch bei Mord nicht, oder? Bist du... unsterblich?"

„Nein, ich glaube nicht. Ich war nur nicht *komplett* tot, das ist alles." Miro überlegte kurz. „Das ist zumindest meine Vermutung. Aber weißt du was, ich will nicht

306

unbedingt ausprobieren, ob ich unsterblich bin." Er grinste.

„Nein, besser nicht." Ich grinste auch, dann zögerte ich. „Aber, ist das nicht ungewöhnlich? Du hast zwei magische Kräfte und ich auch... Zwei Spezialfälle so nah beieinander?"

„Drei. Mein Vater ja auch." Miro leerte sein Glas und angelte eine Decke von der Ablage hinter uns. „Vielleicht ist es ja erblich?"

„Woher sollte ich es dann haben?", entgegnete ich. „Wir müssen mal mit deinem Vater reden."

Miro nickte. „Später, okay? Oder morgen. Ich bin zu müde."

Ich nickte und er legte die Decke um uns und dann blieben wir einfach sitzen und schwiegen.

ॐ✶ॐ

Eine halbe Stunde darauf kamen auch die übrigen *Willow Wolves* auf die Dachterrasse. Tara, Kayleen, Leyhana, Cliff.

Ohne die anderen Erwachsenen. Und es war irgendwie entspannend.

Leyhana stellte den goldenen Pokal auf den Glastisch und jetzt hatte ich zum ersten Mal Zeit, ihn genauer anzusehen.

Er stellte drei verschiedene Hindernisse dar – den auf die Spitze gestellten Würfel, den runden Pfeiler und eine Art Tunnel, und dazu eine kleine LaserTag-Waffe.

307

„Die *Extremen* hassen uns jetzt noch mehr als vorher." Cliff ließ sich neben seine Schwester auf ein Sofa sinken, und auch Tara und Kayleen nahmen in der Sitzgruppe Platz.

„Beziehungsweise", fügte er dann hinzu, „sie hassen jetzt alle Rebellen. Nicht mehr nur euch."

„Sie haben nie *nur uns* gehasst", stellte Miro klar. „Sie haben uns nur als ihre Sündenböcke benutzt. Sie hassen *jeden*, verstehst du? Jeden, der sich ihnen in den Weg stellt! Sie wollen die Welt beherrschen!"

„Stimmt genau." Kayleen seufzte. „Und sie haben heute wieder bewiesen, wie sehr sie für ihre Ziele über Leichen gehen würden."

„Wieder?", hakte Cliff nach.

Wir anderen tauschten zögerliche Blicke beim Gedanken an Cyan.

„Ich erzähl es dir ein andermal", entgegnete Leyhana leise.

„Was sind denn eigentlich ihre Ziele?!", fragte Tara schnell.

„Sie wollen die *EMGER* rückgängig machen." Kayleen schüttelte entsetzt den Kopf. „Die Einteilung nach Liedern, und die Staatsform als Ganzes!"

„Aber es funktioniert doch!", murmelte ich. „Es ist eine der ersten Staatsformen, die fast perfekt funktioniert!"

„Wohl wegen der Magie", warf Tara ein.

„Aber, wenn sie es abschaffen wollen…", führte Leyhana weiter. „Das gibt doch ein riesiges Chaos! Wie werden die Länder neu eingeteilt? Wie werden sie regiert? Wie wird die Wirtschaft neu aufgebaut? Das wird *Krieg* geben!"

„Das wird es so oder so", entgegnete Miro ernst. „Ob wir versuchen, sie zu stoppen, oder ob wir sie einfach machen lassen? Egal. Krieg wird es so oder so geben. Unsere Aufgabe ist es aber, den Krieg so kurz zu halten wie möglich."

Kapitel 34 ✶ „Royale Rebellin"

Montag, 25. März 2115, Abend

Es war schon Abend, als wir schließlich wieder am Internat ankamen – wir hatten bis zum Mittag geschlafen und dann waren die Drachen nicht pünktlich bei uns gewesen. Evander würde den „Autopiloten", wie er es bezeichnete, noch ein bisschen besser trainieren müssen.

Kayleen und Ted waren mit uns gekommen, weil ihr Flieger zurück nach Amerika erst am Freitag gehen würde. Katla und Einstein hingegen hatten wir nicht mehr gesehen.

Schon am Messingtor kam uns Rufus auf Krücken entgegen und gratulierte uns zum Sieg.

„Habt ihr gut gemacht, auch ohne mich!" Er grinste breit und ich war froh, dass es ihm offensichtlich schon besser ging – schließlich war ich durch mein Verschwinden mitschuldig an seinem Unfall.

„Aber, habt ihr schon gehört?", fuhr er dann besorgt fort. „Über ein *Viertel* aller Schüler ist heute Morgen einfach in den Zug gestiegen und nach Hause gefahren! Ihre Eltern haben wohl – genau wie alle hier an der Schule – euer Interview gestern gesehen, und jetzt halten sie es wohl für zu gefährlich, ihre Kinder hier bleiben zu lassen. Sie werden jetzt sicher von Privatlehrern oder den Eltern selbst unterrichtet, oder sogar auf *gewöhnliche Schulen* gehen! Stellt euch das mal vor!"

„Wer ist denn weg?!", fragte ich entsetzt. Jeder Schüler, der aus Angst nach Hause fuhr, bedeutete einen kleinen Sieg der *Extremen*!

„Allein aus unserer Klasse Jonathan, Zack, Niko und Rapha. Und auch Alison und Grace sind sich nicht sicher, ob sie bleiben sollen. Alison wird auch nicht mehr im Internat schlafen, sondern bei Grace unten im Dorf."

„Aber aufgeben ist doch keine Option!", entgegnete Miro aufgebracht.

„Offensichtlich schon." Der Kies knirschte, als Rufus sich umdrehte und zurück zur Schule humpelte.

Die übrigen *Wolves* samt Freunden folgten ihm in die Aula, wo Miss Nicolson und Chelsea schon warteten.

„Überraschung!" Die junge Bibliothekarin strahlte und warf uns Konfetti entgegen, aber ihr Lächeln war wohl genauso eine Maske wie das aller anderen.

„Wir haben euch eine kleine Party organisiert. Zusammen mit dem Rest der Schule." Miss Nicolson, die Krankenpflegerin, lächelte. „Kaffee, Kuchen, alles da, und wir haben sogar eine Vitrine für den Pokal angeschafft! Ist zwar wohl nichts gegen eure Party gestern, aber dafür sind wir hier unter uns!"

Die beiden waren gestern direkt nach dem Spiel wieder abgereist, um Miss Messner und Miss Beetlespark am Internat bei der Einhaltung der Aufsichtspflicht zu unterstützen.

Lucille lachte und stellte den Pokal in die Vitrine, dann nahmen wir an den Tischen Platz – wo schon dutzende andere Schüler saßen und auf uns warteten – und bedienten uns an Kaffee und Torten. Es war ein seltsames Gefühl, an der Schule so bekannt zu sein.

Chelsea lobte uns facettenreich und sehr ausschweifend für den Sieg, aber ich war in Gedanken ganz woanders. Bei der Sache mit den zwei Kräften.

Wir mussten unbedingt nachher mit Evander sprechen! Hoffentlich wusste er eine Antwort, denn langsam wurde mir das alles unheimlich.

ಐ✴ಐ

Es war schon spät, als wir schließlich in Miss Tomićs Büro saßen.

Sie und Evander saßen Hand in Hand hinter dem Schreibtisch, Miro und ich davor.

„Worum geht's?" Miros Mutter lächelte uns besorgt zu.

„Um Magie."

„Seid ihr da nicht bei den falschen Ansprechpartnern? Habt ihr schon mit Lucille gesprochen?"

„Ja." Ich zögerte. „Sie… wusste keine richtige Antwort."

„Und da sollen *wir* euch helfen können?" Evander lachte.

„Ja, und zwar du, Dad", entgegnete Miro und das Lächeln seines Vaters erstarrte. „Ich?"

„Ja. Sie wissen ja sicher, dass ich zwei Kräfte habe…" Mein Blick schwankte von Miss Tomić zu Evander, von dem ich nach all der Zeit immer noch nicht wusste, ob ich ihn duzen oder siezen sollte.

„Das hat Lucille erzählt, ja." Miss Tomić nickte. „Und?"

„Ich habe auch zwei." Miro zögerte kurz. „Ich habe nicht nur die Zeit-Magie. Ich habe auch deine Kraft geerbt, Mum."

Miss Tomić und Evander tauschten einen vielsagenden Blick.

„Wie hast du es gemerkt?", frage Miss Tomić.

„Hauptsächlich bei dem Match. Alle dachten, ich hätte mich nur totgestellt, für den dramatischen Effekt oder so. Aber ich war schwer verletzt. Und zwei Minuten später ging es mir wieder gut. Demnach habe ich starke Selbstheilungskräfte. Und es würde mich interessieren, warum hier auf dem Internat gleich drei Leute diese Seltenheit haben, zwei Kräfte zu besitzen!"

„Drei?!" Evander runzelte die Stirn.

„Dich mitgezählt, meine ich." Miro deutete auf mich. „Jona, ich und du, Dad."

„Heilige Schallplatte!" Miss Tomić lächelte besorgt.

„Ja, wir wissen es tatsächlich. Und Lucille weiß es auch. Aber wenn ihr die Geschichte erfahrt, werdet ihr vielleicht wissen, warum sie es euch nicht erzählen wollte. Ich… weiß nur nicht, ob ihr schon bereit seid."

„Wenn nicht jetzt, wann dann, Sophy?" Evander strich ihr eine rotschwarze Strähne aus dem Gesicht. „Gerade jetzt ist der beste Zeitpunkt. Gerade jetzt, nach der *res novae cogitationum*."

„Was hat die Revolution jetzt damit zu tun?! Und das Verhältnis zwischen Rebellen und dem Königshaus?!"

„Genau das ist der Punkt, Jona. Du wirst es mir vielleicht nicht glauben, aber… Miro ist dein Großcousin."

Ich hielt die Luft an. Starrte zu Miro, wieder zu Evander und wieder zu Miro. „Hunderttausend heisere Hardrocker, *ernsthaft*?!"

„Ich bin ein Cousin deines Vaters." Evander lächelte zurückhaltend. „Ich bin also auch dein Großonkel. Überraschung, Überraschung."

„Heilige Schallplatte! Das heißt ja, du bist auch ein Cousin von Onkel Liam?! Den du ja-"

„Mit einer Waffe bedroht hast?" Evander seufzte. „Ja. Ich kannte ihn damals schon gut genug, um zu wissen, dass ich ihm nicht vertrauen konnte. Er war schon immer das schwarze Schaf der Familie."

„Und deswegen hast du auch meinen Vater geduzt." Ich seufzte. Das war also die Antwort. Miro und ich waren *verwandt*! „Nur… warum wusste ich nichts davon, dass ich einen Großonkel habe und dass Miro mein Großcousin ist?! Ich meine – meine Eltern müssten das doch wissen!"

„Meine Mutter – die Schwester deines Großvaters – hat einen Mann aus dem früheren Kroatien geheiratet. Da sie sowieso kein Anrecht auf die Krone hatte, hat sie das Zentrum der *EMGER* verlassen und ist zu ihm gezogen. Ich bin auch im ehemaligen Kroatien aufgewachsen, und dann hierher aufs Internat gekommen – damals gab es nur zwei, und das andere wäre noch weiter weg gewesen – und hier habe ich dann Sophy kennengelernt, und den Rest der Geschichte kennt ihr ja. Warum deine Eltern dir allerdings nie davon erzählt haben? Na ja, ich bin ja immer nur der Verräter gewesen, und meine Eltern haben schon lange keinen Kontakt mehr mit dem Könighaus. Ob deine Eltern allerdings wissen, wer Miro ist, ist eine andere Frage... vielleicht haben sie es sich beim Prozess zusammengereimt."

„Meine Großeltern deinerseits leben auch noch?!" Miro sah ihn überrascht an.

„Ja. Aber ich möchte momentan keine Aufmerksamkeit auf sie lenken. Wir können sie mal besuchen, wenn das alles hier vorbei ist."

Für einen Moment schwiegen wir.

„Letztendlich hat sich der Kreis ja geschlossen", meinte Sophy Tomić dann, „indem Evander mich geheiratet hat – ein Mitglied des Königshauses hat eine Rebellin geheiratet, die aus einem Rebellendorf kommt, das sich gut mit dem Königshaus versteht. Und eventuell wird es sich nochmal wiederholen." Sie sah auf Miros und meine Hände, die ineinander verschlungen auf der Armlehne ruhten.

„Also..." Ich zögerte. „Also haben alle Rebellen aus der Königshaus-Linie zwei Kräfte?"

„Genau. Denn du bist nicht die erste royale Rebellin."
Evander, der erste royale Rebell, lachte und Miro, der
zweite royale Rebell, stimmte mit ein.

⅋ ✴ ൭

Als wir das Büro verlassen hatten, blieben wir noch
einen Moment unschlüssig im Flur stehen.

„Okay", sagte Miro. „Es gibt da etwas, das ich schon
seit etwa einem halben Jahr mit dir zusammen machen
will, aber bis jetzt war der perfekte Augenblick noch nie
da. Ich denke, jetzt ist es soweit."

Von seinen Andeutungen verwirrt folgte ich ihm nach
draußen. Der Vollmond beleuchtete den Weg und Miro
führte mich am Gebäude entlang. Ich hatte erwartet, dass
er das Schulgelände verlassen wollte, aber er blieb auf
dem Weg. Wo wollte er hin?! Hier hinten waren doch
nur die Sporthallen und… der Reitplatz. Aber er wollte
wohl kaum reiten, oder?!

„Mach die Augen zu", bat er plötzlich.

Ich zögerte. „Und dann? Soll ich gegen einen Baum
rennen?!"

„Du hast mir die letzten vierzehneinhalb Jahre blind
vertraut. Warum sollte ich dich jetzt auf einmal gegen
einen Baum rennen lassen?!" Er lachte.

Ich schloss die Augen und er nahm meine Hand und
zog mich sanft weiter.

Schließlich blieb er stehen und ich rannte gegen ihn. Er
fing mich auf. „Nicht blinzeln! Warte noch einen
Moment."

316

Etwas piepste, dann ein schleifendes Geräusch. Wir machten zwei Schritte und blieben dann stehen.

„Du darfst die Augen jetzt aufmachen. Wir sind an einem von Paulies Lieblingsorten."

Ich blinzelte und sah mich um. Wir standen mitten in einem großen runden Raum voller Technik, Computer, Monitore und Kabel.

„Wo... wo sind wir?" Ich drehte mich einmal um mich selbst. „Warte, ist das- das *Observatorium*?!"

„Genau." Miro grinste. „Und jetzt zeige ich dir zwei *meiner* Lieblingsorte, komm mit." Er ging zur Wand und drückte einen grünen Knopf. In der Decke ging eine Falltür auf und eine Leiter kam nach unten gefahren.

„Ladies First."

Ich zögerte nicht lange und kletterte die Leiter hoch.

Oben blieb ich stehen. Es war stockfinster und meine Wolfsaugen brauchten einige Minuten, um sich an die Dunkelheit anzupassen.

Diese Minuten nutzte Miro und schob mich sanft zur Seite. Ich hörte seine Schritte rechts von mir, dann ratschte etwas und ein Streichholz flammte auf. Die kleine Flamme schwebte durch die Luft und vervielfältigte sich. Miro hatte drei Kerzen angezündet, die jetzt einen Tisch erhellten, der voller riesiger Blätter lag. Auf jedes waren Dinge gezeichnet und kryptische Notizen gemacht, von denen ich kein Wort verstand.

Hinter mir flammten weitere Kerzen auf und ich folgte dem flackernden Flammenschein zu riesigen Regalen voller alter Bücher.

Schließlich war der ganze Raum in warmes, gelbliches Licht getaucht, und ich sah mich staunend um. Überall waren hohe Bücherregale, Himmelsgloben voller Sternbilder, und Teleskope. Es war total gemütlich.

Ich nahm ein Buch aus dem Regal und blätterte vorsichtig darin. Das alte, rissige Papier war von vorne bis hinten mit Sternbildern und deren Beschreibungen bedruckt. Das nächste Buch, das ich aufschlug, handelte von den Planeten unseres Sonnensystems, und warum die Erde der einzige Planet war, auf dem sich intelligentes Leben entwickelt hatte. *Intelligent? Na, damit sind mal nicht die* Extremen *gemeint!* Ich kicherte und stellte das Buch zurück.

„Es ist wunderschön hier", stellte ich fest und trat zu Miro, der seinen Arm um mich legte.

„Das hier ist der alte Teil des Observatoriums. Von der AG aus sind wir meiner Meinung nach viel zu selten hier oben, aber ich liebe diesen Ort, und deshalb ist es gut, dass ich die Eintrittskarte habe!" Er grinste breit und hielt die Nachtkarte hoch, mit der er jederzeit sein Zimmer verlassen konnte, ohne den Alarm auszulösen.

Da dämmerte es mir und ich löste mich aus seiner Umarmung. „Wir dürften eigentlich gar nicht hier sein, oder?"

„Ach, wen interessiert das schon? Hoffen wir einfach, dass die Nachtwache nicht so aufmerksam ist!" Miro grinste wieder und pustete eine Kerze nach der anderen aus, bis nur noch eine brannte.

„Was-", begann ich, aber er unterbrach mich. „Warte ab!"

Er griff nach einem Stab, der in der Wand lag, und öffnete damit eine Luke in der Decke. Eine Leiter klappte sich aus.

„Wie viele Stockwerke hat das Observatorium denn bitte?!" Ich sah Miro hinterher, wie er nach oben kletterte.

„Das hier ist das letzte!", entgegnete Miro und über mir schepperte etwas.

Ich schob den Kopf aus der Luke – und hielt die Luft an. Direkt über uns war der Sternenhimmel! Und Miro schob gerade die Kuppel des Observatoriums auseinander! Es blieb nur noch eine höchstens einen Meter hohe Umrandung. Nichts trennte uns mehr von den Weiten des Universums. Mal von den ganzen Luftschichten abgesehen.

Ich kletterte aus der Luke auf die Holzbohlen und setzte mich im Schneidersitz hin. In einer Ecke lagen Decken, von denen Miro eine nahm und um uns legte. Obwohl es Ende März war, war es eiskalt.

Für ein paar Minuten saßen wir einfach auf dem Observatorium und sahen in den Sternenhimmel.

„Wer hätte das gedacht?", sagte ich schließlich. „Du bist also mein Großcousin."

„Es ist seltsam", entgegnete Miro. „Auf einmal sind wir nicht mehr nur ein Pärchen, sondern quasi Blutsverwandte…" Er zögerte. „Liebst du mich trotzdem noch? Ich meine, jetzt, wo du weißt, dass wir aus derselben Familie stammen?

„Natürlich." Ich legte meinen Kopf auf seine Schulter. „Es ändert doch nichts daran, dass wir vierzehneinhalb Jahre unseres Lebens zusammen verbracht haben, zusammen aufgewachsen sind, zusammen geflüchtet sind, du mein Leben gerettet hast und ich dich liebe. Und es ist ja auch nicht der Fall, dass wir Geschwister sind und eins zu eins dieselben Gene haben!"

„Dann ist es gut." Miro lächelte, angelte nach einer weiteren Decke und ließ sich nach hinten darauf fallen. Ich legte mich neben ihn und wir sahen in den Himmel.

„Da ist der Polarstern", meinte Miro und zeigte nach oben.

„Da ist der… ach, nee, ist nur ein Flugzeug." Ich grinste und rutschte ein Stück näher an ihn heran.

„Und die kleine Wolke da sieht aus wie ein Schaf." Er rutschte ebenfalls ein Stück näher.

Ich nahm seine Hand.

„Und die große da ist ein Herz", fuhr Miro fort. „Mit dir sehen alle Wolken aus wie Herzen!"

Ich musste lachen. „Mann, bist du heute wieder romantisch!"

„Soll ich dich mit Mehl abwerfen?", drohte er lachend und drehte eine meiner Haarsträhnen um seinen Finger.

„Nein, danke." Ich grinste und dann trafen sich unsere Lippen und es begann zu schneien.

Epilog

Es schneite die ganze Woche lang.

Pausenlos.

Unser Besuch im Observatorium war kommentarlos geblieben, nur am Dienstag hatte Miss Tomić uns einmal vielsagend angesehen.

Am Freitag waren Kayleen und Ted zum Flughafen gefahren und hatten ein Flugzeug zurück nach Amerika genommen.

Am Sonntag lag dann so viel Schnee, dass das gesamte Internat von der Außenwelt abgeschnitten war.

Und am Montag lag ein Brief vor meiner Zimmertür.

Ich riss den Umschlag auf und zog den Zettel heraus.

„Hallo, Prinzessin Rose. Ihr seid ja nochmal mit dem Leben davongekommen. Dafür habe ich eine Verräterin in meinen Reihen töten lassen. Jennifer Green ist tot. Sie hätte nicht das Motorrad nehmen sollen, das ich ihr zur Verfügung gestellt habe. Es hat ein GPS-System, über das man die Wege nachvollziehen kann.

Aber vergiss nie: Das erste Opfer, das ich eigenhändig töte, wirst du sein.

-A.C. "

Verdammt. Alodia hatte Iver töten lassen. Ich musste wieder daran denken, dass Katla sich bei den *Extremen* einschleusen wollte – oder es vielleicht schon getan hatte. Sie war in großer Gefahr. Alodia und Sally Combs schienen jeden Schritt ihrer Untergebenen zu überwachen. Wir durften auf keinen Fall mit ihr im Kontakt bleiben!

Und dann war da noch die Frage, warum Miro kurzzeitig seine Kraft verloren hatte.

Und was die *Extremen* planten.

Und wie mein Leben jetzt weitergehen würde.

Aber all diese Dinge würden wir herausfinden.

Irgendwann.

Personenverzeichnis

Die Clique

Jona Farc, 14 Jahre alt, ist als Prinzessin unter dem echten Namen Rose Moore aufgewachsen und bekam dann ein Rebellenlied zugeteilt. Die *Extremen* haben von ihrer royalen Abstammung erfahren und wollen sie töten. Jonas Haustier ist eine Katze namens Freya. Jona kann sich in einen Wolf verwandeln und beherrscht die Strom-Magie.

Miran Tomić, 14 Jahre alt, ist bei einer Ziehmutter aufgewachsen und kennt seine echten Eltern nicht. Er ist Jonas fester und zugleich bester Freund. Auch er wird von den *Extremen* gehasst – halb wegen seiner Verbindung zu Jona, und halb wegen seiner Mutter, die schon mehrmals mit den Extremen aneinandergeraten ist. Er hat mehrere Haustiere: Fledermäuse, von denen eine Alfons heißt, und ein Gleithörnchen. Miro kann sich in einen Wolf verwandeln und beherrscht die Zeit-Magie.

Paulie Davids, 14 Jahre alt, ist Miros bester Freund am *Teach 'em all* und wird oft der *Professor* genannt, weil er ziemlich schlau ist und viel weiß. Er kann sich in einen Steinmarder verwandeln und kann durch Berührungen die Wahrheit über Gegenstände und Menschen erkennen.

Tara Foster, 14 Jahre alt, ist Jonas erste und beste Freundin am Internat, obwohl sie oft eine Labertasche ist. Sie kann sich in eine Wildkatze verwandeln und kann ihr Gewicht verändern.

Tanisha Stewart, 14 Jahre alt, war früher Mitglied der Mädchenclique, die von allen als *Legehennen* bezeichnet wird, hat sich dann aber lieber Jona und ihren Freunden angeschlossen. Sie kann sich in eine Amsel verwandeln und beherrscht die Gift-Magie.

Leyhana Newton, 14 Jahre alt, hing früher nur bei ihrem Bruder und seinen Freunden rum, ist aber jetzt eine gute Freundin von Jona und den anderen. Sie kann sich in einen Jaguar verwandeln und beherrscht die Türschlösser-Magie.

Sonstige Jugendliche

Carina Smith und Alina Baker, 14 Jahre alt, sind ebenfalls Mitglieder der *Legehennen* und ziemlich nervig.

Rufus Brooks, Jacob Terrell und Cliff Newton, 14 Jahre alt, sind eine eigene Clique, die hauptsächlich über Musik redet. Cliff ist Leyhanas Bruder.

Alison Riley und Grace Garnett, 14 Jahre alt, sind beste Freundinnen und Grace wohnt mit ihrer Familie im christlichen Teil des Rebellendorfs nahe dem Internat.

Katla Snjórsdottir, 15 Jahre alt, ist nach Island abgehauen und besitzt einen Waschbären namens Einstein. Sie ist die Sprayerin 2st1. Sie kann sich in einen Schneefuchs verwandeln und beherrscht die Luft-Magie.

Lehrer

Sophy Campbell/Tomić, 34 Jahre alt, ist die Schulleiterin und Klassenlehrerin von Jona und den anderen. Sie wird oft als gute Seele der Schule bezeichnet. Wie sich im letzten Jahr herausgestellt hat, ist sie Miros leibliche Mutter. Sie kann sich in einen Rotmilan verwandeln und beherrscht die Selbstheilungs-Magie.

Evander Tomić, 35 Jahre alt, ist eigentlich kein richtiger Lehrer. Er leitet neuerdings die Drachenflug-AG. Er ist Sophy Tomićs Ehemann und Miros Vater. Weil er einen Royalen mit einer Waffe bedroht hat, saß er lange im Gefängnis. Er kann sein Alter verändern und beherrscht die Eismagie.

Lucille Irvin, 34 Jahre alt, ist die Biologie-, Fotografie- und Sportlehrerin von Jona und auch eine gute Freundin. Außerdem ist sie Sophy Tomićs Schwester und Miros Tante. Sie kann sich in eine Wildkatze verwandeln und beherrscht die Feuermagie.

Leonhard Fuhrmann, 39 Jahre alt, ist Jonas Schwimm-, Deutsch-, und Erdkundelehrer und mit Miss Irvin zusammen.

Valerie Messner, 45 Jahre alt, ist die Kunst- und Musiklehrerin von Jona.

Isolde Beetlespark, 56 Jahre alt, ist die Chemie- und Physiklehrerin von Jona. Sie ist meistens schlecht gelaunt und man hat das Gefühl, dass Lehrerin nicht ihre beste Berufswahl war.

Extreme
Alodia Combs, 16 Jahre alt, ist die Vizeanführerin der *Extremen*. Ihr Ziel ist es, Jona zu töten. Sie kann sich in eine Amsel verwandeln und sich teleportieren.

Sally Combs, 23 Jahre alt (oder doch älter?), war die Französisch- und Mathelehrerin von Jona, bis sie sich öffentlich als Anführerin der *Extremen* geoutet hat.

Dana Abbott, Marty Ripley und Connor Crey, 16 Jahre alt, sind junge *Extreme* aus der Oberstufe. Connor kann sich in einen Sperber verwandeln.

Jennifer (Iver) Green, 18 Jahre alt, ist eine junge *Extreme* – oder?

New Natives

Kayleen Marlow und Ted Scriven, 19 und 21 Jahre alt, sind die Leiter der Rebellentruppe *Rebels For Peace* in Amerika. Kayleen kann sich in einen Wüstenfuchs verwandeln und beherrscht die Schattenmagie, während Ted sich in eine Klapperschlange verwandeln kann und die Erdmagie gelernt hat. Außerdem besitzt Kayleen mehrere Schlangen.

Lewis Marten, Laurie Flores, Cyan Flores, Roger Scriven, Max Adams und Chester Marino sind Mitglieder der Rebellentruppe *Rebels For Peace*.

Dustin Marlow, 25 Jahre alt, ist Kayleens Cousin. Die beiden hassen sich zutiefst. Dustin ist der Deputy in Valleytown.

Askii, ungefähr 30 Jahre alt, ist einer der *New Natives*, die durch die Prärie ziehen.

Sonstige Erwachsene

Madison Walker (eigentlich Irvin), 55 Jahre alt, war Jonas Kindermädchen und Miros Ziehmutter. In Wahrheit allerdings ist sie Miros Großmutter – die Mutter von Sophy und Lucille.

Chelsea Combs, 21 Jahre alt, ist die chaotische Bibliothekarin des Internats. Man trifft sie quasi immer mit einem Buch in der Hand an.

Amalia Nicolson, 24 Jahre alt, ist Reitlehrerin und Krankenschwester am Internat. Sie beherrscht die Heilungsmagie.

Franca und David Moore, 41 und 47 Jahre alt, sind Jonas Eltern – das Königspaar. Sie sind nicht wirklich zufrieden mit der Entwicklung ihrer Tochter, müssen es aber wohl oder übel akzeptieren.

Dank

Danke an meine Mama für das Korrekturlesen.

Danke an alle, die Band eins gekauft haben und jetzt nach zugegeben etwas längerer Wartezeit den zweiten Band in ihren Händen halten, und danke an alle, die sich jetzt bereits auf den dritten freuen!

Danke an den Buchhandel meines Vertrauens – ich hoffe, ihr habt den Lockdown gut überstanden…

(Ja, ein Wort zum Lockdown – ohne ihn wäre das alles viel schneller gegangen und dieses Buch wäre vielleicht sogar schon Ende 2020 erschienen, aber als lokale Autorin ist man eben davon abhängig, ob Leser*innen in Buchhandlungen gehen können oder nicht. Aber ich denke mal, alles in allem hat sich das Warten gelohnt, oder?)

Danke auch an die lokale Zeitung für die Unterstützung :) Ohne euch wäre der erste Band niemals so krass gut angekommen!

Danke an meine Freunde – online und offline – ohne euren Support hätte das alles längst nicht so viel Spaß gemacht!

Danke auch an die Teams des JUZ Westerburg, des Kulturbüros Westerburg und des Stöffelparks für die fantastische Videolesung im März 2021! Eine tolle Erfahrung, die wir ja vielleicht eines Tages live nachholen können…?

Über die Autorin

Janina wurde 2005 im Westerwald geboren und begann schon in der Grundschule, kurze Geschichten zu schreiben. Im Sommer 2017 begann sie ihren ersten kurzen Roman im Urlaub an der Nordsee.

Rebel School – Gefährliches Geheimnis, ihr Debütroman, erschien im Mai 2020, im Oktober desselben Jahres folgte dann die englische Novelle *White Lilies Manor*, zu der ebenfalls eine Fortsetzung in 2021 erscheinen wird.

Neben dem Schreiben sind ihre Hobbys unter anderem Fotografie, Grafik-/Coverdesign und Zeichnen, wobei sie auch später gerne etwas in diese Richtung als Beruf machen würde.

Kontakt

Email: *janina.raven.writing@fantasymail.de*
Instagram: *@rebel.school.authoress* &
@janina.raven.writing

| Redbubble (Merchandise Shop) | Welt & Charaktere | Spotify Schreibplaylist |

Andere Bücher der Autorin

Tungldraumur
e-book
ISBN: 9783750428409

Rebel School
Gefährliches Geheimnis
Paperback & e-book
ISBN: 978-3751913973

White Lilies Manor
Paperback & ebook
ISBN: 9783751977623

Leseprobe aus „Rebel School" – Band 3

„Wach auf, Jona! Wach auf!"

Ich blinzelte. „Was ist los?!"

„Wir müssen sofort in die Aula!" Tara warf mir meine Schulklamotten ins Gesicht. „Miss Campbell hat gerade den Notfallalarm ausgerufen und du Schlafmütze hast es einfach verpennt!"

In diesem Moment heulte die Sirene erneut auf und ich realisierte langsam, dass ich sie doch gehört hatte und mein Unterbewusstsein sie einfach in einen Traum eingebaut hatte.

Ich rappelte mich auf, zog mir hastig eine Jeans und den Pullover der Schuluniform über und füllte schnell den Napf meiner Katze Freya auf, die mich vorwurfsvoll anknurrte, dann folgte ich der ungeduldig auf und ab hüpfenden Tara aus dem Zimmer.

Auf den Fluren trafen wir auf unzählige andere Schülerinnen und Schüler, die verschlafen aus den Zimmertüren auf den Gang linsten oder bereits fertig angezogen und hellwach auf dem Weg in die Aula waren.

Von überall hörte man unterdrücktes Gemurmel – Fragen und Vermutungen, warum der Notfallalarm ausgerufen wurde. Tara und ich drängelten uns an den anderen Schülern vorbei und kamen an Miros und Paulies Zimmertür an; die beiden Jungs stießen zu uns.

„Ich fürchte, wir haben ein Problem", begrüßte Miro mich besorgt. „Sie werden den Alarm nicht wegen einer

Kleinigkeit ausgelöst haben und das Wahrscheinlichste ist wohl, dass irgendwas mit den *Extremen* ist."

Ich nickte besorgt. „Und zwar irgendetwas Dramatisches! Ich meine, wenn es nur *uns* betreffen würde, hätten sie wohl kaum den Alarm ausgelöst!"

Tara seufzte. „Ich habe die Typen so langsam echt satt! Kann man jetzt nicht mal mehr normal *irgendetwas* tun?! Nicht mal mehr zur Schule gehen?!"

„Als ob du das je wolltest!" Ich grinste und stieß sie in die Seite.

„Na ja, angesichts der Tatsachen…" Tara zögerte. „Überfälle anstatt Unterricht? Ich weiß nicht so genau."

Paulie zuckte mit den Schultern. „Aber genau das ist doch ihr Ziel. Sie versuchen, uns aus unserem normalen Leben zu reißen, damit wir uns mit ihnen auseinandersetzen müssen… Sie wollen unsere Aufmerksamkeit."

Ich seufzte. „Klar, und die kriegen sie jetzt auch gezwungenermaßen. Wir können sie ja nicht einfach ignorieren, während sie versuchen, uns umzubringen!"

Schweigend liefen wir weiter, bis wir in der Aula ankamen. Miss Campbell, die ja eigentlich Miss Tomić hieß und Miros Mutter war, stand an der Tür und wies alle Schüler an, sich an einen der Frühstückstische zu setzen.

Sie lächelte uns müde und besorgt zu, sagte aber nichts.

Es waren nur noch wenige Tische frei.

Alle waren gekommen, Schüler, Lehrer, selbst die Bibliothekarin Chelsea saß mit einem Roman in einer Ecke auf der Fensterbank und irgendwo am Rand standen auch noch unsere Köchinnen, Köche und eine Handvoll Putzkräfte.

Wir setzten uns an ein Fenster. Draußen schneite es sicherlich immer noch – die Fenster im Erdgeschoss waren inzwischen zwar komplett zugeschneit und ich konnte das Wetter nur erahnen, aber seit einigen Tagen hatte ich das Gefühl, dass das kein natürlicher Schneesturm sein konnte.

„Wie spät ist es überhaupt?", fragte ich und gähnte.

„Kurz nach fünf." Tara sah auf die Uhr. „Es scheint *echt* wichtig zu sein, wenn man uns so früh aus dem Bett schmeißt…"

Miss Campbell klatschte in die Hände und es verstummten alle sofort. Für einen Moment war es totenstill im Saal, alle sahen sie und die Menschen hinter ihr fragend an. Maddie, Evander, Lucille.

Langsam ahnte ich, was sie vorhatten, aber nicht, warum.

Aus „Rebel School – Was jetzt noch bleibt"
Erscheint voraussichtlich Ende 2021/Anfang 2022